신투

Fantastic
Oriental
Heroes

녹목목목 新무협 판타지 소설

신투 1

녹목목목 新무협 판타지 소설

초판 1쇄 찍은 날 § 2005년 8월 24일
초판 1쇄 펴낸 날 § 2005년 8월 30일

지은이 § 녹목목목
펴낸이 § 서경석

편집장 § 문혜영
편집책임 § 한지윤
편집 § 장상수 · 이재권 · 유경화

펴낸곳 § 도서출판 청어람
등록번호 § 제1081-1-89호
등록일자 § 1999. 5. 31
어람번호 § 제2-0679호

주소 § 경기도 부천시 원미구 심곡1동 350-1 남성B/D 3F (우) 420-011
전화 § 032-656-4452 팩스 § 032-656-4453
http://www.chungeoram.com
E-mail § eoram99@chollian.net

ISBN 89-5831-690-X 04810
ISBN 89-5831-689-6 (세트)

神

신투

Fantastic
Oriental
Heroes

녹목목목 新무협 판타지 소설

偸

1

도둑질 개시

도서출판 청어람

|목차|

〈작가의 말〉

    처음 내 책을 접하는 독자들한테는 내 필명인 '녹목목목(綠木木木)'이 심히 이상하게 보이리라 믿는다.
    이 괴상한 필명은 내 사주에 목(木)이 돈[錢]이라 '목' 자를 왕창 넣어서 지은 것이다. 만약 사주에 흙[土]이 필요했으면 '대토토토(大土土土)'가 될 뻔했다.
    필명이 기이하기는 하지만 그래도 녹목목목이 대토토토보다는 낫지 않은가? 흐흐흐.

    나는 이 책을 쓰면서 채팅 용어는 전혀 사용 안 했다.
    예를 들어 문장에 '허접한' 이라는 표현을 썼지만 그 단어는 컴퓨터가 발명되기 오래전부터 사람들이 써오던 말이다.
    더불어 가끔 문법에 안 맞는 표현이 있으나 그것은 어디까지나 작가가 독특한 글 맛을 내기 위하여 일부러 그렇게 표현한 것이라는 점을 미리 밝혀둔다.
    그리고 주연과 조연을 제외한 나머지 등장 인물들의 이름은 최대한 기억하기 쉽도록 지었다.

신투는 현재 장르 소설 전문 사이트인 고무판(http://www.gomufan.com)
에만 연재되고 있다.

그리고 신투는 전체 스토리를 세세한 대화까지 이미 100% 구상해 놓고
쓰기 시작한 글이다. 고로 개연성없는 일은 절대 안 일어나며 길 가다가 줍
는 식의 기연 또한 등장하지 않는다.

'신두'는 제목 그대로 도둑의 이야기다.

도둑 가문에 태어난 주인공 구달비.

자신은 원치 않으나 운명이 자꾸 도둑질을 하게끔 종용하는 그와 뜻하지
않게 마인의 길을 걷게 된 선우운철.

둘은 원수가 되는데, 과연 주인공 구달비의 행로는? 그는 어떤 삶을 살아
갈 것인가?

신투에는 내 특유의 필체가 녹아 있다.

아마도 신투는 기존의 책들과는 상당히 느낌이 다를 것이다.

나는 독자들이 이 책을 읽으면서 감동에서든 폭소에서든 눈물을 한 방울이라도 흘렸다면 만족한다. 아, 물론 지루해서 하품하다가 나온 눈물은 제외하고(음, 내 나름대로 재미있게 썼기에 지루하지는 않으리라 본다. 흐흐흐).

끝으로 이 작품을 고무판 2005년 장르 문학 대상에 은상으로 뽑아주신 심사위원님들께 심심한 감사를 드린다.

녹목목목 배상.

第一章

이제 난 뭘 해먹고 살아야 하나?

이곳은 하남(河南), 호북(湖北), 안휘(安徽) 등 세 개 성(省)의 경계를 짓는 대별산맥(大別山脈)이다.

깊은 숲 속.

주변에 인가(人家)라고는 화전민도 찾아보기 힘든 그곳에 인간의 손길이 닿은 것이라고는 오직 통나무 집 한 채뿐이다. 그나마도 손질한 지가 언제인지 지붕 위엔 잡초가 수북이 자라 있다.

지금 통나무 집 안에는 두 부자가 얼굴을 마주 보고 앉아서 오순도순 떡을 먹고 있는 중이다.

시장이 반찬이라 아침을 굶고 먹는 떡은 상당히 맛있었다.

아들 구달비(俱達飛)는 직업이 도둑인 아버지 구문진(俱門進)에게 말을 걸었다.

"냠냠. 아버지, 떡이 아직도 따뜻해요. 에헤헤."

시시덕대는 아들을 구문진은 불만이 가득한 눈길로 흘겨보았다.

어떻게 된 게 스물여섯 살이나 먹은 놈이 자립할 생각은 눈곱만큼도 않고 아버지가 벌어다 주는 게 당연하다는 양 집에서 놀고먹기만 한다.

거기에 보태서 아들놈의 게으르기는 천하제일이다.

오늘만 해도 찹쌀떡이 먹고 싶었던 구문진이 떡을 사 오라고 하자 귀찮다고 하면서 버티던 아들이다.

결국 최고속으로 경공을 펼쳐야 반나절 만에 왕복이 가능한 마을까지 떡을 사러 갔다 온 사람은 아버지인 구문진이었고, 게으름뱅이 아들은 지금 눈앞에서 입 안 한가득 떡을 우물거리고 있다.

아버지 구문진은 깊은 한숨과 함께 입을 열었다.

"달비야, 너는 그래서 어떻게 살고 싶으냐?"

"지난번에도 말씀드렸잖아요. 전 커다란 기와집에서 하인을 줄줄이 거느리고 예쁜 마누라와 알콩달콩 재밌게 살고 싶다구요."

가볍게 대꾸한 아들이 '자꾸 묻는 걸 보니 아버지, 치매 걸리셨어요?' 하는 핀잔이 섞인 눈빛을 보낸다.

구문진은 찬찬히 아들의 얼굴을 뜯어보았다.

아무리 고슴도치도 제 새끼가 예쁘다지만 이 녀석은 잘생긴 곳이라고는 눈을 씻고 찾아봐도 안 보인다.

여덟 팔(八) 자로 정도가 심하게 처진 눈썹은 친할아버지로부터 물려받은 것이고, 떴는지 감았는지 알 수가 없는 저 가느다랗고 위로 쪽 찢어진 눈은 제 어미를 도장 찍어났다.

그리고 그 밑으로……. 구문진의 눈길이 아들의 입가에 이르자 그는 웃음부터 피식 나왔다.

거의 귀밑까지 이르는 큰 입이었다.

수다깨나 떨게 생긴 얄팍한 입술이 감싸고 있는 그 입은 거기에 그치지 않고 양끝이 올라가 있어서 보는 사람으로 하여금 절로 웃음이 터져 나오게 하는 인상이다.

구달비는 아버지가 자기를 쳐다보며 히죽거리자 인상을 굳혔다.

"아버지, 왜 기분 나쁘게 사람을 보면서 그런 괴소를 흘리세요?"

툴툴대는 아들.

하지만 똑같은 입 모양을 가진 구문진으로서는 아들이 자신의 핏줄이라는 사실이 가슴속 깊이 다시 한 번 파고들었다.

아들한테는 한번도 말 안 했지만 원래는 자식을 안 가지려던 구문진이었다.

그러나 천연(天緣)으로 맺어진 자신의 핏줄. 낳았으니 책임을 다해야 한다.

아버지 구문진은 정색을 하고는 한 자 한 자 또박또박 말했다.

"달비야, 너는 네가 원하는 대로 살아라. 누구의 구속도 받지 말고 자유롭게 말이다."

"네, 그럴게요. 근데 그 소리, 한 번만 더 하시면 벌써 천 번째예요."

왕수다쟁이 아들은 떡을 열심히 씹으면서도 꼬박꼬박 말대꾸를 한다.

아버지는 다시 한 번 강조했다.

"얘야, 농담이 아니다. 내가 하는 말을 새겨들어야 한다. 달비야, 넌 정말 네가 원하는 대로 자유롭게 살아라."

"알았다니까 그래요?! 아버지가 말씀 안 하셔도 전 제가 원하는 삶을 살 거예요. 그러니 걱정 붙들어 매세요."

"그래그래, 넌 내 아들이니 알아서 잘하겠지. 너를 믿으마."

아들에게 웃음 지으며 구문진은 떡을 꿀꺽 삼켰다.

순간!

"꺼으… 억~"

구문진의 안색이 파랗게 질리며 숨 막히는 신음 소리를 냈다.

그것을 본 아들이 취한 행동은 발빨랐다.

구달비는 양손에 떡을 움켜쥐고 밖으로 화다닥 내달았던 것이다.

"으이! 아버지 또 저래. 치사하고 더러워서 같이 뭘 못 먹겠어!"

구달비가 짜증을 내는 게 당연했다.

저렇게 목에 걸린 척 음식에 침을 뱉는 식으로 아버지 혼자서 독식을 한 게 벌써 몇 번이던가?

특히 아들한테 심부름을 시키다가 실패해서 당신이 몸소 사 오게 되면 아버지는 약이 바짝 오르는지 체면을 뒷전에 둔 더러운 만행을 서슴지 않고 저질렀다.

한두 번 당해본 일이 아니기에 오늘 구달비는 아버지의 침 벼락을 맞기 직전의 떡을 구출(?)해서 도망쳐 버렸다.

휘이익—

바람을 가르는 빠른 경공으로 집 앞 개울가에 도착한 구달비.

그는 평평한 바위에 걸터앉았다.

자갈이 알알이 비쳐 보일 정도로 맑고 깨끗한 개울.

돌멩이 틈에 숨은 개구리란 놈이 눈을 끔벅인다.

짹짹짹짹~ 찌르찌르~

산중(山中)의 적막을 깨는 산새들의 지저귐이 들려온다.

구달비는 봄볕이 따스하게 내리쬐이는 바위에 앉아 느긋하게 떡을 씹었다.

"냠냠. 아아~ 좋구나. 양손에 떡을 쥐고 있으니 세상에 뭐가 부러울꼬? 개 팔자가 상팔자니 이는 곧 내 팔자가 개 팔자로다. 으응? 내 팔자가 개 팔자? 말이 좀 이상한가?"

유유자적 흥얼대며 떡을 먹는 그의 발치로 적갈색의 산새가 한 마리 내려앉았다.

산새의 작은 눈이 기대에 차서 반짝인다.

"자, 오늘은 별식이다."

구달비가 떡을 조금 떼어서 던져 주자 산새는 기다렸다는 듯이 받아 물고 날아간다.

이윽고 떡을 다 먹은 구달비는 아버지가 있는 통나무 집으로 흘깃 눈길을 주었다.

그는 아버지의 동정을 엿보려고 귀를 기울였다.

한데 아무 기척이 없다.

아마도 아버지는 계략이 안 통하자 삐친 듯싶다.

"쳇! 아버지도 참. 대체 언제나 철이 드실까 몰라."

아버지의 어린애 같은 행동에 구달비는 절레절레 머리를 저으며 바위에 벌렁 누웠다.

그리고 포만감에 배를 두드리던 구달비는 눈꺼풀이 차츰 무거워지기 시작했다.

마침내 코를 골고야 마는 구달비.

"드르렁~ 드르렁~"

그러나 오수(午睡)에 빠져든 구달비는 숲 속에서 그의 행동을 은밀히 지켜보는 두 쌍의 눈이 있다는 사실을 꿈에도 몰랐다.

눈알들의 주인공은 돈깨나 줬을 법한 백색 비단 화복을 걸친 노인과 그와는 정반대로 비단 흑의(黑衣)를 입은 노인이었다.

강호인들은 이 두 노인을 흑백쌍선(黑白雙仙)이라고 불렀다.

백선(白仙)과 흑선(黑仙).

흰옷을 입은 백선은 항상 부드럽게 웃음 짓는 얼굴에 가슴패기까지 길게 기른 탐스러운 허연 수염, 백발을 틀어 올려 쓴 아름다운 금관이 마치 인간이 아닌 신선인 양 보는 이의 착각을 불러일으킨다.

반면, 비록 검은색이지만 백선처럼 똑같이 수염을 기르고 있어도 언제나 굳은 표정의 흑선은 차갑고 냉막한 인상의 소유자였다.

이들은 입고 있는 흑과 백이라는 옷 색의 대비처럼 인상도 성격도 무척 동떨어진 분위기다.

그러나 사촌 간이면서 동시에 죽마고우로 자란 이들은 서로 상반된 성격이었기에 근 팔십 년에 달하는 오랜 교분을 유지할 수 있었는지도 모른다.

흑백쌍선. 일류고수인 이 노인들은 정파도 사파도 아닌 중간이었다. 그런데 소속 문파와 거처 등 뒷배경이 전혀 알려지지 않았기에 사람들이 경원시하는 존재였다.

구달비의 떡을 본 까닭인지 흑선은 주섬주섬 건량이 든 보따리를 끌렀다.

그리곤 잠자코 육포를 씹는 흑선.

백선도 주저앉아 육포를 집어 들었다.

한데 육포를 한입 베어 물었던 백선은 손에 남은 육포를 냅다 던져 버렸다.

획~

『에잇! 맛없어서 도저히 못 먹겠군!』

혹시나 구달비한테 들릴까 봐 전음입밀(傳音入密)로 투덜대는 백선이다.

그러나 그는 말을 하다가 말고 눈에 이채를 띠었다.

자기가 버린 육포를 잽싸게 물고 날아가는 산새가 시야에 포착됐기 때문이다.

찰나지간 백선의 눈가에 잔인한 빛이 스치더니 그는 산새를 향해 손을 내뻗었다.

휘류류~

이 갑자의 내공이 뒷받침된 능공섭물(凌空攝物)의 가공할 위력에 산새는 꿀에 달라붙은 개미마냥 반항 한번 못하고 그대로 딸려왔다.

찌, 찌륵!

어느새 백선의 손 안에 빨려 들어온 산새가 눈을 동그랗게 뜨며 울음소리를 토해냈다.

그러면서도 산새는 육포를 계속 물고 있다.

백선은 산새를 노려보았다.

손바닥을 통해서 조그만 새의 콩닥거리는 심장 박동이 느껴진다.

"으음……!"

백선은 이렇게 조그만 놈이 육포를 끝까지 안 놓치는 게 괘씸했다.

인자한 얼굴 뒷면에 숨겨진 살의가 숏구친다.

손아귀에 힘을 주려던 백선은 슬쩍 흑선을 곁눈질했다.

흑선은 아무 말 없었지만 그의 눈에는 비난의 빛이 역력히 깃들어 있다.

백선이 슬그머니 손가락을 벌려 새를 풀어준다.

그러면서 그는 변명조로 넌지시 중얼거렸다.

『아까 시냇가에서 떡을 얻어먹은 새도 그렇고, 어떻게 된 게 이놈의 산에는 사람을 겁내는 짐승이 없어?! 그참! 크흠!』

조금 무안해졌는지 백선은 헛기침을 하면서 구달비 쪽으로 시선을 보냈다.

젊은 녀석은 세상모르고 잠에 빠져 있다.

백선은 흑선을 향해 신경질 어린 목소리로 전음을 보냈다.

『이보게, 흑선. 신투문주(神偸門主)의 위치 파악을 했으니 이제 우린 돌아가도 되잖나?』

『…좀 더 두고 보지.』

흑선의 무뚝뚝한 대답을 들은 백선은 나무 둥치에 몸을 기댔다.

마냥 기다리자니 짜증이 왈칵 치밀어 오르는 백선이다.

하지만 몇 시진 더 기다리는 것은 사실 별게 아니다. 갑자기 종적을 감춘 신투문주를 찾아내기까지 십 년이라는 세월이 걸렸으니까.

백선은 생긴 것답지 않게 언성을 높였다.

『어허! 이 나이에 이게 무슨 고생인가? 맛대가리없는 육포 쪼가리나 씹으며 산에서 이게 뭔 꼴이냐구? 발칙한 신투문주 놈! 소식 한 자 없이 사라져선 이런 구석탱이에 처박혀 있었다니, 고얀 놈!』

매 끼를 진수성찬으로 양치질을 하며 살아온 백선은 쉬지 않고 투덜댔다.

그러한 백선의 푸념을 흑선은 그저 묵묵히 들어주고 있다.

연신 불평을 하던 백선은 문득 궁금증을 토했다.

『근데 왜 기다리자는 건가? 대체 뭘 기다려?』

『…우리가 온 걸 아는 거 같아.』

『뭣? 신투문주가 눈치를 챘단 말인가?』

『…….』

확신이 안 서는지 흑선은 말이 없다.

백선은 흑선에게 채근했다.

『흑선, 그러니까 만에 하나 신투문주가 우리가 온 걸 눈치챘으면 저 놈이 다른 곳으로 튈 수도 있으니 더 지켜보자는 거지?』

『…….』

흑선은 이번에도 대답이 없다. 그러나 이번의 침묵은 수긍의 표시란 걸 그의 친구인 백선은 안다.

백선이 혼자만의 설왕설래를 하는 동안 어느덧 해는 뉘엿뉘엿 저물어갔다.

그리고 마침내 구달비가 두 팔을 길게 뻗으며 기지개를 켰다.

"흐아암~ 잘 잤다."

만족스러운 표정으로 눈을 비비던 구달비는 통나무 집을 바라보았다.

저녁 해가 떨어져도 아버지는 방에 틀어박혀서 나오지를 않는다.

그렇다고 해서 삐친 아버지를 달랠 구달비가 아니다.

하지만 그는 아버지가 뭘 하고 있는지 무척 궁금했다.

개울물을 조금 떠서 눈곱을 떼어낸 구달비는 집으로 어슬렁어슬렁 걸어갔다.

그는 지금까지의 경험으로 보아 아버지가 이렇게 나올지 내략 상상이 갔다.

'앞으로 며칠 동안 말을 안 하고 버티든지, 아니면 혼자서만 저녁을 차려 먹으려고 하시겠지.'

한데 가보니 뜻밖에도 아버지는 죽은 척을 하고 있었다.

시퍼렇게 변색된 얼굴과 손발, 동태마냥 뻣뻣해진 몸. 사후경직(死後硬直)의 상태다.

잠시 깜짝 놀랐다가 이내 어안이 벙벙해진 구달비는 바닥에 엎어져 있는 아버지를 내려다보았다.

구달비의 눈살이 찌푸려지면서 그의 낯이 냉랭히 굳어졌다.

저 정도는 자신도 할 줄 안다. 귀식대법(龜息大法)과 기문둔갑(奇門遁甲)을 동시에 쓰면 되는 일이다.

아들의 심장을 철렁하게 만든 이 새로운 작전에 구달비는 오만상을 일그러뜨렸다.

"정말… 못 말려!"

저렇게 오랜 시간 죽은 척하는 아버지를 보자 구달비는 오기가 발동했다.

아버지는 아들로부터 '아버지, 제가 잘못했어요. 다음부터는 제가 떡을 사 올게요' 라는 말을 기다리는 게 분명했다.

버티는 아버지를 모른 척하고 혼자서 저녁을 챙겨 먹은 구달비는 자기 방에서 책을 읽다가 잠이 들었다.

하지만 다음날 일어나 보니 아버지는 아직도 그 상태 그대로다.

그러나 아버지가 얼마나 끈질긴 사람인지 잘 알고 있는 구달비는 내심 코웃음을 쳤다.

어릴 때도 이와 비슷한 일이 있었다. 아버지랑 숨바꼭질을 하면서 놀다가 술래인 구달비가 포기를 안 하자 아버지는 숨은 장소에서 장장 사흘을 버텼던 것이다.

결국 아버지를 못 찾은 술래는 내기한 대로 한 달간 밥을 지었어야 만 했다.

'이번엔 내가 안 진다! 어디 누가 이기나 두고 보자!'

심술이 오른 구달비가 한 행동은 밥상을 차려 들고 와서 아버지 옆 에서 먹는 일이다.

"냠냠~ 우와아~ 오늘따라 밥맛이 무진장 좋네?"

구달비는 굶주린 아버지가 얼마나 배가 고플지를 상상하며 회심의 미소를 지었다.

그에게 있어 오늘의 밥맛은 진정 꿀맛이었다.

그런데 나흘째 되는 날.

집 안에서 곡성이 터져 나왔다.

"아이고오~ 아이고오~ 아버지, 제가 죽일 놈입니다~"

구달비는 눈물을 흘뿌리며 대성통곡했다.

아버지의 몸은 사후경직에서 풀려나 썩어 들어가고 있었던 것이다!

처음엔 의심을 하던 구달비도 이쯤 되니 아버지가 진짜로 돌아가셨 다는 점엔 의문의 여지가 없었다.

그가 알기로 기문둔갑을 십이성까지 익혔다 한들 저렇게 온몸이 줄 줄 물이 되게끔 흐느적거리게 만들지는 못했다.

아버지는 죽은 게 분명했다.

게다가 날이 따뜻하니 몸은 급속도로 썩어 들어가 역한 냄새까지 풍 겼다.

"아이고오~ 아이고~ 아버지이~"

멀리 숲 속에서 구달비의 통곡을 지켜보던 백선은 머리를 갸우뚱하며 전음을 보냈다.

『이 나이 되도록 살다 보니 별 꼴을 다 보는군. 저 집은 저런 짓을 하면서 노나?』

곁에 섰던 검은 머리칼의 흑선이 나직한 어조로 짧게 답했다.

『…연기(演技)가 아닌 거 같아.』

이에 황당해진 백선이 당장 핀잔을 준다.

『저런 고수가 떡이 목에 걸려서 죽다니, 거 좀 말이 되는 소리를 하게!』

『하지만 자네도 알다시피 우리 할아버님도 저렇게 돌아가셨네. 그분도 무공으로는 일류고수셨지..』

『……!』

백선은 할 말을 잃고 잠시 침묵을 지켰다.

그러나 그는 곧 정색을 하면서 강한 의혹을 제기했다.

『뭐, 하긴 노인네들이 찹쌀떡을 먹다 죽는 일이 종종 있기는 하지만… 근데 하필이면 우리가 저 신투문주를 찾아낸 날에 이런 일이 발생하다니 너무 공교롭지 않은가?!』

『그러기에 세상에는 급살(急煞)이라는 것이 있는 게야.』

흑선이 심드렁하니 대꾸한다.

그 말에 백선은 콧방귀를 꿰었다.

『흥! 자네 말에 따르면 신투문주가 급살을 맞아 죽었다는 소린데 나는 못 믿겠네!』

이처럼 두 노인이 왈가왈부하고 있는 동안 구달비는 눈물과 함께 관을 짜고 있었다.

그의 손에서 검은 단도가 번득일 때마다 굵은 나무가 두부처럼 뭉텅 뭉텅 깎여 나갔다.

지켜보던 백선이 입이 간지러운 것을 못 참고 중얼거린다.

『저 검은 단도는 신투문 대대로 내려오는 거잖아? 참 오랜만에 보는구먼.』

『신투문주가 죽었으니 단도는 이제 아들 거지.』

흑선이 나직한 목소리로 되받았다.

백선이 재미있어하면서 눈을 빛낸다.

『흐음, 만약에 저 신투문주가 죽은 게 분명하다면 신투문(神偸門)은 일인전승(一人傳承)이 원칙이니까 당연히 저 아들놈이 새 신투문주로구먼. 아마 저 아이 이름이 달비였지?』

『그래, 달비가 맞네.』

흑선이 고개를 끄덕이자 백선은 그를 보며 말했다.

『이보게, 신투문주가 진짜로 죽었는지 당장 가서 확인해 보세.』

그러나 흑선은 백선을 붙잡았다.

『백선, 우리는 신투문주가 어디에 있는지만을 확인하는 게 임무야. 그러니 우리가 엿보고 있었다는 사실을 저 젊은이한테 알려서 좋을 건 없겠지.』

흑선의 만류에 백선은 흥분을 가라앉히며 다시 주저앉았다.

두 노인의 주목 속에서 구달비는 흐느끼고 있었다.

그는 하늘이 무너진 것만 같은 심정이었다.

세상에 이런 일이 벌어지리라고는 상상도 해본 적이 없었다. 게나기 돌아가신 아버지의 시체 옆에서 약 올리며 밥까지 먹었으니 그보다 더한 불효는 없다.

"크흐흑……."

뺨을 타고 뜨거운 눈물이 뚝뚝 떨어진다.

아버지가 목구멍에 떡이 걸린 소리를 냈을 때 당신의 등판을 한 대만 두들겨 주었어도 이런 일은 발생하지 않았다.

아무리 아버지와 격의없이 장난을 치면서 살아왔다지만 그로 인해 이런 끔찍한 일이 벌어졌으니 자신이 죽일 놈이라는 자책감에 구달비는 정말 죽고만 싶었다.

"아이고오~ 아이고오~"

손바닥으로 마루 바닥을 치며 통곡하는 구달비.

그는 한참 후 정신을 수습했다.

마냥 울고만 있을 수는 없다. 어쨌거나 시신이 더 썩기 전에 아버지의 장례를 치러야 한다.

구달비는 온 정성을 들여서 아버지를 염한 후 관에 안치했다.

그는 향을 사르고 싶었지만 집에 그런 게 있을 턱이 없다.

구달비는 돈을 넣어두는 항아리로 갔다.

안에는 작은 은덩이 하나뿐이다.

"휴우, 이게 전 재산이군."

많지는 않지만 그래도 돈이 남아 있다는 사실을 고맙게 여기며 구달비는 몸을 날렸다. 가장 가까운 마을로 향과 지전(紙錢) 등을 사러 가는 것이다.

구달비가 사라지고 약간의 시간이 흐른 후 흑백쌍선은 뒷짐을 지고 천천히 통나무 집으로 향했다.

이윽고 나란히 관 앞에 선 두 노인은 누가 먼저랄 것도 없이 서로의 얼굴을 마주 보았다.

하나 먼저 나서서 난리를 치던 때와는 달리 막상 확인을 할 차례가 되자 백선은 손사래를 쳤다.

"이궁! 자네가 하게. 난 보기보다 마음이 약하다구. 크흠!"

깨끗한 것을 좋아하는 백선의 성격을 잘 아는 흑선은 묵묵히 관 뚜껑을 열었다.

썩는 냄새가 물씬 진동을 하자 백선은 후닥닥 뒤로 물러섰다.

그는 독문무기인 백선(白扇)을 꺼내서 얼굴에 마구 부쳤다.

"후아~ 후아~ 지독한 냄새군."

흑선은 신중히 구문진의 몸을 살폈다.

역겨운 냄새를 피해서 백선이 연신 뒷걸음질을 하며 물었다.

"어떤가? 죽었나, 안 죽었나?"

"…죽은 게 확실해. 살아서는 이렇게까지 몸이 썩이 들어길 수가 없네. 그런데 신패(信牌)가 안 보여."

냄새 때문에 문밖으로 도망간 백선이 빼꼼히 머리를 디밀며 의아해한다.

"허어, 신패가 안 보여? 흠, 아마 진작에 아들한테 물려주었나 보지. 그래, 검은 단도도 아들이 갖고 있었잖은가? 그러니 신투문주임을 상징하는 신패도 당연히 아들이 갖고 있겠지."

"……."

흑선은 말이 없다.

그는 구달비가 신패를 가지고 있는지 확인을 해야 하나 말아야 하나 고민하는 중이다.

이때 한 손으로 코를 말아 쥔 백선이 외쳤다.

"빨리 확인 사살을 하고 돌아가세."

"그렇긴 한데……."

구문진의 시신을 내려다보는 흑선은 잠시 망설였다.

신투문주는 중요한 비밀들을 많이 알고 있으니 만약을 대비해서 죽었어도 다시 한 번 확실하게 죽여야 한다. 이는 흑선이 잔혹해서가 아니라 그게 조직의 방침이다.

지금 흑선은 이미 죽은 구문진을 어떤 방법으로 확인 사살을 해야 할지를 생각하고 있다.

그것을 눈치챈 백선이 답답해하며 고함쳤다.

"모가지를 잘라내, 모가지를!"

손가락 하나 까딱 안 하면서 백선은 밖에서 입으로만 다 했다.

그러나 생각이 깊은 흑선은 고개를 저었다.

"목을 잘라내면 혹시나 저 젊은이가 아비의 관을 열어봤을 때 문제가 생겨."

백선은 즉각 흑선의 말에 맞장구를 쳤다.

"그렇구먼. 그럼… 심장에 칼을 박게!"

"만일 젊은이가 돌아와서 시신의 옷을 갈아 입히기라도 하다가 심장의 상처를 발견하면……."

"아, 그러면 어쩌겠다는 건가? 그 아들놈이 다른 데로 이사할 때까지 몇 달이고 몇 년이고 마냥 기다리다가 화장이라도 하겠다는 건가? 엉?"

어서 빨리 이 산중을 떠나고 싶은 백선이 발칵 성질을 냈다.

흑선은 구문진의 배 위에 오른손을 얹고 내공을 끌어올렸다.

"합!"

퍼엉!

시신의 뱃속에서 가죽 북 두드리는 둔탁한 소리가 났다.

내가중의 수법이니 겉으론 멀쩡해 보여도 창자가 산산조각났으리라. 세상의 그 누구라도 이런 정도의 큰 부상을 입었다면 설사 전설의 의원이라는 화타나 편작이 버선발로 쫓아온다 해도 절대로 살려내지 못할 것이다.

백선은 숲을 향해 몸을 날렸다.

"어서 가세. 심심해서 소일거리로 시작했지만 정말 이 일도 못해먹겠어. 죽은 시체를 손상하다니, 귀신이라도 붙으면 어떻게 하누? 나무아미타불 관세음보살~"

자신은 아무것도 한 게 없으면서 생색은 혼자서 다 내는 백선.

그는 개울물에 손을 닦는 흑선한테 연신 독촉했다.

"아, 뭐 하는가, 어서 가자니까! 우리 임무는 다 했네. 앞으론 새 신투문주의 종적을 놓치지만 않으면 돼. 얼른 가시 새로운 신부문주의 탄생이나 알리세."

앞서 가는 백선의 뒤를 따라 흑선은 조용히 경공을 펼쳤다.

*   *   *

구달비는 개울가에 앉아 멍하니 넋을 놓고 있었다.

그 앞으로 철 늦은 매화가 한 송이 물 위를 맴돌며 떠내려간다.

가기 싫은 듯 발버둥 치는 것만 같은 몸짓을 하며 물결에 휩쓸려 가는 그 꽃은… 마치 유부로 떠나가는 아버지의 영혼만 같다.

"천상유혼(川上有魂)……."

구달비는 자기도 모르게 읊조리며 팔을 뻗었다.

그러나 꽃을 잡으려던 그는 움찔 손길을 멈추었다.

저 꽃은 잡아서 무얼 하랴.

이제는 후회해도 소용없는, 모든 게 지나가 버린 일인 것을.

구달비는 가슴이 미어지면서 눈물이 핑 돌았다.

그가 아버지의 장례를 치른 지도 벌써 열흘이 지났다.

어미 없이 자란 구달비에게 있어 혈육이라고는 단 하나밖에 없는 아버지였다.

한데 아버지가 그렇게 허망하게 돌아가실 줄은 꿈에도 몰랐다. 그럴 줄 알았다면 진작에 효도를 하는 건데.

사실 사내 나이 이십육 세면 장가가서 자식이 두엇은 있어야 정상이다.

그런 마당에 아버지께 손자는 못 안겨 드릴망정 며느리만큼은 보여 드렸어야 했다는 자책감에 구달비의 가슴은 칼로 도려내는 것만 같이 아팠다.

멀어져 가는 매화 송이를 지켜보던 구달비는 벌떡 일어섰다.

"구천에서 보고 계실 아버지께 이제라도 사람 구실 하는 것을 보여 드려야 해. 그리고 화전민으로 살 게 아니라면 마냥 여기에 있을 수만은 없지."

구달비는 집으로 들어가 아버지의 유품을 챙겼다.

그것들을 탁자 위에 늘어놓은 구달비는 앞으로 어떻게 살아가야 할지 궁리를 시작했다.

"이제 난 뭘 해먹고 살아야 하나?"

맹모삼천지교(孟母三遷之敎)를 모방함인지 아버지는 구달비를 데리고 이사를 자주 다녔다. 한 거주지에서 짧게는 몇 달, 길게는 일 년을 살면서 중원의 대, 소도시들을 전전했던 것이다. 그 덕분에 구달비는 많은 것을 배울 수 있었고, 여러 종류의 삶을 볼 수가 있었다.

그가 본 사람들의 직업은 수백 가지였다.

개중에는 도둑과 비슷하지만 약간은 다른 소매치기, 강도 등도 있었다.

구달비는 자신의 가문이 조상 대대로 도둑이었다고 들었다.

"도둑질……."

도둑질에 대해서 생각하는 구달비의 머리 속으로 어릴 때 아버지와 함께 본 무서운 광경이 생생히 떠올랐다.

그것은 저잣거리에서 도둑질을 하다가 붙잡힌 사내가 사람들에게 몰매를 맞고 피를 토하는 장면이었다.

그때 구달비는 자신의 고사리손을 잡고 있는 아버지의 큼직한 손이 조금 떨리고 있음을 느꼈다.

그날 하루 종일 아버지는 침울했다.

저녁때 아버지는 구달비를 앉혀놓고 뜻밖의 소리를 했다.

"달비야, 사실 도둑질은 나쁜 짓이란다. 우리 가문이 훔친 재물의 구할은 가난한 사람들한테 나눠 주고 비록 일 할만 가진다고는 하지만…… 그래도 도둑질은 나쁜 거란다."

"……."

아들은 가라앉은 분위기에 눌려서 아버지의 말씀을 경청하고 있다.

아버지는 아들에게 말했다.

"얘야, 아무리 집안의 전통이라지만 나는 도둑질을 하고 싶지 않았다. 그래서 이 아비는 너를 꼭 도둑으로 만들고 싶지는 않다."

"아버지, 그럼 저는 도둑질을 안 해도 되나요? 하지만 도둑질은 가문의 대를 잇는 일이잖아요?"

"대대로 내려왔으니 도둑질을 가르치기는 한다만… 너는 도둑질이든 다른 일이든 네가 정말로 좋아하는 직업을 갖거라. 나는 내가 가르쳐 줄 수 있는 모든 것을 가르쳐 줄 뿐 선택은 네가 하는 거야."

아버지는 어린 아들의 머리를 쓰다듬어 주면서 몇 번이고 당부했다.

"달비야, 너는 네가 원하는 길을 가거라."

"휴우~"

구달비는 깊은 한숨을 쉬면서 팔에 턱을 괴었다.

자신이 진실로 원하는 길이 무엇인지 생각하는 것이다.

그러나 배운 게 도둑질이라고 그가 할 줄 아는 것이라고는 도둑질밖에 없었다.

갑갑해진 구달비는 더벅머리를 북북 긁었다.

"어쩌면 내가 자립을 않고 아버지 곁에서 버틴 것은 그때 본 몰매 맞는 도둑과 같은 꼴이 되고 싶지 않아서일지도 모르지. 근데 도둑이 아니라면 난 과연 어떤 직업을 가질 수 있을까?"

구달비는 자기가 배운 재주들을 헤아려 보았다.

"아버지한테서 배운 건 경공술, 은신술, 기문둔갑, 그리고 잡다한 도둑질 기술인데……"

구달비는 자신의 경공 수준을 진단해 보았다.

그는 머리를 갸우뚱하더니 곧 머쓱한 표정이 되었다.

"남과 경공 비교를 해본 적이 없어서 잘 모르겠군."

아버지 말에 따르면 구달비의 경공은 강호에서 일류란다.

그리고 당신의 경공은 중원, 아니, 전 세계 최고라고 자랑했다.

"쳇, 아버지 말을 어떻게 믿어?"

구달비는 입을 삐죽이며 구시렁댔다.

그도 그럴 수밖에 없는 것이, 구씨 가문의 경공은 중원의 난다 긴다 하는 문파들이 보유한 경공의 장점만을 짜깁기해서 만든 거라고 아버지가 강조했기 때문이다.

"아버지, 우리 선조들은 그런 대단한 문파들의 경공을 어떻게 알아냈대요?"

어린 아들의 날카로운 질문을 아버지는 명확한 설명 없이 어물어물 넘겼다.

그런 아버지의 행동에 아들이 의심을 품는 건 당연했다.

"으이씨! 아버지! 우리 가문의 경공이 세상 최고라는 건 뻥이죠?!"

"이니, 이놈이 아비 말을 안 믿어? 네가 공력이 더 세진 후에 펼쳐 보면 자연히 알게 돼, 이놈아!"

답변이 딸리자 궁지에 몰린 아버지는 버럭 역정을 냈다.

옛일을 생각하던 구달비는 피식 웃음이 났다.

"푸흐흐, 그때 아버지의 당황하시던 표정이란…… . 아니, 아니야. 이렇게 돌아가실 줄 알았으면 그때 그냥 믿어주는 척할걸."

아버지와의 추억을 생각하던 구달비는 다시금 가슴이 아파왔다.

하지만 그는 이내 고개를 저으며 앞날을 걱정했다.

"어쨌거나 난 잘 먹고 잘살아야 될 텐데. 커다란 기와집에 비단옷은 기본으로 말야."

생각이 비단옷에 이르자 갑자기 그는 상상의 나래를 폈다.

"우리 가문의 경공이 세계 최고라는 아버지 말씀이 사실이라면 얼마나 좋을까? 그러면 경공 문파를 창설해 볼 수도 있을 텐데 말야. 구달비 문주님! 비단옷 등판에 '경공 최고수' 라고 써넣는 거야! 우와아~ 상상만 해도 멋지다!"

신투문주였던 아버지로부터 '신투문' 에 대해서는 '신' 자도 들어본 적이 없는 구달비는 문주라는 호칭에 마구 흥분이 되었다.

"경공문주 구달비! 경공 최고수 구달비! 이야아~ 죽여준다!"

그러나 방방 뛰던 그는 곧 풀이 죽었다.

"쳇, 아버지는 허풍이 심하셨어. 세계 최고는 뭔 놈의 세계 최고야? 각 문파의 경공 짜깁기라니 도대체가 말이 안 되잖아?"

경공에 대해서 더 생각하기를 포기한 구달비는 이어서 다른 재주로 관심을 옮겼다.

"은신술은 그럭저럭 괜찮을 거 같은데 기문둔갑이 문제란 말야?"

기문둔갑을 십이성까지 익힌 아버지는 얼굴과 체형을 바꿔 완전히 다른 사람으로 변했다.

그러나 십이성에 도달하지 못한 건 말할 것도 없고 이제 고작 이십 년밖에 안 되는 공력으로 구달비가 할 수 있는 일이라곤 이목구비 중 겨우 한 가지를 변형시키는 것이다.

구달비는 끙끙대며 열심히 머리를 굴렸다.

"도둑 말고 상인이 돼도 재미있을 거 같은데……. 근데 장사 밑천이 없잖아? 젠장! 아무리 집 안을 들들 뒤져도 팔아서 돈 되는 거라곤 단 하나도 없네! 우리 집은 왜 이렇게 가난해?"

장사를 하려고 해도 자본이 없으니 일단 몸으로 밑천을 장만해야만 한다.

구달비의 어깨에서 힘이 빠졌다.

자신이 불알 두 쪽밖에 가진 게 없는 놈이라는 생각에 그의 마음은 무거워졌다.

그나마 남보다 나은 게 있다면 예리한 눈썰미였다.

한 번 본 것은 절대 잊지 않도록 어릴 때부터 아버지가 훈련을 시킨 덕택이다.

그러나 그걸 어디다 써먹을 것인가?

구달비는 고심했다.

"어디 가서 취직이라도 할까? 에휴, 당장에 쉬운 것은 도둑질이군. 아냐. 사실 도둑질도 그리 쉬운 거라고만은 장담 못하지."

고민에 고민을 하는 구달비.

그는 드디어 결론을 내렸다.

"그래, 대대로 내려오던 직업이니 일단은 도둑질을 해보는 거야. 생각보다 짜릿할 수도 있고 의외로 재미있을 수도 있어. 도둑질을 한 번 해보고 나서 그 후에도 도둑질을 계속할 건지 아니면 다른 직업을 가질 건지 결정하자."

막상 결정을 내리자 구달비는 마음이 한결 가벼워졌다.

그러나 이때까지만 해도 구달비는 '도둑질부터 한 번 해보자' 라는 이 결정이 그의 운명은 물론 전 무림을 통째로 뒤집어놓는 대사건의 시작임을 조금도 예상치 못했다.

미래에 대한 희망에 부푼 구달비는 탁자 위에 놓인 유품들을 살폈다.

아버지가 도둑질할 때 쓰던 각종 연장이 든 작은 가죽 주머니.

역시나 아버지가 작업을 할 때 입던 겉은 갈색이고 속은 검은빛인 양면으로 입을 수 있는 야행복. 이것의 장점은 천잠사로 짜여져 있어서 아무리 빨리 경공을 펼쳐도 찢어질 염려가 없다는 점이다.

구달비가 생각해 보니 유품 중에서 제일 값나가는 게 바로 이 옷이다.

그의 만면에 미소가 떠올랐다.

"이 옷을 깜빡 잊었군. 한 번 해본 후 도둑질을 안 하기로 하면 이 옷을 팔아서 돈을 마련해야지. 천잠사니까 비싸게 팔릴 거야. 흐음, 그냥 이 옷을 팔아서 장사를 시작할까? 아냐, 아냐. 모양이 이상하다고 값을 제대로 못 받을지도 몰라. 그리고 장부가 한 번 칼을 뽑았으면 무라도 잘라봐야지. 하니 일단은 도둑질부터 먼저 해보고."

히죽거리던 구달비는 검은빛의 특이한 단도(短刀) 한 자루를 집어 들었다.

이것은 구씨 가문에 대대로 내려오는 물건으로 재질이 쇠도 아니고 나무도 돌도 아닌, 대체 무엇으로 만든 것인지 알 수가 없는 칼인데 베려고 하는 건 무엇이나 다 베어져 나갔다.

구달비는 유품들을 품에 소중히 넣었다.

"음, 이게 내 전 재산이란 말이지?"

구달비는 가슴패기를 탁탁 치며 배에 힘을 주었다.

그러나 만약 흑백쌍선이 이 자리에 있었다면 성질 급한 백선이 구달비의 멱살을 붙들고 '이놈아, 신패는 어디 있어?' 라고 윽박질렀을 터이다. 하지만 다행인지 불행인지 그들은 이곳을 떠난 지 오래다.

화섭자와 소금 등 자잘한 물건들을 챙긴 구달비는 마지막 남은 쌀로 정성 들여 밥을 지었다.

밥이 다 되자 그는 양손으로 꼭꼭 뭉쳐 가며 여러 개의 주먹밥을 만들어 도시락을 쌌다.

구달비는 제일 처음으로 만든 주먹밥을 아버지의 산소에 올리고 하직 인사를 올렸다.

"아버지, 저는 아버지가 말씀하신 대로 제가 원하는 삶을 살게요. 아시다시피 제가 원하는 삶이란 기와집에서 비단옷 입고 예쁜 마누라랑 사는 거예요. 그러니 다음 성묘 때는 아주 멋진 비단옷을 입고 예쁜 며느리도 데려올게요. 저어… 그리고 아버지가 경공의 최고수라는 거… 믿어보려고 노력할게요."

第二章

재수 옴 붙은 영업 개시

*하*남의 성도인 개봉.

구달비가 이 도시로 온 까닭은 중원이대상가(中原二大商家) 중 하나인 황금장이 바로 이곳에 있기 때문이다.

황금장(黃金莊)!

중원 전역은 물론이거니와 멀리 변방에까지도 상권을 뻗치고 있는 황금장은 중원 상권 전체의 삼 할에 달하는 막대한 부(富)를 보유하고 있는 상가다.

또 다른 유명한 상가로는 북경의 생불가(生佛家)가 있다.

한데 황족의 핏줄인 주(朱)씨가 가주라는 생불가는 원래 상가가 아니었다. 백여 년 전, 재력이 엄청나고 마음이 따뜻한 황족이 있어 수해, 가뭄으로 모든 기반을 잃고 일가족 동반 자살 직전에 이른 민생에게 그들이 먹고살 수 있게끔 조그만 가게를 꾸려주다가 보니 그 황족의 장원은 어느덧 거대한 상가로 발전하게 된 것이다.

언제부터인지 사람들은 이를 '살아 있는 부처님' 이라는 뜻의 생불가라고 불렀고, 그게 상호(商號)로 굳어져 버렸다.

하늘을 붉게 물들인 노을 위로 어스름이 내려앉을 무렵.

구달비는 황금장을 향해 어슬렁어슬렁 걷고 있었다.

문득 그는 발걸음을 멈추고 탄성을 올렸다.

"우와~ 언제 봐도 굉장해!"

그의 눈앞에는 금색 칠을 한 기왓장으로 뒤덮인 실로 어마어마한 규모의 장원이 괴물처럼 웅크리고 있다.

장원을 둘러싼 담의 길이는 끝이 보이지 않았고, 그 안에서 머리를 내밀고 있는 수많은 전각들은 자금성이 부럽지 않다.

황금장.

정문 위에 자리잡은 큼직한 현판에는 금방이라도 용트림을 하고 날아오를 것만 같은 글씨로 '황금장' 이라 쓰여져 있다.

"저 글씨는 진짜 금으로 칠한 거야."

수염도 없는 턱을 쓰다듬으며 구달비는 나직이 중얼거렸다.

이윽고 그의 얇게 찢어진 눈이 현판 밑에 떡 버티고 선 수문장들에게로 향했다.

번쩍이는 금빛 갑옷을 걸친 사내들이 황금장의 위용을 뽐내며 위풍당당하게 눈을 부라린다.

"갑옷까지 다 금이라니 돈도 많군. 만일 나라면 수문장이 되자마자 저 갑옷을 들고 도망쳐 버릴 거야. 큭큭큭."

킬킬대던 구달비는 하루에도 수많은 달구지와 수레가 들락거리는 정문을 지나쳐 장원의 오른쪽으로 돌아갔다.

그 곁을 짐을 가득 실은 마차가 먼지를 날리며 지나간다.

덜그럭덜그럭~

구달비는 서둘러서 짐마차를 피했다.

"으차차! 아이구, 이 먼지 좀 봐. 그래도 황금장이 개봉의 변두리에 위치했으니 망정이지 한복판에 있었어봐. 얼마나 교통이 혼잡했겠어?"

시종일관 입을 놀리며 구달비는 마차를 피해서 비틀대며 걸었다.

누가 보아도 무공이라고는 모르는 걸음걸이다.

사실 그는 다리를 휘청거릴 만큼 배가 무척 고팠다.

장장 사흘이란 시간을 이곳에서 사전 답사를 하며 보낸 구달비.

말라비틀어진 마지막 주먹밥을 먹은 게 벌써 이틀 전이다.

굶주린 뱃가죽이 난리를 친다.

꾸루룩~

구달비는 히기진 배를 내려다보며 말했다.

"참아라, 참아. 사실 밥이야 훔쳐 먹을 수 있지만 고작 밥 따위를 훔치는 걸로 영업 개시를 할 수야 없지. 암, 처음으로 하는 도둑질이니만큼 큰 걸로 한탕하는 거야."

하지만 원대한 포부와는 달리 뱃속에선 연신 천둥소리가 울린다.

꾸륵~ 꾸르르룩~

"엉? 그건 내 사정이고 넌 밥을 달라고? 조금만 기다려. 내 곧 산해진미를 먹여줄게."

구달비는 소화시킬 것을 넣어달라고 아우성치는 배를 허리띠로 단단히 졸라맸다

그리고 멋진 한탕을 위하여 씩씩하게 걸었다.

이윽고 황금장의 동문(東門)에 도착한 구달비는 길가 한구석에 쪼그리고 앉았다.

그는 목표물인 황금장을 눈앞에 두고 생각에 잠겼다.

'아버지는 누누이 말씀하셨지. 경공의 최고수가 되기 전까지는 절대로 무림의 문파를 털면 안 된다고. 그거야 큰 문파에는 고수가 득시글거릴 테니 죽고 싶지 않다면야 그런 데를 털 까닭이 없지 뭐.'

구달비가 이곳에 온 이유는 그의 통나무 집이 있던 대별산맥(大別山脈)이 하남의 경계에 위치하기 때문에 하남 땅에 있는 황금장을 택한 이유도 있지만 그는 처음으로 하는 도둑질이니만큼 시작을 장대하게 벌이고 싶었다.

'이 황금장은 무림문파도 아니고 돈 많기로 유명한 곳이니 개업식을 하기에 안성맞춤인 대상이야. 나는 왜 이렇게 똑똑하지?'

자화자찬을 하는 구달비.

그는 그동안 관찰하여 온 황금장의 구석구석을 머리 속에 떠올렸다. 횃불이 환하게 밝혀진 창고 건물이 눈에 선명히 보이는 듯하다.

구달비는 고개를 저으며 가볍게 혀를 찼다.

"쯧, 사실 재물이 많은 곳은 그 창고인데 말야."

황금장에는 수많은 창고들이 있었다.

농산물 창고, 건어물 창고, 약재 창고…….

그러나 부피만 많이 나가고 그에 비해 가격은 얼마 안 나가는 쌀 등은 훔칠 대상이 못 되고 바보가 아니라면 금전이 쌓인 창고를 털어야 한다.

하지만 현금이 있는 창고는 하루 열두 시진 내내 삼엄한 경비 속에 있다.

구달비는 밤에도 대낮같이 환하게 횃불을 켜놓은 그 창고에 잠입할 재주가 없었다.

"아버지라면 경비원으로 얼굴을 바꾸시고 당당히 들어가실 텐데. 한데 난 이목구비 중에서 고작 한곳만 변형이 가능하니……. 에휴!"

구달비는 역용이라는 손쉬운 방법을 구상해 보았으나 그의 무공으로는 쉽지 않았다.

그는 달리 머리를 굴려보았다.

"이곳 총관이나 유명한 상인의 신용장을 위조해서 금덩이를 털 수도 있겠지만 그건 도둑질이라기보다는 사기겠지?"

열심히 다른 방법들을 강구해 보았으나 그것들은 모두가 소요 시간이 너무 많이 걸리는 일들이다. 그러기엔 배가 너무도 고팠다.

"오늘밤 안으로 못 훔쳐 내면 굶어 죽겠다. 역시 도둑질은 담 넘어 들어가서 직접 물건을 들고 나오는 게 제 맛이야."

결국 구달비가 노리는 것은 황금장 장주의 방이었다. 그 안에는 분명히 숨겨둔 금고가 있을 터.

구달비는 보화가 가득 찬 금고를 상상하며 싱글거렸다.

"난 어떤 금고라도 열 자신이 있지. 금고를 털면 비싸고 맛있는 음식을 사 먹어야지. 개업 축하 기념으로 말야. 헤헤헤!"

음식을 연상하자 주린 배가 이때다 싶어 또다시 요동친다.

꾸와르르륵~

괴상한 소리에 구달비는 깜짝 놀라는 표정을 지었다.

"아이구, 얘가 정말? 사흘 굶어 남의 집 담 안 뛰어넘는 사람이 없다고, 내 불쌍한 너를 위해서라도 황금장의 담벼락을 훌쩍 뛰어넘어 주마."

구달비는 다시 한 번 허리띠를 졸라매며 다짐했다.

날이 완전히 저물자 검은색 야행복으로 갈아입은 구달비는 얼굴까지 복면으로 가린 후 기운 차게 황금장의 담을 넘었다. 지난 사흘 동안 여러 번 예행연습을 해본 덕에 그의 행동은 구렁이 담 넘어가듯 능숙했다.

구달비는 잎이 무성한 소나무 위에 올라가서 목표물인 황금장주의 전각을 주시했다.

이층 높이의 웅장한 전각의 사면에는 각기 두 명씩의 경비무사들이 버티고 서서 제 위치를 지키고 있다.

곳곳에 밝혀둔 횃불이 일렁이며 그림자를 길게 드리운다.

구달비는 나뭇가지에 착 달라붙어 은신을 한 채 머리를 갸우뚱했다.

'참 이상도 하지. 그간 황금장주가 호위무사를 대동하는 걸 한 번도 본 적이 없으니 말야. 저렇게 많은 재물을 모으면서 나쁜 짓을 전혀 안 했나? 아니야. 그럴 리가 없어. 털어서 먼지 안 나는 사람은 없다구.'

전각을 순시하는 경비 외에 개인 호위가 있다면 분명히 장주의 방 안에 은신해 있을 것이다.

'그러나 위험 부담이 없는 도둑질은 있을 수 없는 법.'

구달비는 방 안이 불 없이 캄캄하기만 하다면 기문둔갑을 이용해서 몰래 숨어들어 갈 자신은 있었다.

다만 호위무사가 얼마만한 고수냐 하는 점이 문제라면 문제다.

'만약 방 안에 호위무사가 있는 게 느껴지면 그 길로 내빼야지. 그

리고… 밥을 훔쳐 먹어야지 뭐.'

영업 개시로 밥 따위를 훔칠 일이 없기만을 바라며 구달비는 초조하게 시간이 가기를 기다렸다.

그는 전각의 창문에 시선을 집중시켰다.

긴장감에 손이 땀으로 진득하니 절면서 심장이 마구 벌렁거렸다.

'잘해낼 수 있을 거야! 난 잘해낼 수 있을 거야!'

구달비는 몇 번이고 되뇌이며 스스로에게 암시를 걸었다.

이어 그는 도둑인 아버지를 떠올렸다.

'아버지는 목표했던 물건을 손에 쥐었을 때 짜릿하다고 했어. 나도 한 번 해보는 거야. 짜릿! 짜릿!'

짜릿할지 어떨지는 알 수 없었지만 일단 일을 벌이기로 작정했으니 반드시 성공시켜야 한다.

구달비는 예리한 눈썰미로 다시금 점검을 해보았다.

'여기서 창문까지 십 장(十丈:32미터). 내 능력으론 경비원에게 들키지 않고 한 번에 도달하기 힘들다.'

달리다가 그 반동을 이용한다면 모를까 구달비의 이십 년 내공으로 나무 위에서 십 장에 달하는 거리를 한 번에 도약하기는 어려웠다.

하지만 지난 사흘 동안 그는 방도를 강구해 낼 수 있었다.

구달비가 생각을 정리하는 동안 어느 틈에 축시(丑時:새벽1~3시)가 가까워졌는지 달이 하늘에 높이 떠 있다.

그간 살펴본 바에 따르면 잠입을 하기에는 축시 초에 하는 경비 교대를 이용하는 게 가장 수월했다.

구달비는 마른침을 삼켰다.

'꿀꺽! 창문 밑에 경비무사가 두 명. 이제 곧 새로운 경비 두 명이 교대하러 오겠지.'

초조하게 기다리는 구달비의 작은 눈 속으로 한 경비무사가 손을 흔드는 장면이 들어왔다.

"여어~ 어서들 와! 교대 시간만을 학수고대하고 있었지!"

교대해 주러 오는 두 경비무사에게 전각의 창문 밑에서 서성이던 경비들이 반색을 한다.

그들 중 하나가 새로 오는 자들에게 농담처럼 지껄였다.

"<u>ㅎㅎㅎ</u>, 오늘도 자네들은 냉전 중인가? 언제까지 싸우고 말 안 할 거야? 오늘은 화해를 해보라구."

새 경비무사들은 그 말에 따를 의향이 없는 듯 아무 말 없이 서로를 매몰차게 외면했다.

그들에게 말을 걸었던 경비가 핀잔을 준다.

"에이, 왜들 그래? 애들처럼 싸우지 말고 잘 좀 지내. 아무튼 우리는 가네."

기존의 두 경비는 어서 빨리 휴게실로 가고 싶은지 서둘러 사라졌다.

나무 위에서 구달비는 새로 온 경비들의 등판을 내려다보았다.

그가 노리는 기회는 단 한 번의 찰나지간뿐이다.

새 경비들은 원수마냥 서로를 외면한 채 전각으로 향했다.

멀어져 가는 새 경비들의 뒤통수를 구달비는 따갑게 노려보았다.

'그렇게… 그렇게 조금만 더.'

경비들이 기계적인 발걸음으로 척척 걸어가 전각 밑에 도달한 순간 그들은 몸을 돌려 전각을 뒤로하고 섰다.

그러나 그들이 서로를 외면한 채 몸을 트는 찰나지간,

그 사이의 사각지대를 구달비의 그림자가 유령처럼 스쳐 지나갔다.

스윗─

그의 검은 그림자는 처마 밑의 음영 속으로 빨려 들어갔다.

'성공이다!'

전각의 이층 지붕 밑 으슥한 곳에 매달린 구달비는 웃음이 터져 나올 것만 같았다.

이렇게 일이 잘 풀리다니……. 만사형통인 것을 보니 도둑질이 자신의 천직이라고 하늘이 말해 주는 것만 같다.

구달비는 숨을 죽이고 웃었다.

'저 머저리 같은 경비 녀석들이 싸우고 서로 며칠째 말을 안 하는 통에 일이 정말 수월하게 풀리는구나! 큭큭큭!'

발밑에 경비무사들을 둔 구달비는 옆의 창문을 쳐다보았다.

춘삼월이라고는 하지만 아직도 밤바람은 찬지라 창문은 닫혀 있다.

구달비는 창문 안쪽을 향해 조심스레 귀를 기울였다.

아무 기척도 없다.

'방 안에 호위무사가 있을지도 모르니 최대한 조심해야 해.'

구달비는 주의를 풀지 않으며 창문을 향해 천천히 손을 뻗었다.

그러나.

스르륵─

손이 닿기도 전에 별안간 창문이 저절로 열렸다.

동시에 그 안에서 검은 복면을 한 사람이 튀어나왔다.

깜짝 놀란 구달비는 순간적으로 몸을 움츠리며 숨을 들이켰다.

'헛!'

그 인기척을 눈치챈 복면인은 쏜살같이 하늘을 날아가다가 구달비가 숨은 곳을 힐끔 곁눈질했다.

그도 뜻하지 않은 구달비의 존재에 적잖이 당황한 것 같았다.

하지만 복면인은 당황하고만 있지 않고 즉각적인 반사 행동을 했다.

그가 구달비를 향해서 암기를 날린 것이다.

쉭—

암기가 빛살처럼 쏘아온다.

그것은 한 개의 솔잎이었다.

그러나 그 솔잎은 구달비의 천잠사 암행복을 뚫지 못하고 퉁겨 나갔다.

복면인은 구달비에게 암기를 날린 후 계속 신형을 날려 담 너머 암흑 속으로 사라져 갔다.

구달비는 작은 눈을 크게 뜨고 그의 뒷모습을 주시했다.

'우와! 십 장을 단번에 가로지르다니 굉장한 경공술이다.'

내공이 일천한 구달비로서는 흉내조차 낼 수 없는 엄청난 경공이었다. 그 속도가 얼마나 빨랐던지 눈을 멀거니 뜨고 있는 경비들도 전혀 눈치채지 못할 정도였다.

'내공이 일 갑자 이상 되는 일류고수가 분명하다. 저자는 대체 누굴까?'

창문으로 들어가려던 구달비는 예상치 못한 일이 터지는 바람에 몹시 곤혹스러웠다.

그는 소나무 위에서 축시가 될 때까지 기다리는 동안 복면인의 잠입을 보지 못했다. 아마도 복면인은 일찌감치 방 안에 들어가 있었던 것 같다.

구달비는 그자의 정체가 몹시 의아했다.

'호위무사였을까? 아니야. 호위무사는 절대로 아니야.'

호위무사였다면 경비원들에게 구달비의 존재를 알렸어야 옳다.

'호위무사가 아니라면… 혹시 나처럼 도둑?'

구달비는 두 눈으로 똑똑히 목격한 그 복면인의 형색을 떠올려 보았다. 찰나지간이었지만 그는 모든 것을 선명하게 기억했다.

구달비는 예리한 눈썰미를 갖게끔 수련을 시켜준 아버지한테 감사하며 복면인에 대해서 차근차근 점검하기 시작했다.

'몸의 체형으로 볼 때 분명히 남자야. 그리고 눈가에 주름살이 전혀 없으니 젊은 놈이지.'

복면인은 눈을 제외하고는 모든 것을 새까만 색으로 완벽하게 감싼 자였다. 그리고 검이나 소도(小刀) 등 무기라고는 아무것도 지니고 있지 않았다.

다만 눈에 띄는 게 한 가지 있다면 그자가 왼쪽 손목에 차고 있는 용 모양의 투명한 백옥 팔찌였다.

구달비는 팔찌를 연상하며 눈에 이채를 띠었다.

'좀 희한한 팔찌였어. 용의 두 눈알이 옥 속에 들어 있다니. 내가 잘못 본 것일까?'

구달비가 본 바로는 용의 금빛 눈알이 옥에 박혀 있는 게 아니라 마치 옥 속에서 천연적으로 생성된 것마냥 옥 안에 자리잡고 있었다.

구달비는 고개를 연신 갸우뚱거렸다.

이때까지만 해도 그는 자신이 이 복면인과 철천지원수가 되리라고는 꿈에도 생각지 못했다.

그리고 이 일이 향후 무림의 판도를 송두리째 바꿔놓는 일이 될 줄도 당연히 상상치 못했다.

구달비는 복면인이 사라진 방향을 쳐다보았다.

그곳엔 어둠만이 깃들어 있을 뿐이다.

밑에 있는 경비들은 위에서 무슨 일이 벌어졌는지 전혀 모른 채 아직도 냉전 중이다.

'으음, 이제 어쩐다?'

구달비는 황금장주의 방으로 잠입을 해야 할지 말지를 심각하게 고민했다.

구달비가 생각키로 그 복면인은 호위무사가 아닌 도둑 같았고 이미 사라져 버린 지금에 있어 그자는 더 이상 아무런 위협이 되지 않을 성 싶다.

하지만 구달비는 선뜻 방에 들어가지를 못하고 망설였다. 그의 머리 속에서 아버지의 가르침이 웅웅거렸던 것이다.

'들켰다 싶으면 다 때려치우고 튀어라!'

하나 구달비가 생각하려니 들켰다고 보기도 그렇고 안 들켰다고 보기도 좀 그랬다. 어쨌거나 경비무사들은 아직 구달비의 존재를 모르니까 말이다.

선뜻 결정을 못하고 끙끙대는 구달비.

그의 생각이 다른 데 미쳤다.

'처음 하는 도둑질인데… 재수없게시리.'

영업 개시부터 다른 도둑놈에게 방해를 받았다는 생각에 내심 울컥 화가 치밀어 오른다.

그러나 포기하고 돌아가려니 그간 투자한 시간과 정력이 너무나도 아깝다.

'에라이~ 이왕 온 김에 중원제일의 갑부라는 황 영감 방이나 구경하고 가자.'

결단을 내린 구달비.

그는 캄캄한 방으로 살그머니 들어갔다.

'으아! 돈으로 떡칠을 해놓은 방이군!'

창문을 통해서 들어오는 횃불 빛에 의지해서 보려니 바닥에는 서장산 양탄자가 푹신히 깔려 있고 벽과 장식장에는 평생에 보기 힘든 값비싼 물품이 가득 차 있다. 그리고 사람은 아무도 없는지 쥐 죽은 듯 조용하다.

하지만 그 적막이 구달비는 못내 이상했다.

'황씨 영감이랑 그 마누라가 잠을 자고 있으니 숨소리가 나야 정상인데……?'

구달비는 황금장주 부부를 찾아서 그림자처럼 신형을 옮겼다.

그런데 장미목(薔薇木)을 깎아 만든 커다란 침상으로 다가간 그는 우뚝 멈추어 서고야 말았다.

침상에는 두 구의 시신이 있었다.

장주와 그 부인이 나란히 누운 채 죽어 있었던 것이다.

구달비는 다가가서 그들을 살폈다.

사인(死因)은 각자의 목덜미에 꽂힌 솔잎 한 개씩이다. 가느다란 솔잎이 목뼈를 부러뜨려 놓은 것이다.

구달비는 자신도 복면인이 날린 솔잎에 당할 뻔했던지라 고개를 끄덕였다.

'시체가 아직도 따뜻하고 이 솔잎, 분명히 아까 그놈이 범인이다.'

구달비는 복면인이 황금장주 부부를 죽인 이유가 궁금했다.

'왜 이들을 죽였을까? 혹시 원한 관계? 그자는 살수였나?'

머리를 굴리던 구달비의 시선이 이불 밖으로 나와 있는 황금장주의 손에 가서 머물렀다.

침의(寢衣)가 걷어 올려진 그 손목에는 오랜 기간 햇빛을 막아주던 그 무엇인가가 있었던 듯 볕에 안 탄 하얀색의 띠가 피부에 형성되어 있었다.

그것을 보는 순간 구달비는 짐작이 가는 데가 있었다.

'가만! 저기 차고 있었던 게 아까 그 팔찌?'

구달비의 뇌리로 복면인이 착용하고 있던 용 모양의 팔찌가 떠올랐다.

황금장주 손목의 볕에 안 탄 피부 넓이로 보니 용 팔찌와 꼭 맞아떨어진다.

그렇다면 결국 그 복면인은 팔찌 때문에 이 황금장에 침입해서 장주 내외를 죽인 게 된다.

구달비의 작은 눈에 호기심이 떠오른다.

'흐음, 살인까지 하고 가져갈 정도라면 그 팔찌가 뭔가 굉장한 보물일지도 모른다.'

이때 밖에서는 구달비가 원치 않는 일이 벌어지고 있었다.

"크흠흠."

창문 밑에 서 있던 두 경비무사 중 한 사람인 장삼(長三)이 헛기침을 했다.

며칠째 계속되는 냉전이 심중으로 몹시 부담스러워졌기 때문이다. 이 침묵은 어느 한쪽이 먼저 꼬리를 내리고 말을 붙여야 깨질 것이다.

마침내 참다못한 경비무사 장삼은 자기가 먼저 말문을 트기로 작정했다.

'에이, 쓰벌! 그래, 내가 져주마! 이 마음 넓은 형님이 져준단 말이다!'

장삼은 이제 막 기르기 시작한 짧은 콧수염을 만지작거리면서 넌지시 말을 건넸다.

"이봐, 배고프지 않아?"

"……."

그러나 다른 경비는 귀머거리마냥 못 들은 체했다.

그의 반응에 먼저 대화를 시도한 장삼은 기분이 나빠졌다.

그래도 장삼은 다시 한 번 말을 걸었다.

"이봐, 배 안 고프냐구?"

"……."

다른 경비는 이번에도 대꾸가 없다.

그러자 연달아 무시를 당한 장삼의 가슴을 타고 모멸감이 끓어올랐다.

앙다문 이빨 사이로 저절로 신음이 흘러나온다.

"으… 으음."

머리끝까지 무럭무럭 화가 치밀어 오르는 게 당연지사.

장삼은 속으로 욕을 바가지로 했다.

'그래, 이 개자식아! 네놈이 끝까지 그 지랄을 하겠다고 나오는데 어디 두고 보자! 내가 네놈한테 다시 한 번만 더 말을 건다면 난 사람새끼가 아닌 개새끼다, 개새끼!'

마음을 다잡은 장삼은 잔바람이 쌩 돌게 얼굴을 돌려 버렸다.

그때였다.

"커억!"

장삼을 외면하고 섰던 경비가 갑자기 이마에서 피를 흘리며 땅바닥에 나동그라졌다.

깜짝 놀란 장삼은 외마디 비명을 질렀다.

"으악!"

"뭐야? 무슨 일이야?"

한밤중에 울려 퍼진 비명 소리에 사방에서 경비무사들이 벌 떼같이 우르르 몰려들었다.

경비무사들은 동료가 왜 쓰러졌는가를 확인한 후 크게 외쳤다.

"암기다! 누군가 암기를 던졌다!"

"침입자가 있다!"

이어서 요란한 호각성이 야심한 밤을 찢으면서 호떡집에 불이 났다.

삐이익— 삐이익—

갑자기 벌어진 소란에 구달비는 얼른 창문으로 다가가 은밀히 밖을 내다보았다.

밖에는 대낮처럼 환하게 횃불들이 켜지고, 어디서 쏟아져 나왔는지 수십 명은 됨 직한 경비무사들이 각자의 무기를 들고 일사불란하게 움직이고 있다.

그리고 손에 활을 든 자들이 시야에 들어오는 순간 구달비의 얼굴이 굳어졌다.

'도망갈 길이 막혔다!'

저들의 위를 날아서 도망을 간다는 것은 위험천만한 도박이다. 땅에 발을 딛지 않고 담까지 한 번에 도달하기도 무리였지만 구달비의 경공으로는 화살에 꿰인 채 고슴도치가 될 확률이 크다.

구달비의 등에서 식은땀이 흘렀다.

'미치겠네. 일이 왜 이렇게 꼬이지?'

이때 당황함에 젖은 구달비의 귀로 누군가가 허겁지겁 이층으로 올라오는 소리가 들렸다. 장주가 무사한지, 혹은 장주에게 침입자가 있음을 알리기 위해 오는 것이 분명할 게다.

구달비는 발을 동동 굴렀다.

'으아! 큰일이다! 어떻게 해?'

밖으로 튈 수도, 그렇다고 해서 방 안에 떡하니 버티고 있을 처지도 못 되는 구달비.

그는 숨을 곳을 찾아 재빠르게 방 안을 훑었다.

구달비의 시선이 커다란 침상에 꽂혔다.

'등하불명(燈下不明)! 저기다!'

구달비는 몸을 날려 침상 밑으로 후다닥 들어간 후 귀식대법을 펼쳐서 호흡과 심장 박농을 정지시켰다. 그러나 돌아가는 상황을 알기 위해서 귀만은 열어두었다.

방문 밖에서 다급히 황금장주를 부르는 소리가 들린다.

"장주님! 장주님!"

그러나 이미 황천에 도착해서 염라대왕한테 문안드리고 있는 황금장주가 대답할 리는 없는 터. 장주를 애타게 부르던 수하가 마침내 문안으로 들어서고 이어서 경악성이 들린다.

"장주님? 헉!"

그 다음으로는 충계를 구르다시피 내려가는 소리가 들려온다.

구달비는 귀식대법으로 죽은 척하고 있는데도 불구하고 머리가 지끈지끈 아파왔다.

여기 있다가 잡히면 자신이 살인범으로 몰릴 수도 있음이다.

설혹 솔잎을 암기로 쓰는 재주가 없는 게 증명이 될지라도 어쨌거나 도둑은 도둑이었다.

더불어 저 유명한 황금장주의 살인 현장에 있었으니 목이 잘리는 건 당연지사고 운이 좋다 해도 감옥에서 평생을 썩어야 할 형국이다.

침상 밑에 숨은 구달비는 심장이 콩알만해졌다.

어릴 때 저잣거리에서 본 매 맞던 도둑의 모습이 아른거린다.

뒤를 이어 후회가 물밀듯이 몰려왔다.

'들켰다 싶으면 튀라고 하신 아버지 말씀을 들었어야 했는데.'

그러나 후회는 아무리 빨라도 늦는 법.

지금은 있는 대로 머리를 굴려봐도 자신의 능력으로 도망갈 길이라고는 없다. 아무래도 날이 밝아 경계가 조금 느슨해질 때까지 기다리는 게 상책이다. 그동안 침상 밑에 있는 것을 들키지만 않는다면 말이다.

'등잔 밑이 어둡다고 하니 설마 내가 여기에 숨어 있으리라고는 아무도 상상을 못 할 거야. 살인자는 이미 떠났다고들 생각하겠지. 아이고~ 부처님, 제발 저들이 여기를 찾아보지 않도록 해주십시오.'

구달비는 기도까지 드리며 안절부절못했다.

그러다가 갑자기 그는 눈에 불을 켰다.

'그나저나 경비를 죽인 저 빌어먹을 놈의 암기는 대체 누가 던진 거야? 아까 그놈?'

아무리 생각해 봐도 경비에게 암기를 던질 자라고는 그 복면인밖에 없었다.

그러나 복면인이 왜 다시 돌아와 암기를 던졌는지 구달비는 당최 이해가 안 갔다.

'왜 그랬을까? 혹시 나를 자기 대신에 살인자로 몰려고 일부러 그런 짓을? 아니, 뭐 이런 개자식이 다 있어?'

복면인의 만행에 구달비는 분노를 금치 못했다.

그는 이를 북북 갈면서 별의별 생각을 다 했다.

'죽일 놈! 나랑 무슨 원수가 졌다고 그런 짓을 해? 혹시 언제 만날 기회가 되면 내 이놈을 절대로 가만두지 않겠다!'

두 구의 시신이 놓인 침상 밑에 누워서 머리를 굴리는 구달비.

그러나 그는 천장과 벽, 그리고 마룻바닥 밑에 총 열두 구에 달하는 시체가 목에 솔잎이 꽂힌 채 널브러져 있다는 사실은 꿈에도 상상치 못했다.

이러는 사이 장주의 죽음을 보고받은 사람들이 방으로 속속 들이닥쳤다.

구달비가 발소리를 들어보니 무공이 없는 자가 태반이다.

그중 가벼운 발소리를 내며 경쾌하게 방 안을 뛰어다니던 자의 목소리가 들려왔다.

"이 방에 은신하고 있던 호위무사 열두 명 모두가 죽었습니다!"

듣고 있던 구달비는 심장이 철렁 내려앉았다.

한두 명도 아닌 열두 명이나 대기하고 있는 줄도 모르고 들어왔으니 꼼짝없이 당할 뻔했다.

갑자기 열두 명을 해치워 준 그 복면인에게 감사하는 마음이 든다.

하지만 그것도 잠깐일 뿐 곧 반감이 솟아났다.

'그 자식이 암기를 던지는 바람에 내가 지금 이 꼴이잖아?!'

구달비의 이 같은 생각을 확인시켜 주는 말이 들려왔다.

"모두가 목이나 머리에 같은 수법으로 솔잎이 박혀 죽었고, 그것은 밖의 경비무사도 마찬가지입니다! 동일인의 소행입니다!"

이때 쿵쾅거리는 발소리와 함께 누군가가 다급히 뛰어들어 왔다.

"아버님! 아버님이 정말……?"

급보를 받은 장주의 맏아들 황일보(黃壹寶)가 신발도 안 신은 채로 허겁지겁 달려온 것이다.

그리고 아닌 밤중에 홍두깨로 부모의 주검을 본 그는 눈을 부릅뜬 채 석상이 되어버렸다.

황일보는 시신을 자기 눈으로 보고는 있지만 이 끔찍한 현실이 실제 상황이라는 게 도무지 믿어지지가 않았다.

벌겋게 핏발이 선 눈에 눈물이 핑 돌며 턱수염이 덜덜 떨려온다. 갑자기 안 하던 뜀박질을 하니 온통 땀에 절은 중년의 비대한 몸집도 따라서 바들바들 경련을 일으킨다.

"어, 어떤 놈이 이런 끔찍한 짓을?"

부모님이 평생 좋은 일만 하고 살지는 않았다는 것을 황일보는 잘 알고 있었다.

그러나 아무리 나쁜 짓을 했을지언정 죽은 이들은 그를 낳아준 부모다.

"장주님의 사인은 솔잎… 호위무사 열두 명… 경비무사……."

옆에서 뭐라고 보고를 올리지만 하나도 귀에 들어오지 않는다.

총관이 평정을 잃은 황일보의 소매를 슬쩍 잡아끌며 손짓으로 황금 장주의 손목을 가리켰다.

"소장주님, 저기를 좀 보십시오."

황일보는 총관의 손짓을 따라 시선을 옮기다가 자신도 모르게 부르짖었다.

"백옥용지환(白玉龍之環)! 아버님께서 손목에 항상 착용하고 계시던 백옥용지환이 사라졌다!"

총관이 얼른 귀띔을 해준다.

"소장주님, 제가 확인해 보니 이 방 안의 금고는 아무것도 손을 대지 않은 상태입니다."

곧 장주가 될 황일보의 머리가 팽팽 돌아가기 시작했다.

'재물을 노린 도둑이 아니라면 원한 때문에 이런 일을 저지른 것이란 말인가? 그게 아니라면 혹시 팔찌만을 노리고? 아니, 내가 지금 이럴 때가 아니다.'

그렇다. 감정에 휩싸여 있을 때가 아니다. 지금은 살인범을 잡는 것이 최우선이다. 게다가 중원제일의 거상이라는 막대한 지위가 이제 자신의 어깨 위로 이전되었으니 그 책임을 다하기 위해서라도 제정신을 차려야만 한다.

황일보는 큰 장사꾼의 후계자 수업을 받은 맏아들답게 곧 침착성을 되찾고 명을 내렸다.

"북경의 둘째와 소림사의 셋째에게 만리비응(萬里飛鷹)을 날려라!"

"예!"

죽은 황금장주에게는 세 명의 아들이 있다.

첫째가 황일보(黃壹寶), 그리고 둘째인 황이보(黃貳寶), 마지막으로 셋째 황삼보(黃參寶)가 바로 그들이다.

황금장주는 그중 첫째를 황금장을 물려받을 장사꾼으로 키웠고, 둘째는 관(官)으로 내보냈다.

그리고 막내아들인 황삼보는 무인으로 만들었다.

황삼보를 입문시킬 문파로는 같은 하남 땅 안에 있는 문파 중에서 가장 유명한 소림사를 택한 후 한재산 싸 들고 가서 청탁을 했다. 그렇게 해서 황삼보는 소림사에 속가제자로 기부금 입문을 했다. 황삼보는 그래도 무공에 소질이 있는지 아니면 훌륭한 스승을 만난 때문인지 현재 강호에서 알아주는 후기지수에 속했다.

이제 맏아들 황일보는 두 동생한테 만리비응을 띄워서 부모님의 부음을 알리려는 것이다.

이에 옆에 서 있는 총관이 한마디 거든다.

"소장주님, 자금성에 계신 둘째 공자님이 도와주신다면 살인범을 빨리 잡을 수 있을 것입니다."

총관이 이렇게 생각할 만도 한 것이, 황금장주는 엄청난 재력으로 관에 줄을 대어 고관들에게 틈틈이 뒷돈을 대준 덕택에 둘째아들 황이보는 자금성에서 관직을 얻어 승승장구하고 있는 중이다.

소장주 황일보는 총관의 말에 고개를 끄덕였다.

"우리 황금장의 힘만으로도 살인범이야 잡겠지만 아무래도 관과 무인들이 개입되면 일이 더 쉽겠지."

"물론입니다. 소림사의 셋째 도련님도 가만히 계시지 않을 겁니다."

이 말에 듣고 있던 구달비는 눈앞이 캄캄해졌다.

'뭐? 자금성이랑 소림사? 큰일이다! 재수없으면 관졸들한테 쫓기겠구나. 그리고 소림사라니? 어휴우~ 앞으로 소림사 근처엔 얼씬도 하지 말아야겠다.'

구달비는 앞날이 몹시 걱정됐다.

자신은 그저 예쁜 마누라를 얻어 기와집에서 행복하게 사는 게 꿈인데 한 번 해본 도둑질로 말미암아 모든 일이 빗나가고 있었다.

아버지는 자유롭게 살라고 했지만 자유는커녕 이제는 살인범으로 몰려 쫓기다가 길에서 객사를 당할 판국이다.

*   *   *

하오문.

집 없이 떠돌아다니며 빌어먹는 자를 '거지'라고 부르는 것처럼 사람들은 중원 천지의 건달들과 잡배를 '하오문도'라 불렀다.

그리고 방방곡곡 어디에나 거지가 있는 것마냥 하오문도들도 사방에 깔려 있었다. 다만 그들은 기가 센 자들이라 서로 융합되지 않고 각자의 지방에서 조그만 세(勢)를 지키고 있을 뿐이었다.

그러던 중 강상배(姜象陪)라는 자가 십 년 전에 돌연히 나타나 세를 확장하더니 지금은 정식으로 하오문을 개파해서 전국에 널린 작은 하오문들을 하나로 규합한 상태다.

그러니 하오문이 실질적으로 설립된 것은 고작 몇 년밖에 되지 않은 셈이다.

황금장이 있는 하남의 성도 개봉에 위치한 하오문 본문.

천지에 두텁게 내린 어둠의 휘장을 가르며 동녘이 훤해지고 있다.

새로운 하루를 준비하느라 집집마다 굴뚝에선 아침거리를 장만하는 연기가 파랗게 피어오른다.

그러나 항상 늦잠을 자는 하오문주 강상배는 기녀를 옆에 끼고 깊은 잠에 빠져 있었다.

우당탕~

갑자기 방문이 벌컥 열리며 그의 수하인 마봉팔(馬峯八)이 허겁지겁 뛰어들었다.

"두목! 두목!"

"아니, 근데 저 새끼가?!"

하오문주 강상배는 실눈을 뜨며 짜증스럽게 말을 뱉었다.

동시에 그의 머리를 받치고 있던 베개가 마봉팔의 복부로 날아간다.

휘익—

퍽!

베개는 마봉팔의 복부를 정통으로 맞췄다.

마봉팔은 사팔뜨기인 두 눈을 있는 대로 크게 떴다.

그는 두 팔로 배를 감싸 안으며 숨넘어가는 소리를 냈다.

"아이쿠우!"

누가 보면 배를 강타한 베개에 큰 충격을 입은 꼴로 보인다.

그러나 사실은 문주가 일부러 공력을 안 실어 던진 것이라 마봉팔은 맞았어도 별반 아프지 않았다.

그래도 배가 아픈 척 허리를 구부리고 있는 수하에게 하오문주 강상배는 호통을 쳤다.

"뭐, 두목? 이놈아, 다시 한 번 불러봐라! 내가 누구냐?"

"아, 예. 문주님!"

마봉팔은 쑥스러운 웃음을 흘리면서 얼른 머리를 조아렸다.

이내 그는 번쩍 고개를 들며 외쳤다.

"문주님, 굉장한 일이 터졌습니다!"

호들갑을 떠는 수하의 행동에 강상배는 나른한 목소리로 물었다.

"뭔데?"

"황금장주가 간밤에 골로 갔답니다!"

마봉팔은 손으로 자신의 목을 긋는 시늉을 하며 혀를 길게 빼물어 보였다.

"황금장주?"

잠시 머리를 굴리던 강상배는 곧 신경질을 내며 외쳤다.

"야, 이 자식아! 황금장주라도 나이를 그만큼 처먹었으면 뒈지는 게 당연하지, 아니, 이놈아! 그 영감탱이의 죽음 따위가 뭐 대단한 일이라고 꼭두새벽부터 소란이냐?"

"늙어 죽은 게 아니고 살해당했습니다!"

마봉팔이 사팔인 눈을 번득이며 대꾸했다.

놀라운 보고에 강상배는 침상에서 몸을 반쯤 일으키며 되물었다.

"뭐? 천하의 황금장주가 살해를 당해?"

"예. 그게 말입죠, 거시기……."

마봉팔은 말을 하다가 말고 하오문주 옆에 있는 기녀를 의미심장하게 바라보았다.

어느 틈에 깨어난 기녀는 열심히 눈을 비벼대며 눈곱을 떼고 있는 중이다.

마봉팔은 그녀가 들을까 봐 걱정이 되는지 문주에게 사팔뜨기 눈으로 열심히 눈짓을 한다. 뭔가 아주 중요한 비밀 이야기가 있는 듯하다.

그러나 하오문주는 눈살을 찌푸리며 수하의 행동을 잘랐다.

"됐어! 그냥 말해, 임마!"

마봉팔이 조금 민망한 표정을 짓는가 싶더니 그는 곧 게걸음으로 다가와서 문주의 귀에 대고 속다거렸다.

"어젯밤 황금장에 도둑이 들었는데, 아, 글쎄 그놈이 황씨 영감을 죽이고 엄청난 것을 훔쳐 갔다고 합니다!"

뜻밖의 이야기에 하오문주 강상배는 귀가 솔깃했다.

그가 다급히 물었다.

"엄청난 거라니?"

"장보도래요, 장보도! 황금장주들이 삼대에 걸쳐서 모은 재물이랍니다. 그 재물이 있는 곳의 위치를 새긴 팔찌를 도둑놈이 훔쳐 갔대요!"

"누가 그러더냐?"

"히히히~ 갈명수(渴明秀)라고, 그 왜 상판이 빤지르르한 사기꾼 놈 아시지요? 황금장의 총관 마누라가 그놈 누나잖습니까. 그놈이 조금 전에 찾아와서는 굉장한 정보라며 이 얘기를 해주고선 용돈을 타 갔습니다."

"흐음……."

하오문주 강상배의 눈에 의혹이 서렸다.

그는 갈명수라는 자의 말을 다 믿을 수가 없었다. 갈명수는 혀에 기름을 바르고 살아가는 사기꾼으로서 그가 황금장 총관의 처남이라는 배경을 팔아서 등쳐 먹은 사람이 한둘이 아니다.

현재 이 개봉에서는 더 이상 그자에게 속는 사람이 없었으나 외지에서 오는 자들은 그에게 재산을 날렸다.

사기꾼 갈명수에게 있어 외지인을 속이기란 땅 짚고 헤엄치기였다. 외지인에게 접근한 후 안내하는 척하면서 길 가다가 아무나 잡고 물어보면 되는 일이었다.

"어흠! 내가 황금장 총관의 처남이 맞는가, 안 맞는가?"

"처남이 맞습지요."

이런 대답을 들으니 모르는 사람은 사기꾼 갈명수가 황금장에서 굉장한 권력을 쥐고 있다고 믿는 것이 어찌 보면 당연한 일이다.

결국 남동생의 사기 행각으로 피해를 입던 누나가 참다못해 의절을 했다는 소문이 무성하지만 실제로 확인된 바는 없다.

하오문주가 자신의 얘기에 관심을 보이자 마봉팔은 신이 났다.

그는 튀어나온 입에 침을 발라가며 계속 주절댔다.

"아, 갈명수 그놈이 백수건달이지 않습니까. 어제 그놈이 텅 빈 전낭(錢囊)을 움켜쥐고 누나한테 용돈을 타러 갔다고 합니다. 근데 누나가 펄펄 뛰며 내쫓자 그놈은 누나의 방 앞에다 멍석을 깔고 날밤을 샜다는구만요. 돈 달라고요. 그러다가 오늘 새벽에 매형인 황금장의 총관이 급히 나갔다가 와서 누나한테 말하는 걸 엿들었답니다. 도둑이 황금장주를 죽이고 보물 지도인 팔찌를 훔쳐 갔다고!"

"흐음……."

잠시 침묵이 흘렀다.

하오문주 강상배는 수하의 낯짝을 물끄러미 들여다보았다.

시팔뜨기인 눈은 고사하더라도 머리가 텅 비어 있다고 얼굴에 쓰여 있다.

강상배는 나직이 물었다.

"…그게 다냐?"

"예."

"더 할 말이 없느냐?"

"예."

"흠……."

하오문주 강상배의 심중엔 여러 가지 의문이 뭉클뭉클 솟아올랐다.

역시 당사자한테서 직접 듣는 게 최고다.

마침내 잠에서 완전히 깬 하오문주는 짧게 명했다.

"사기꾼 갈명수를 잡아와라!"

"옙!"

주먹 쓸 일이 생기자 흥분을 한 마봉팔이 우렁찬 대답과 함께 밖으로 튀어나갔다.

갈명수가 어디에 있을지는 불을 보듯 훤했다. 오랜만에 돈이 생겼으니 투전판에 끼어 노름이나 하고 있을 게 뻔하다.

마봉팔이 나간 후 하오문주 강상배는 다시금 침상에 누웠다.

그러나 아침잠은 이미 십 리 밖으로 줄행랑을 친 지 오래다.

기녀가 옆에서 콧소리를 낸다.

"아잉~"

살집 좋은 기녀가 품속으로 파고들었지만 강상배는 머리 속이 복잡해서 그녀를 안아줄 마음의 여유가 없다.

그는 기녀를 밀쳐 내며 돌아누워 버렸다.

"저리 가!"

"네? 네에."

직업에서 오는 의무를 다하려던 기녀는 오히려 잘됐다는 듯 후딱 떨어지더니 금방 잠이 든다.

등 뒤에선 여인네의 쌔근거리는 숨소리가 들려오건만 여러 가지 상념에 젖은 강상배에게 있어 그런 것은 들리지도 않는다.

하오문주 강상배.

강상배는 그리 크지는 않았지만 알토란같이 탄탄한 작은 문중의 막내아들로 태어났다.

그러나 타고난 성정이 더러워서인지 그는 어려서부터 사고뭉치로 자랐다. 강상배는 학문만을 추구하는 집안의 분위기가 싫었다. 예의범절을 중시하는 엄격한 가풍은 그를 숨 막히게 만들었던 것이다.

그러다가 어린 나이에 일찌감치 접하게 된 뒷골목의 세계는 강상배에게는 큰 충격이었고 또 다른 세상이었다. 답답한 학자 같은 집안의 형님들보다는 걸쭉한 농담을 하는 사내들과 어울리는 게 훨씬 재미있었다.

그러자 강상배는 고리타분하게 공자 왈 맹자 왈만 읊는 집구석이 더욱더 싫어졌다. 거친 사나이들의 세계는 우악스러운 것을 좋아하는 그에게 제격이었던 것이다.

그런 그에게 있어 마봉팔은 친구이자 수하였다.

그들의 우의는 아주 오래된 돈독한 관계로 처음 알게 된 것은 강상배가 이런 소년일 때다.

마봉팔은 강상배네 집에서 허드렛일을 하는 자의 아들로 강상배보다는 나이가 한 살 많았다.

사실 강상배가 뒷골목의 세계를 접하게 된 배경에는 친구 따라 강남 간다고 죽마고우인 마봉팔의 친절한 이끌음이 있었다.

마봉팔은 처음엔 강상배를 '도련님'이라고 부르더니 같이 사고를 치고 다니게 된 후로는 '두목'이라 부르며 따랐다.

그렇게 뜻이 맞는 부하까지 생긴 강상배는 집안 측에서 보면 죽일 수도 살릴 수도 없는 난봉꾼으로 자라났다.

결국 일만 저지르고 다니는 막내아들 덕에 집안의 재산은 날로 줄어만 갔고, 사람들로부터 존경을 받던 집안은 손가락질을 받게 되었다.

그러던 중 십팔 세가 된 강상배가 도박에 빠지게 되자 상황은 더욱 나빠졌다. 이 망나니 아들놈이 집문서와 땅문서들을 훔쳐 내선 노름으로 몽땅 날린 것이다.

결국 그렇게 해서 모든 것을 잃은 강씨 집안은 길거리에 나앉게 되었다.

하나 거기서 끝난 게 아니었다.

투전판에서 거액을 날린 아들은 홧김에 칼을 마구잡이로 휘둘러 사람을 여럿 찔렀다.

관아에 끌려갈 처지에 놓인 그에게 남은 길은 어머니의 마지막 남은 패물을 훔쳐서 야반도주하는 것뿐이었다.

강상배는 눈물을 흘리는 어머니를 밀치고서는 패물을 싸 들고 튀었다.

여기서 마봉팔은 강상배에게 크나큰 의지가 되어주었다.

마봉팔은 머리가 나쁘고 푼수였지만 의리 하나만은 지킬 줄 알았다. 그는 강상배가 도주를 하겠다고 하자 같이 따라나섰던 것이다.

강상배는 이런 마봉팔만큼은 세상이 두 쪽 나도 신뢰했다.

그리고,

도시에서만 살던 이들이 타 지방으로 멀리 도망을 가다가 산속에서 길을 잃고 헤매게 된 것은 지극히 당연한 일.

그러다가 우연히 발견한 백골.

그 뼈다귀들은 한 자루의 도(刀)로 강호를 종횡하던 일류고수 광분마군(狂奔魔君)의 주검이었다.

그리고 산짐승들이 뜯어 발겨 다 해어진 옷자락 사이에서 삐죽이 보이는 무공 비급과 아직도 날이 시퍼렇게 선 도를 얻은 것은 강상배의 천운(天運)이었다.

다행히도 그는 아버지한테서 종아리를 맞으며 글을 배운 덕택에 비급을 읽을 수 있었다.

결국 강상배는 곧바로 무공 수련에 들어갔고, 그런 그의 뒷바라지를 해준 사람은 다름 아닌 마봉팔이었다.

마봉팔은 강상배가 떠나오면서 훔쳐 내온 패물을 팔아 식량과 생활 필수품들을 구해와서는 강상배를 지극 정성으로 보필했다.

이런 관계이니만큼 강상배가 마봉팔을 아끼는 것은 당연한 일이다.

광분마군의 무공을 손에 넣은 강상배는 죽기 살기로 무공 수련을 했다.

보통 십 세 이전부터 토대를 닦아야만 하는 정공과는 달리 이것은 사공이라 빨리 성취할 수가 있었다.

마침내 십오 년이 지난 후 강상배가 스스로의 무공에 자신이 생기자 그는 마봉팔을 데리고 물자가 풍부한 하남 지방으로 갔다.

그리고 하남의 성도 개봉에서 이들은 본격적으로 활동을 시작했다.

물론 개봉에는 텃세를 행사하는 주먹파들이 있었다.

하지만 무공을 배워 이미 고수의 반열에 든 강상배와 시정잡배들과의 싸움은 일방적인 구타였다.

결국 매 위에 장사 없다고, 눈탱이가 밤탱이가 되도록 두들겨 맞은 후에는 어쩔 수 없이 강상배의 휘하로 들어왔다.

개봉을 완전히 장악하자 강상배는 사방팔방으로 원정을 다니며 세력을 확장했다. 그렇게 중원 전역의 거의 모든 하오문을 접수하는 데십 년이라는 세월이 걸렸다.

그러한 연유로 하오문주가 된 이후 강상배는 도박으로 잃었던 가문의 재물을 다시 찾아주고 매달 생활비를 보냈다.

그러나 아버지는 깡패들의 우두머리가 된 아들을 두 번 다시 보지않았을뿐더러 생활비도 일절 받지 않았다.

완고한 아버지를 생각하자 강상배는 가슴이 답답해졌다.

"제기랄! 이만하면 아들이 크게 성공한 건데! 형들 중에 나만큼 잘나가는 사람 있으면 나와보라고 그래!"

자기도 모르게 주먹을 불끈 쥐고 악을 쓰는 하오문주.

그 고함 소리에 기녀가 깜짝 놀라서 눈을 떴다.

하지만 그녀는 별일 아니다 싶은지 다시 잠에 빠져든다.

심기가 진탕된 강상배는 침상에서 벌떡 일어나 앉았다.

그는 희끗해져 가는 머리를 신경질적으로 긁었다.

문중의 족보에서 자신의 이름이 지워진 것을 생각하면 걷잡을 수 없는 분노가 치민다.

그러나 강상배는 이를 악물며 감정을 억눌렀다.

"크으윽! 지금은 옛날 감상에 빠져들 때가 아니야!"

물건을 닥치는 대로 때려부수고 싶은 충동을 참으며 강상배는 다른생각을 하려고 애썼다.

"으음, 황금장의 도둑이라……."

도둑을 포함, 잡배들의 대명사인 하오문의 문주 강상배는 이리저리머리를 굴렸다.

가만히 생각을 해보니 한마디로 괘씸했다.

다른 곳도 아닌 하오문 본문이 있는 이 개봉 바닥에서 문주에게 보고도 올리지 않고 그런 어마어마한 도둑질을 하는 간 큰 도둑놈이 있다니……. 하오문을 물로 보지 않는 이상 독단으로 그런 큰일을 저지를 순 없다.

"죽일 놈 같으니! 가뜩이나 역사가 짧아서 우리 하오문의 기강이 해이한 판에!"

어떤 놈인지 모르지만 본보기를 위해서라도 잡아다가 치도곤을 내야만 한다.

그러나 계속해서 떠오르는 여러 가지 의문점에 강상배는 낯을 찡그렸다.

"대체 어떻게 황씨 영감을 죽일 수 있었을까? 그 영감은 돈으로 산무사들로 철통 호위를 하고 있다던데? 설마 그 도둑놈이 일류고수는 아니겠지?"

임청난 무공을 익힌 도둑일지도 모른다는 생가이 들자 심히 불쾌해진다.

강상배의 양미간에 주름이 잡히며 그는 팔찌를 떠올렸다.

찬란한 보물의 산을 상상하자 강상배의 울대가 꿀꺽 침을 삼켰다.

북경의 고관대작을 떡 주무르듯 한다는 황금장.

그 황금장이 삼대를 모아놓은 보물.

그 정도의 재물이라면 팔자가 바뀐다.

"내가 그만한 재력을 가진다면 우리 집안에서도 더 이상 나를 업신여기진 못할 것이다."

강상배는 눈을 번득이면서 웃을 걸쳤다.

"어쨌든 그 도둑놈부터 잡아야 팔찌 구경이라도 할 수 있다!"

황금장의 도둑을 잡기로 결론을 내린 하오문주 강상배.

그는 이런 까닭으로 전 중원이 뒤집히는 대사건에 함께 얽혀들게 되었다.

第三章

사기꾼과 하오문

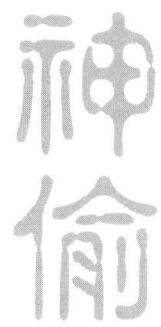

이곳은 하오문의 대전.

도박을 하고 있던 사기꾼 갈명수의 뒷덜미를 낚아채서 돌아온 사팔뜨기 마봉팔.

그는 의기양양하게 하오문주를 불렀다.

"갈명수를 대령했습니다, 두목!"

그런데 그가 말을 끝마치기가 무섭게 허공을 가르며 재떨이가 날아왔다.

휘익—

하오문주가 던진 재떨이는 마봉팔의 관자놀이를 아슬아슬하게 스치며 벽에 가서 부딪쳤다.

옥으로 만들어진 재떨이가 박살이 난다.

쨍그랑!

마봉팔은 얼른 자라 모가지처럼 머리통을 움츠렸다.

동시에 그는 주먹으로 자기 입을 쥐어박는 시늉을 했다.

"아이쿠우~ 죄송합니다! 문주님! 문주님!"

마봉팔의 호들갑을 보는 하오문주는 웃음이 터져 나왔다.

그러나 그는 대전 안 가득 늘어선 수하들이 주시하는 터라 웃음을 삼켰다.

하오문주 강상배의 눈가로 부드러운 빛이 스쳐 지나간다.

'저 봉팔이 놈이 하루에도 몇 번씩 '두목'이라 불러보는 것은 녀석에 대한 내 애정을 확인해 보려는 수작이지.'

십 년 전과 달리 이제 공식적으로 하오문주가 된 강상배에게는 수하가 넘쳐흘렀다.

그리고 갑자기 늘어난 수하들 중에는 어떻게 해서든지 문주의 눈에 들어보려고 알랑대는 자가 태반이었으니, 이에 배운 것 없고 재주없는 마봉팔이 안절부절못하는 것은 당연지사. 그래서 마봉팔은 그 불안감을 떨쳐 버리려고 예전처럼 '두목'이라 불러보며 자신에 대한 문주의 마음을 확인하려 드는 것이다.

그러나 마봉팔 혼자만이 강상배를 '두목'이라 불렀던 건 아니었다. 마봉팔이 '두목'이라 불러도 혼이 안 나는 걸 부러워하던 수하 하나가 하루는 자기도 용기를 내서 '두목'이라 불러보았다.

그 수하는 지금 이 자리에 없다.

그는 '두목'이라 부른 직후 머리통에 재떨이가 박힌 채 즉사했기 때문이다.

마봉팔이 사팔뜨기 눈으로 눈웃음을 친다.

"죄송합니다, 문주님. 이놈이 또 깜빡 잊었지 뭡니까? 헤헤헤!"

"크~흠!"

짐짓 헛기침을 하며 하오문주 강상배는 마봉팔 옆에 서 있는 갈명수에게 눈길을 주었다.

갈명수라는 청년은 이리저리 눈알을 굴리며 대전 안을 살펴보고 있는 중이었다.

갈명수는 하오문의 대전에 처음 들어와 본다.

그의 입꼬리로 비웃음이 스쳐 지나갔다.

'흥! 대전을 돈으로 발라놓았지만 천박한 모양새가 줄줄이 나는구먼. 이래서 못 배운 것들은 꼭 티가 난다니까.'

황금장의 우아하고 세련된 분위기에 익숙한 그는 조소를 금치 못했다.

이윽고 살펴보기를 끝마친 갈명수는 차분히 정면을 바라보았다.

태사의에 높이 올라앉은 하오문주가 눈에 들어온다.

'저자가 암흑대제(暗黑大帝)로군.'

'암흑대제'는 뒷거리의 어두운 세계를 주름잡는 하오문주에게 붙여진 별호다.

갈명수는 암흑대제 강상배를 먼발치에서 본 적은 있었지만 이렇게 가까이서 보기는 처음이다.

'으음, 정말 험악하게도 생겼어.'

암흑대제 강상배의 외모는 파락호들의 우두머리라는 하오문주가 되기에 전혀 손색이 없었다.

부리부리한 호목(虎目), 빳빳이 선 짧은 수염, 기골이 장대한 체구. 한마디로 사전왕의 동상을 보는 듯하다. 누구도 그가 학자 집안 출신이라고는 상상도 못한다.

갈명수는 무시무시하게 생긴 암흑대제 앞임에도 전혀 주눅이 들지 않았다. 왜냐하면 그에겐 황금장이라는 든든한 뒷배경이 있었기 때문이다.

갈명수는 속으로 염두를 굴렸다.

'왜 나를 데려왔을까? 아마 오늘 새벽에 내가 판 정보 때문인 것 같은데 뭐가 더 알고 싶다고 이러는 걸까?'

갈명수는 자신이 납치당한 이유가 궁금하기도 했고 조금 걱정도 됐다.

그러나 아무리 되짚어봐도 자기가 잘못 얘기한 건 하나도 없다.

한편 암흑대제 강상배는 아무 말 없이 갈명수를 내려다보았다.

그는 황금장의 총관보다도 더 유명하다는 갈명수를 찬찬히 뜯어보는 중이다.

쭉 뻗은 콧날에 짙은 눈썹, 총기가 아롱이는 눈, 씻어놓은 배추 줄거리마냥 희멀건 피부.

전설의 미남이라는 반안이나 송옥보다야 못하겠지만 보면 볼수록 잘생겼다는 생각이 들 정도로 빼어난 상판이다. 거기에 비단옷까지 걸쳐 놓으니 사기꾼이라는 정체를 몰랐으면 영락없는 대갓집 귀공자로 믿을 판이다.

갈명수에게서 시선을 못 떼던 암흑대제 강상배는 갑자기 송충이 같은 눈썹을 꿈틀 움직였다.

그는 이 젊은 놈이 눈알을 이리저리 교활하게 굴리는 게 영 마음에 들지 않았다.

더욱이 하오문의 대전에 끌려와 있는데도 불구하고 시종일관 여유

있는 태도를 보이는 꼴이 심기를 거슬린다.

갈명수는 암흑대제를 향해 정중히 허리를 굽혔다.

그는 사기꾼답게 부드러운 표정으로 낯을 가다듬은 상태다.

"존경하옵는 하오문주님께 황금장 총관의 처.남.인 갈명수가 인사 올립니다."

갈명수는 일부러 '처남'이라는 단어에 힘을 주어 말했다.

그는 이미 머리를 다 굴려놓은 상태다.

'아무리 하오문이라 해도 내겐 황금장의 총관인 매형이 있으니 나를 어찌하진 못할 것이다. 흐흐흐~'

갈명수는 마음속으로 조금 켕기는 바가 없지 않았지만 그래도 황금장의 힘을 믿었다. 그간 숱하게 사기를 치면서도 관에 정식으로 끌려가 본 적이 단 한 번도 없는 그였기 때문이다.

갈명수는 혀에 꿀을 발라놓은 것처럼 매끄럽게 씨깔였다.

"위대하신 하오문주님께서는 이 미천한 소생을 어찌하여 부르셨는지요?"

"……."

암흑대제 강상배는 아무런 대꾸 없이 잠시 뜸을 들였다.

이윽고 그는 사팔뜨기 마봉팔을 향해 나지막이 명했다.

"돌!"

"네?"

무슨 뜻인지 못 알아들은 마봉팔이 어리둥절한 표정을 지었다.

이에 강상배는 짜증스러운 투로 조금 언성을 높였다.

"도—올!"

"아, 예!"

뭔지 모르지만 문주가 원하는 것은 돌멩이가 분명했다.

마봉팔은 얼른 밖으로 뛰쳐나갔다.

이내 그는 어린아이 머리통만한 돌덩이를 한 개 손에 들고 나타났다.

"문주님, 이 정도 크기면 될까요?"

자신을 쳐다보는 마봉팔에게 강상배는 턱짓으로 갈명수를 가리켰다.

이심전심(以心傳心)이라 문주가 원하는 바를 즉각 눈치챈 마봉팔. 그는 누런 이를 드러내며 히죽 웃었다.

마봉팔이 돌덩이를 꼭 움켜쥔 채 갈명수에게로 천천히 다가왔다.

"흐흐흐……."

사팔뜨기 눈을 번질대며 웃음 짓는 마봉팔의 얼굴은 정신 이상자로 봐도 아무 의심이 안 들 정도다. 동시에 그의 얼굴은 소름이 끼칠 만큼 무시무시하기도 했다.

갈명수는 마봉팔과 암흑대제를 번갈아 보며 어쩔 줄을 몰라 했다.

"어? 어? 대체 왜……?"

갈명수가 갈팡질팡하는 동안 마봉팔이 돌로 갈명수의 이마를 힘있게 내리찍었다.

빠악!

"크악!"

찢어지는 비명과 함께 갈명수는 손으로 얼굴을 감쌌다.

터져 버린 이마에서 붉은 선혈이 펑펑 솟는다.

갈명수는 그저 엄포만 주려는 걸로 알았지 설마 아무 죄도 없는 자신을 다짜고짜 돌로 내려치리라고는 전혀 예상치 못했다.

아무리 그래도 명색이 황금장 총관의 처남인데 이런 대접을 받을 줄이야!

갈명수는 부들부들 떨리는 손으로 비단 손수건을 꺼내서 이마에 갖다 댔다.

뜨거운 피가 뺨을 타고 줄줄 흘러내린다.

차라리 칼로 위협했으면 코웃음을 쳤을 텐데 돌멩이로 내려치는 이런 무식한 행위는 현실적인 공포심을 불러일으켰다.

갈명수는 더 맞을지도 모른다는 생각에 덜컥 겁이 났다.

더불어 미남이었던 얼굴에 흉터가 남을지도 모른다는 걱정으로 눈물이 난다.

"으흐흑~"

얼굴을 가리고 우는 갈명수의 귀로 사방에서 야유가 들려왔다.

"쯧쯧, 사내놈이 그까짓 마빡 솜 깨진 설 가지고 울어?"

"저 질질 짜는 꼴 좀 봐. 에라, 이놈아! 거시기를 잘라 버려라!"

갈명수는 얼른 정신을 차렸다.

그는 킬킬대며 조롱하는 소리에 오기가 났다.

'난 대황금장 총관의 처남이니 이놈들이 기선을 제압하려고 이런 걸 거야.'

태어나서 뜨거운 맛을 한 번도 본 적이 없는 갈명수는 눈에 힘을 주고 고개를 빠짝 쳐들었다.

그런 그의 눈에 들어오는 것은 어느새 암흑대제의 손으로 옮겨간 돌딩이였다.

하오문주 암흑대제가 손아귀에 힘을 주며 기합성을 토했다.

"합!"

푸스스.

단단했던 돌이 가루가 되어 부서져 내린다.

"……!"

하오문주의 놀라운 무공에 갈명수는 입을 따악 벌렸다.

갈명수는 무공을 배워본 적이 없었지만 맨손으로 돌멩이를 가루로 만드려면 상당한 내공이 뒷받침돼야 한다는 것쯤은 백만 인의 기본 상식.

'헉! 저 정도라면 소림사에서 날고 긴다는 황금장의 셋째 공자도 한 방에 날아가겠다! 도대체 어떻게 저만한 내공을……?'

경악하는 갈명수의 뇌리로 문득 몇 년 전 천년삼왕(千年蔘王)을 팔러 하남성에 왔다가 다음날 변사체로 발견된 시골 영감이 떠올랐다.

무림인이 먹으면 공력을 엄청나게 높여준다는 천년삼왕.

그것은 시골 영감의 죽음과 함께 사라졌고 누가 훔쳐 갔는지는 아직도 오리무중이다.

'호, 혹시 그때 그 일이?'

한 번 의심이 들자 그 사건 외에도 아직 미해결된 다른 '영약 살인 사건' 들이 꼬리에 꼬리를 물고 머리 속을 가득 채운다.

갈명수의 등판에 닭살이 돈으며 오싹 전율이 흘러내렸다.

암흑대제가 하남 땅에 온 후로 발생한 수많은 살인 사건들.

여기서 사람 하나 죽어나가도 황금장에서는 아무도 모를 것 같다. 하오문도들 중에 누가 있어 저 끔찍한 암흑대제를 거스르리.

하나 이러고저러고를 떠나서 자기가 죽고 난 후에 황금장이 알면 그게 무슨 소용인가?

갈명수는 가루가 된 돌멩이가 남의 일 같지가 않았다.

'저 손아귀에 으깨지는 다음 차례는 내 머리통일지도 모른다. 이놈들은 아무 생각 없이 사람을 죽이는 놈들이니……'

갈명수의 두 다리가 후들후들 떨리면서 공포감으로 심장이 조여왔다.

이때 사방에서 힘찬 박수 소리가 울려 퍼졌다.

짝짝짝짝짝~

문주가 보인 재주에 하오문도들 모두가 열광적으로 난리도 아니다.

아울러 그들은 대전이 떠나가라 환호성을 보냈다.

"우와아아아아아아~"

갑작스런 사내들의 우렁찬 외침은 갈명수의 혼을 빼놓기에 충분했다.

갈명수는 최대한 애처로운 표정을 지으며 바닥에 납작 엎드렸다.

"제, 제가 뭘 해야 할지 명을 내려주십시오!"

하오문주 암흑대제는 슬그머니 주위를 둘러보았다.

듣는 귀가 많다.

그러나 어차피 숨긴다고 해서 팔찌에 대한 비밀이 지켜질 것도 아니니 차라리 일찌감치 다 까발려서 다른 생각이 못 들도록 엄포를 놔야 한다. 설혹 팔찌를 훔쳐 가도 중원천하 어디에도 숨을 곳이 없다는 사실을 뼛속 깊이 깨닫게 해줘야 한다.

하오문주 암흑대제는 이제야 상황 판단을 하는 갈명수에게 위엄 서린 눈빛을 보냈다.

"황금장주께서 돌아가셨다고? 허어! 저런 변이 있나?"

까슬까슬한 수염을 쓰다듬으며 하오문주는 운을 띄웠다.

이제 이 사기꾼 청년은 팔찌든 뭐든 지기기 아는 깃은 스스로 쥐어

짜서 깡그리 불 게다.

역시나 하오문주의 기대대로 갈명수는 쉬지 않고 줄줄이 읊었다.

"…그렇게 해서 경비무사랑 호위무사 열두 명이 죽었다고 합니다."

오오오오!

대전 안의 건달패들이 웅성인다.

열두 명이나 되는 호위무사를 솔잎으로 죽였다는 막강한 무공에 하오문주 암흑대제도 침음성을 흘렸다.

"크으음!"

자신조차도 그런 무위를 보일 수 있을지는 장담할 수 없었다.

일단 솔잎을 암기로 쓰려면 최소한 일 갑자의 내공이 필요하다. 고로 이 사건은 쉽게 볼 일이 아니다.

이때 멀뚱멀뚱 듣고 있던 사팔뜨기 마봉팔이 대뜸 소리를 질렀다.

"야, 이 새끼야! 팔찌가 보물 지도란 소리는 왜 안 해?"

'보물 지도'란 말에 주변에 서 있던 하오문도들의 눈에 기광이 돌았다.

하오문주도 불타는 듯한 눈빛으로 갈명수의 입을 주시했다.

한데 갑작스러운 마봉팔의 말에 갈명수의 얼굴은 사색이 되었다.

'뭐? 보물 지도? 크, 큰일이다! 팔찌가 보물이란 건 내가 그냥 해본 말인데?'

황금장의 총관인 갈명수의 매형은 '보물'의 '보' 자도 말한 적이 없었다.

다만 매형은 그 팔찌가 아주 독특하고 희귀한 물건이라서 황금장주가 몸에서 떼지 않을 정도로 각별히 아꼈다고 했다.

그리고 만들어진 기법이 특이한 것을 보니 그 팔찌엔 아마도 모종의 비밀이 있을 거라고만 했다.

'보물' 이란 소리는 갈명수가 곧 돈이 들어올 거란 생각에 흥이 나서 평소에 잘 치던 허풍으로 좀 부풀려 말한 것뿐이다.

갈명수는 마봉팔에게 이렇게 말했던 것이다.

"마 대협, 도둑이 금고에는 손도 안 대고 그 팔찌만을 훔쳐 간 것을 보면 혹시 그 팔찌는 무슨 굉장한 보물일지도 모릅니다."

"엥? 보물이라니? 그까짓 백옥 팔찌가 어떻게 보물이 돼? 아니, 그럼 그 팔찌가 무슨 보물 지도라도 된다는 말인가?"

"보물… 지도요? 큭큭큭."

마봉팔의 말을 대충 농담으로 들은 갈명수는 그에 맞장구를 쳐주었다.

"하하하, 그럴지도 모르지요. 팔찌가 황금장주들이 대대로 모아놓은 보물의 지도일지 누가 압니까?"

그랬는데 지금 보니 '보물 지도일지도 모르지요' 란 말이 '보물 지도입니다' 로 바뀌었고, 그 범인은 이 사팔뜨기 놈이다.

갈명수의 등으로 식은땀이 흘렀다.

'이제 보니 저 무서운 암흑대제는 보물 지도란 말에 회가 동해서 나를 잡아온 거구나!'

상황으로 보아 저 사팔뜨기 놈은 암흑대제에게 고하면서 몇 배로 부풀려 말한 게 분명했다.

갈명수는 눈앞이 캄캄해졌다.

암흑대제가 사팔뜨기 수하인 마봉팔이한테만은 죽고 못산다는 소문은 알 사람은 다 안다.

갈명수는 사팔뜨기가 헛소리를 했다고 암흑대제에게 말할 수 없음을 깨달았다. 어쨌거나 '보물'이란 소리를 먼저 입에 담은 것은 자신이니까 말이다.

'설령 사팔뜨기가 헛소리를 한 게 밝혀진다 해도 나는 나중에 저 사팔뜨기 놈한테 맞아 죽겠구나!'

갈명수는 자신이 이 자리에서 뭐라고 말하느냐에 따라서 목숨이 열 개라도 살아남지 못하리란 사실을 자각했다.

실로 난감한 상황이었다.

옆에 서 있던 사팔뜨기 마봉팔이 주먹을 들이대며 닦달한다.

"야, 이 새끼야! 그 팔찌가 황금장 영감탱이들이 삼대에 걸쳐서 모아 놓은 보물이라고 어서 말해!"

갈명수는 미칠 것만 같았다.

자기가 언제 삼대란 소리를 했나?

부처님에게 맹세코 자신은 삼대의 삼 자도 꺼낸 적이 없다.

갈명수는 울고 싶어졌다.

'어이구우! 이래서 머리 나쁜 놈들과는 얘기를 하면 안 돼!'

그는 피를 닦는 척하며 손수건으로 굳어진 얼굴을 가렸다.

'설령 여기서 도망친다고 해도 중원 전역에 하오문도가 깔려 있으니 어디로 간단 말인가?'

갈명수는 경공도 없으니 잡히는 건 시간문제다.

게다가 그는 삶의 터전인 황금장 주변을 떠나서는 살아갈 자신이 없었다.

이리저리 염두를 굴리다가 갈명수는 용단을 내렸다.

'할 수 없다. 저 원수 같은 사팔뜨기의 뻥을 그대로 밀고 나가는 수밖에 없다. 설혹 들통이 난다 해도 매형이 그렇게 말했다며 매형한테

뒤집어씌우면 된다.'

갈명수는 제아무리 하오문이라 한들 황금장의 총관을 직접 건드리지는 못할 것이라 예상했다. 그러면 황금장과 밀접한 관계에 있는 관에 의해서 하오문이 쑥대밭이 될 테니까 말이다.

마침내 갈명수가 작심을 하자 그의 입에선 기름칠을 한 것처럼 거짓말이 술술 새어 나왔다.

"…저는 매형한테서 그렇게 들었습니다. 삼대가 모아놓았다구요."

황금장 삼대에 걸친 보물!

놀라운 소리에 하오문도들이 술렁였다.

"우와아~ 굉장하다!"

"그만한 재물이면 자손 대대로 오십대는 놀고먹을 거야!"

"그, 그 팔찌가 어떻게 생겼다고? 응?"

하오문도들 모두가 눈에 불을 켜고 난리도 아니다.

그런데 문주인 암흑대제 강상배는 깊은 생각에 잠겨 있다.

사필뜨기 마봉팔이 가끔씩 헛소리를 한다는 건 누구보다도 암흑대제 자신이 가장 잘 알고 있다.

그러나 갈명수의 증언을 토대로 보면 팔찌 일은 사실 같다.

'크흠, 그 도둑놈이 살수는 아닐 게야. 살수는 사람만 죽이지 팔찌를 훔쳐 가는 짓 따위는 하지 않으니까. 그렇다면 결국 그 도둑놈은 팔찌만을 노리고 황금장에 침입했다는 소린데… 그렇게 보면 그 팔찌가 보물 지도라는 말은 충분히 신빙성이 있는 얘기야.'

하오문주 암흑대제는 뱃속까지 꿰뚫을 것만 같은 날카로운 눈초리로 갈명수를 주시했다.

"……."

갈명수의 목이 움츠러들었다.

목숨이 경각에 달했다고 느낀 그는 시키지도 않은 말까지 줄줄이 늘어놓았다.

"제 말을 매형한테 확인하시려고 해도 매형은 지금 바쁠 겁니다. 한옥석(寒玉石)을 왕창 구하느라고요. 포두랑 소림사의 무인(武人)이 와서 살펴볼 때까지 시체가 썩지 않도록 침상에 차가운 한옥을 쌓아놓을 거랍니다."

"……."

"그게 다입니다. 제가 아는 건 더 없습니다. 정말입니다."

갈명수는 두 손을 모으며 애원하는 자세를 취했다.

더 이상 정보가 될 만한 말이 나올 것 같지 않자 하오문주 암흑대제는 갈명수에게 엄한 어조로 명했다.

"넌 오늘부터 하오문에서 살아라!"

잔머리의 대가인 갈명수는 이 말의 의미를 금방 알아들었다.

앞으로 하오문을 기점으로 황금장에 가서 열심히 정보를 물어오라는 뜻이다.

갈명수는 지금 당장 하오문을 뛰쳐나가고 싶었다.

그러나 코앞에서 가루가 된 돌멩이는 그에게 선택의 여지가 없음을 일깨워 주고 있다.

암흑대제가 다시 한 번 일침을 가한다.

"내 말 명심하거라!"

갈명수는 힘없이 대답했다.

"예……."

이에 사팔뜨기 마봉팔이 침을 튀기며 갈명수의 등판을 두들겼다.

"크하하하! 한 식구가 되었으니 잘해보자구, 사기꾼!"

그러자 너도나도 긴장에서 풀려나 갈명수를 에워싸고 텃세를 부렸다.

"야, 사기꾼! 난 너보다 한참 오래전에 입문했으니 선배님이라 불러!"

"앞으로 내 심부름은 사기꾼 네가 도맡아서 해라! 큭큭큭!"

"내 팔자에 황금장 총관의 처남을 수하로 부려보게 되는구먼! 으흐흐흐~"

이 사람 저 사람 갈명수의 머리를 툭툭 치면서 으름장을 놓는다. 뿐이랴. 갈명수의 비단옷이 아니꼬운지 거기에 더러운 손을 슬슬 닦아대는 자까지도 있다.

"어이, 좋은 옷 입었네?"

"난 태어나서 비단옷은커녕 가죽신도 못 신어봤는데. 아따~ 비단옷에 눈이 부시네그랴."

파락호들에게 둘러싸인 갈명수는 자신의 미래가 암담해졌다.

꼴을 보아하니 이대로 가다간 하오문도들의 동네북이 될 것만 같다.

갈명수의 눈에 핏발이 선다.

'이 거지 같은 하오문도들한테 이따위 대우를 받으며 살 순 없다! 뭔가 대책을 세워야 해!'

그의 분노 어린 시선이 시팔뜨기 마봉팔을 향했다.

'이게 다 저 시팔뜨기 놈 탓이야! 두고 보자! 으드득!'

갈명수가 원한을 품는 줄도 모르고 마봉팔은 보물 팔찌 생각에 그저 희희낙락 즐겁기만 하다.

　　　　　*　　　　　　*　　　　　　*

　난데없는 부음 소식에, 아니, 살인 강도 소식에 하남성주 금배지(金培知)의 기름기 돌던 낯은 단번에 흙빛이 되어버렸다.

　그는 믿어지지가 않았다. 황금장주가 누구인가?

　황금장으로 따지면 하남성에 바치는 세금이 어마어마한 건 물론이거니와 황금장에서 일하는 사람만도 무려 오천 명이 넘는지라 성도인 개봉을 활성화하고 있는 데 일등공신인 황금장이다.

　그곳의 장주인 황씨 영감의 세도로 따지자면 조정의 대작들을 쥐락펴락할 정도라고 한다.

　한데 예전에 부임해 왔던 뭘 모르는 성주가 영감을 장사치라 깔보고 업신여기자 그때 황금장주는 조용히 한마디 했을 뿐이다.

　"우리 황금장이 싫으시다니 다른 지방으로 이사를 가겠습니다."

　그러자 일자리를 잃을 위기에 처한 수천 명의 양민들과 그 가족들이 개미 떼같이 성으로 몰려가 자칫 '민중 봉기'란 게 일어날 뻔했다.

　이후로 성주들은 그 누구도 황금장을 우습게 보지 못했다.

　게다가 황금장주는 둘째아들인 황이보를 관직으로 내보낸 후 자금성 내의 연줄이 더욱 두터워졌다.

　그런 황금장주가 도둑의 손에 목숨을 잃다니!

　칠순이 넘은 하남성주의 검버섯이 핀 얼굴은 사신(死神)이라도 만난 듯 핏기가 사라졌다.

　성주 금배지는 자신의 아버지처럼 그렁저렁 별 탈 없이 관직을 즐기다가 늙어 죽기를 원했다.

그러나 자신이 관리하는 성에서 도둑이 성왕하다 못해 사람까지 죽이다니, 이것은 전적으로 성주의 책임이다.

"어, 어째 이런 일이……."

감당키 어려운 큰일이 벌어졌다는 생각에 심장이 마구 두 방망이질한다.

곁에서 보고 있던 문관(文官) 고춘평(高瑃平)은 살짝 한숨을 내쉬었다.

참으로 무능한 성주이다.

성주가 하는 일이라고는 하루 종일 아편을 피우는 일밖에 없다.

그래서 모든 일 처리는 실세인 문관 고춘평이 한다.

문관은 속으로 성주를 욕했다.

'에이, 아편이나 피워대는 쓰레기 같은 성주 놈. 하긴 이런 놈이 있으니 내가 권력을 행사할 수 있지.'

한참 동안 말을 못하던 성주가 떨리는 음성을 억지로 토해냈다.

"이, 이 모든 게 다 내가 부덕한 탓이다."

이에 문관 고춘평이 속마음과는 달리 얼른 위로를 했다.

"인명은 재천이라 하니 이게 어찌 성주님의 잘못이겠습니까?"

말은 이렇게 했어도 실상 문관은 골머리가 쑤셨다.

어쨌거나 이 일을 잘 처리하지 않으면 성주한테로 불똥이 튈 것이다.

무능한 성주 대신에 실권을 쥐고 있는데 혹시나 똑똑한 성주가 새로 부임해 오면 곤란하다.

문관 고춘평은 좋은 해결책을 찾아서 머리를 굴렸다.

이때 칠면조같이 늘어진 목살을 출렁거리며 성주가 다급히 외쳤다.

"당장, 당장 문상을 가야겠다! 어서 차비를 해라!"

좋은 생각이었다.

한시라도 빨리 얼굴을 내밀어 이런 불행한 일이 벌어진 것에 대한 사과도 하고 관에 대한 황금장의 반응도 살펴봐야 한다는 것엔 문관 고춘평도 동의했다.

그러나 문관 고춘평은 성주에게 고개를 저어 보였다.

"아직 빈소도 차리지 않았다고 하는데 이렇게 무작정 맨주먹 불끈 쥐고 찾아갈 수는 없습니다."

성주 금배지는 떨리는 손으로 앵속(罌粟:양귀비꽃. 아편)이 채워진 곰방대를 집어 들며 울상을 지었다.

"그, 그러면 어떻게 해야 좋겠는가?"

"우리로서는 일단 도둑을 잡을 방책부터 세우는 게 우선일 듯싶습니다."

"그, 그래! 맞아!"

"……."

문관은 열심히 곰방대를 빠는 성주를 못마땅한 눈길로 바라보았다.

'백성들한테 모범이 돼야 할 놈이 국법으로 금지된 아편에 빠져 살아? 아편은 사람의 몸을 썩히는 독약. 약에 절어서 저 누렇게 썩은 얼굴 좀 봐. 저러다가 제명대로 못살지.'

문관은 내심과는 달리 공손히 아뢰었다.

"성주님, 얼마 전 북경에서 좌천되어 온 정현풍(鄭賢風) 포두의 실력이 아주 뛰어나다고 들었습니다."

"응? 누구?"

정신 못 차리고 우왕좌왕하는 성주 금배지를 위해서 문관은 차근차근 설명했다.

"토끼포두라 불리는 정현풍이라는 포두가 이번에 우리 하남성으로 배속되었습니다. 그자는 원래 북경의 자금성에 있던 자인데 그자가 맡았던 사건 중 해결 못한 것이 전무(全無)하다고 합니다. 그래서 너무도 뛰어나다 보니 누군가의 모함을 받고 이곳으로 쫓겨왔다고 합니다."

"오, 그런 자가 우리 하남성에 있단 말이지?"

"예. 이 모든 게 성주님의 홍복입니다."

"그래, 그래. 네 말이 맞다."

아편이 든 곰방대를 몇 모금 빤 성주 금배지는 정신이 몽롱해지는지 눈이 풀렸다.

잠시 멍청히 있던 성주 금배지는 문득 고개를 갸우뚱하며 물었다.

"근데 왜 토끼포두라 불리우는고? 밤일을 그리도 못하는가?"

남자를 토끼라 부를 때 그것이 의미하는 바는 토끼처럼 성 행위를 아주 빨리 끝내는, 다시 말하면 조루증이기에 성주가 이렇게 생각하는 건 당연했다.

성주의 의구심에 문관이 답한다.

"그게 아니옵고 그 포두가 애완동물로 토끼를 데리고 다니기에 그런 별명이 붙었다고 합니다."

"허어~ 토끼를 데리고 다녀? 그참, 별 이상한 놈도 다 있구먼! 헛헛 헛!"

하남성주 금배지는 너털웃음을 터뜨렸다.

곧이어 그는 정색을 하며 다급히 채근했다.

"어서! 어서 그 토끼포두라는 자를 대령하라!"

第四章

콩 까먹는 도둑과 로끼포두

햇살이 따사로이 내리쬐는 봄날 오후.

일명 토끼포두라 불리는 정현풍은 말등에 당당히 올라앉아서 하남 성주가 탄 마차의 뒤를 따랐다.

이들이 향하는 곳은 황금장이다.

지금 정현풍의 가슴은 기대감으로 두근거렸다.

그는 하남성주로부터 '황금장의 도둑 사건을 반드시 해결하라' 는 특명을 받았기 때문이다.

품에 흰 토끼를 소중히 안은 정현풍의 눈이 빛난다.

그는 어금니에 힘을 주며 생각했다.

'엄청난 부자인 황금장. 이번 일을 해결하면 혹시 그 공로로 북경으로 다시 돌아갈 수 있을지도 모른다.'

정현풍은 북경이 그리웠다.

어릴 때부터 동경해 온 북경. 그곳에서 일하게 되어 얼마나 기뻤던 가?

북경의 자금성에서 맡은 사건마다 해결을 하며 승승장구하던 정현 풍이었다.

그가 한 일이라고는 그저 남보다 열심히 일했고, 단 한 푼의 뇌물도 받지 않았다는 것뿐이다.

하지만 그것 때문에 정현풍은 주위에서 따돌림을 당했다.

결국 그에게 돌아온 대가는 지방 도시로의 좌천이었다.

정현풍은 아무 잘못도 없이 보직에서 쫓겨난 게 너무도 분하고 억울 했다. 그는 자신이 하남성으로 오게 된 까닭이 누군가가 중상모략을 한 때문이라고 굳게 믿었다.

그리고 좌천당한 정현풍에게 있어 이번 황금장 사건은 재기의 발판 이 되어줄 가능성이 충분했다.

하지만 설령 북경으로 돌아간다 해도 뇌물을 안 받는 그의 인생관을 관철하고자 한다면 또다시 안 쫓겨나리란 보장은 없다.

정현풍의 얼굴에 고뇌의 빛이 떠오른다.

'나도 남들처럼 뇌물을 받아야만 했나? 아니다! 나는 나야! 나는 그 런 더러운 짓을 하면서까지 승진하고 싶지는 않아!'

기분이 언짢아진 정현풍은 씹어뱉듯이 말했다.

"더러운 새끼들!"

흥분한 그는 안고 있던 흰 토끼를 자기도 모르게 왈칵 껴안았다.

정현풍이 부둥켜안자 토끼는 갑갑한지 가볍게 발버둥을 쳤다.

"아차! 미안하다, 백아(白娥)야."

정현풍은 얼른 사과를 하며 팔에서 힘을 뺐다.

이어 그는 토끼를 부드럽게 쓰다듬었다.

"우리 예쁜 백아, 갑자기 놀라게 해서 미안하다."

등을 쓸어주자 토끼는 기분이 좋은지 눈을 지그시 감고 코를 발랑거린다.

정현풍의 품에 안긴 이 토끼는 눈처럼 새하얀 털을 지니고 있었다. 그리고 흰 털을 가진 토끼가 으레 그렇듯 이 토끼도 빨간 눈을 하고 있다.

한데 특이한 점은 일반 토끼에 비해서 두 귀가 무진장 컸다. 귀 하나의 크기가 몸통만했던 것이다.

그러나 커다란 귀보다도 정작 눈길을 끄는 건 토끼의 이마에 씌워져 있는 빨간색 고깔모자였다.

삼각형의 그 조그만 고깔은 행여 머리에서 벗겨질세라 모자에 달린 빨간 실이 토끼의 오동통한 뺨을 지나서 턱 밑에 묶여져 있다. 거기에 그치지 않고 토끼는 고깔과 같은 천으로 만든 빨간색의 조끼도 입고 있어서 그 모습이 여간 귀여운 게 아니었디.

정현풍은 애정이 기득 담긴 눈으로 토끼를 내려다보았다.

그는 만면에 정겨운 미소를 머금은 채 생각했다.

'사실 내가 이만한 지위까지 오르게 된 것도 따지고 보면 다 백아 덕분이다.'

하남성주의 마차를 따라가며 정현풍은 토끼와 처음 만났을 때를 회상했다.

'벌써 삼십 년 전의 일이군. 그때도 지금처럼 봄날이었지.'

＊　　　　＊　　　　＊

일찍이 어머니를 여읜 정현풍은 홀아버지와 깊은 숲에서 약초를 캐며 근근이 살았다.

그러던 중 아버지마저 산의 신령이라는 백호(白虎)에게 호환을 당해서 돌아가셨다.

그때가 정현풍의 나이 십사 세.

그는 아버지가 죽은 후에도 산을 떠나지 않았다.

왜냐하면 그는 백호를 죽여서 아버지의 복수를 하고자 했기 때문이다.

하나 소년인 그의 힘으로는 커다란 호랑이를 어찌해 볼 수가 없는지라 울분의 나날만을 보낼 뿐이었다.

어느 날 정현풍은 약초를 캐러 나갔다가 희한한 동물과 마주치게 되었다.

그것은 이마에 뿔이 나 있는 한 마리의 흰 토끼였다.

뿔토끼는 조금 떨어진 곳에서 붉은 눈으로 소년을 쳐다보고 있었다.

"어? 뿔이 난 토끼가 다 있네?"

정현풍이 신기해하면서 다가가자 토끼는 폴짝 뒤로 물러섰다.

소년은 토끼를 붙잡으려고 했다.

하지만 토끼는 손에 잡힐 듯 잡힐 듯하면서도 안 잡혔다.

그렇게 번번이 놓치면서 정현풍은 토끼의 뒤를 쫓아 꽤 멀리까지 갔다.

마침내 도달한 곳은 깊은 숲 속.

토끼를 쫓던 정현풍은 깜짝 놀라며 멈추어 섰다.

"아니, 왜 이런 곳에 사람이 있을까?"

그의 눈앞에는 한 명의 청년이 정신을 잃고 땅바닥에 엎어져 있었다.

한데 토끼가 청년 곁에 쪼그리고 앉아서 걱정스러운 눈빛을 하고 있다.

그제야 소년은 토끼가 자신을 이곳으로 인도해 왔음을 깨달았다.

정현풍은 허둥지둥 청년에게 다가섰다.

"여보세요, 아저씨! 정신 차리세… 으악!"

그러나 소년은 채 몇 발자국 떼기도 전에 비명을 지르며 땅을 뒹굴었다. 갑자기 토끼가 달려들어 그를 밀쳐 냈던 것이다.

"어? 저 조그만 토끼가 나를 밀었어?"

소년은 몹시 놀랐다.

어릴 때부터 많은 약초를 먹어서 기운이 장사인 자신이 저렇게 작은 토끼에게 밀리다니?

토끼는 소년이 청년을 만지는 게 싫은 듯했다.

녀석은 경고를 하는 양 뒷다리로 일어선 재 커다란 두 귀를 펄럭였다.

조금 민망해진 정현풍이 발딱 일어섰다.

그는 토끼에게 삿대질을 하며 외쳤다.

"야, 똑똑한 토끼! 주인을 살리고 싶어서 나를 여기로 데려온 거 아니야? 근데 왜 밀어내?"

소년의 질책에 토끼는 연신 귀를 흔들어대고 있다.

퍼덕퍼덕!

"에이씨! 이거야 정말 소 귀에 경 읽기네!"

투덜대던 정현풍은 토끼가 사람의 말을 알아듣는다고는 생각 안 했지만 녀석에게 다정한 목소리로 설명했다.

"이봐, 토끼야. 나는 의원은 아니지만 약초를 꽤 많이 알아. 독풀도 알고 약풀도 안다구. 그러니 나한테 한번 맡겨봐."

그러나 소년이 다시금 가까이 다가서려고 하자 토끼는 붉은 눈알에서 흉포한 빛을 발했다.

어린 소년인 정현풍은 뿔토끼가 조금 무서워졌다.

"알았어. 안 만지면 될 거 아냐? 난 도와주려고 한 거라구!"

정현풍은 뒷걸음질을 치며 입을 삐죽였다.

한데 문득 보니 청년의 옆쪽에 손바닥만한 비단 주머니가 한 개 떨어져 있다.

그것은 고급스러운 무늬가 금실로 수놓아진 실로 멋진 주머니였다. 주머니의 배가 두툼한 것을 보니 안에는 무엇인가가 들어 있는 듯했다.

정현풍은 그 주머니로 손을 뻗쳤다.

'이 안에 저 아저씨의 신분을 증명하는 뭔가가 들어 있을 수도 있어.'

그러나,

퍼억!

어느 틈에 토끼가 몸을 날려 또다시 정현풍을 밀쳐 냈다.

"아니, 왜 자꾸 이러는 거야? 난 그저……."

정현풍은 당황해하며 말을 더듬었다.

토끼가 비단 주머니와 소년의 중간에 우뚝 선 채 빨간 눈을 번득였다.

그러면서 녀석은 두 귀를 양옆으로 활짝 펴고는 빠르게 흔들어댔다.

그러자 새가 날갯짓했을 때와 똑같은 소리가 났다.

파다닥파다닥~

제 딴에 할 수 있는 한 최대로 위협적인 자세를 만든 토끼.

녀석은 소년이 비단 주머니에 손대는 것을 무척 경계하는 꼴이다.

정현풍은 하늘에 맹세코 비단 주머니를 훔칠 생각이라곤 눈곱만큼도 없었다. 한데 졸지에 도둑으로 몰리자 그는 심히 섭섭했다.

'치잇! 난 도둑이 아닌데…….'

마음에 상처를 입은 소년은 눈물까지 글썽이며 큰 소리로 외쳤다.

"이 바보 토끼! 난 도둑이 아니야! 오히려 난 도둑을 잡는 포두가 되고 싶은 사람이라구!"

울먹이는 소년이 답답한지 토끼는 뒷다리로 땅을 굴렸다.

퉁퉁퉁! 퉁퉁퉁!

정현풍은 뒤로 물러나며 악을 썼다.

"나는 그저 네 주인을 도와주려고 했을 뿐이야! 난 이제 갈 테니 저 아저씨가 죽어도 난 몰라! 바보 토끼! 넌 바보야!"

이때 토끼가 갑자기 주변에 난 풀을 입으로 뜯더니 먹지 않고 뱉어 냈다.

그러기를 여러 차례.

소년은 토끼의 행동이 이상스러워서 떠나기를 멈추고 지켜보았다.

잠시 후 그의 눈이 휘둥그레졌다. 그는 비단 주머니 부근의 풀들이 새카맣게 죽어 있다는 사실을 깨달은 것이다.

깜짝 놀라서 살펴보니 청년 주위에 있는 풀들도 까맣다.

"어? 풀들이 왜 이렇지? 혹시… 독(毒)?"

소년의 말을 알아들은 듯 토끼는 소년에게 힘차게 고개를 끄덕여 보였다.

그러는 토끼가 신기해서 정현풍은 입을 헤벌렸다.

"아하! 여기는 독이 풀어져 있었구나! 내가 독이 묻은 풀에 닿아서 중독이 될까 봐 나를 밀쳐 낸 거지? 토끼 넌 바보가 아니었어!"

토끼는 소년이 상황 판단을 한 게 기쁜지 제자리에서 폴짝폴짝 뛰어올랐다.

이어 토끼는 청년에게로 다가가 그의 옆구리를 뒷다리로 세게 걷어찼다.

퍽!

청년의 몸이 뒤집히면서 그의 용모가 드러났다.

입만 좀 크다 뿐이지 평범한 외모다.

그런데 수다깨나 떨게 생긴 얄팍한 입술 주변에는 검은 피 거품이 말라붙어 있다.

토끼는 청년을 깨우려는지 또다시 뒷다리로 걷어찼다.

그러는 토끼의 행동엔 일말의 망설임도 없었다.

퍽퍽퍽퍽!

토끼는 자신의 몸에 풀이 닿는 것을 전혀 상관 안 했다.

독 묻은 풀이 닿아도 멀쩡한 것을 보면 녀석은 독에 영향을 안 받는 게 확실하다.

청년이 계속 혼절한 상태이자 토끼는 가차없이 내리 뒷발차기를 해 댔다.

두 다리가 안 보일 정도로 빠른 발길질이다.

누가 보면 전생의 원수를 만나 보복 차원에서 이러는가 싶을 정도다.

퍽퍽퍽퍽퍽퍽퍽!

토끼의 발에 우다닥 채인 청년의 몸이 마구 흔들린다.

엄청나게 얻어맞은 청년은 마침내 미약한 신음 소리와 함께 눈을 떴다.

"으으으……."

"아저씨! 아저씨, 정신 차리세요!"

조금 떨어진 곳에서 정현풍이 크게 소리를 질렀다.

그러나 청년은 정신이 혼미한 탓인지 눈이 멍하니 풀려 있다.

정현풍은 있는 대로 악을 썼다.

"아저씨! 제 말이 들려요? 아저씨!"

"당귀… 감초……."

의식인지 무의식인지 청년은 숨을 헐떡이며 몇 가지의 약초 이름을 중얼거렸다.

소년이 들어보니 모두가 약풀이다. 게다가 다행히 주변에서 쉽게 구할 수 있는 것들이다.

정현풍은 얼른 그 약초들을 찾아 나섰다.

"토끼야, 나, 아저씨가 말한 약초들을 캐서 금방 올게."

토끼가 알았다는 양 조그만 머리를 아래위로 끄덕인다.

그 모습이 못내 신기하고 귀여워서 정현풍은 웃음이 나왔다.

"푸후훗~"

신이 난 소년은 날듯이 달려갔다.

산이 집이라 약초들이 어디에서 자라고 있는지에 대해선 훤했다.

그리고 어둠이 깔릴 무렵 정현풍은 약초를 한 아름 안고 돌아왔다.

돌멩이로 으깨어 약초를 짜니 토끼가 즙이 담긴 나뭇잎을 받아 들고 청년에게 먹인다.

조금 지나자 청년의 안색에 핏기가 돌았다.

호흡도 많이 좋아진 것 같았다.

이윽고 날이 저물자 정현풍은 모닥불을 피웠다.

따닥따닥~

푸르스름한 연기를 피워 올리며 나뭇가지들은 잘 타 들어갔다.

정현풍은 나무를 더 던져 넣으면서 근심 어린 목소리로 뿔토끼에게 말했다.

"토끼야, 이 주변은 위험해. 밤이 더 깊어지면 큰 짐승들이 나온단 말야. 더구나 이 산의 대왕인 백호는 불도 안 무서워해."

정현풍은 굵은 나뭇가지를 들어 보이며 말을 이었다.

"설혹 나무를 꺾어 움막을 급조한다 한들 곰이 커다란 앞발로 후려 치면 한 번에 다 날아가. 토끼야, 아저씨를 여기 이렇게 마냥 둘 수도 없고 어쩌지? 아저씨를 우리 집으로 모셔가면 좋을 텐데 너도 알다시 피 난 중독될까 봐 아저씨 몸에 손을 댈 수가 없어."

곰이나 호랑이와 싸울 힘이 없는 정현풍은 걱정이 태산같았다.

소년의 말에 뿔토끼는 고개를 끄덕이더니만 비단 주머니를 입에 물 었다.

그러더니 녀석은 아직도 혼절해 있는 청년의 몸 밑으로 기어들어 갔 다.

청년의 몸이 갑자기 펄쩍 뛰어올랐다.

의식이 없는 게 분명한 젊은이가 마치 혼자서 움직이는 것처럼 누운 채 벙벙 뛰어올랐다.

정현풍이 살펴보니 토끼는 커다란 두 귀를 새의 날개처럼 퍼덕이며 날아오르고 있었다!

정현풍은 환호성을 질렀다.

"우와아~ 토끼 너, 정말 굉장하구나!"

신묘한 토끼를 만난 소년은 마냥 즐겁고 기쁘기 한량없었다.

독에 중독되었던 청년이 조금이나마 몸을 추스를 수 있게 될 때까지 석 달이라는 시간이 흘렀다.

그동안 정현풍이 청년과 토끼를 먹여 살렸음은 말할 것도 없다.

한데 토끼는 여느 토끼처럼 채식만 하는 것이 아니라 고기를 비롯한 온갖 것들을 다 먹었다. 거기에 보태서 토끼는 고기를 먹어도 최고로 연한 부위만 찾는 등 자기 혼자만 맛있는 음식을 독차지하려는 더러운 싸가지를 보였다. 뿐만 아니고 녀석은 건방지기까지 했다.

그러나 친구가 없이 외롭던 소년은 이 시건방을 떠는 토끼를 무척이나 좋아했다. 소년은 토끼와 하루 종일 붙어서 같이 놀았다.

다시 석 달이 지나자 청년은 몸을 완전히 회복했다.

어느 날 정현풍은 비단 주머니 속에 무엇이 들어 있는지 궁금해서 청년에게 물어보았다.

그러나 청년은 말해 주지 않았다. 그는 비단 주머니에 대한 것을 포함, 자신의 이름까지도 아무것도 가르쳐 주질 않았다.

다만 그는 자신이 '신투문주'라고 불리운다고만 말했다.

신투문의 문주라는 청년.

그는 수다 떨기를 좋아하는지 쉴 새 없이 종알댔다.

"이 흰 토끼 백아 녀석은 굉장히 영특해서 사람의 말을 다 알아듣지.

아마 사람보다 더 똑똑할지도 몰라."

"신투문주 아저씨, 근데요, 이 토끼는 항상 자기만 좋은 걸 먹으려고 해요."

이때다 싶은 소년이 불만을 토했다.

그러자 청년은 큰 입을 벌려 폭소를 터뜨렸다.

"푸하하하하하~ 애야, 이 토끼는 먼저 살던 곳에서는 네가 상상조차 할 수 없는 최고급 음식으로 매일 양치질을 하고 살던 토끼란다."

"최고급 음식이요?"

상상조차 할 수 없는 음식이란 게 대체 무엇일지 산에서 자란 소년은 당최 상상할 수가 없었다.

소년 정현풍은 눈이 동그래져서 토끼를 훑어보았다.

이렇게 조그만 짐승이 그런 호화스러운 생활을 영위했었다는 사실이 전혀 믿어지지 않았다.

이때 갑자기 청년이 정색을 하며 말했다.

"나는 이제 떠나야 한다. 그간 정말 고마웠다."

"예?"

갑작스러운 말에 소년은 깜짝 놀랐다.

그도 언젠가는 청년이 이곳을 떠날 것이라는 사실은 인지하고 있었다.

그러나 다시 혼자가 되어야 한다는 생각에 가슴속으로 짙은 외로움이 몰려왔다.

정현풍은 자기도 청년을 따라가고 싶었다.

그러나 아버지의 원수인 백호를 죽일 때까지는 아무 곳에도 갈 수 없다.

소년은 고개를 푹 수그렸다.

눈물을 감추기 위해서이다.

안고 있는 토끼의 흰 털 위로 굵은 눈물방울이 떨어졌다.

소년은 얼른 팔뚝으로 눈물을 훔쳤다.

그러나 아무리 숨기려고 해도 흐느낌이 새어 나왔다.

"흐흑."

"……."

그간 소년과 정이 많이 든 청년은 슬픈 얼굴로 소년을 주시했다.

문득 소년이 눈물 젖은 얼굴로 물었다.

"신투문주 아저씨, 저를 보러 다시 오실 거죠? 꼭 다시 오겠다고 해주세요."

"아무래도 그건 어려울 듯싶구나."

청년이 고개를 저으며 침울하니 대답했다.

그는 말을 이었다.

"얘야, 너는 내 생명의 은인이다. 그래서 너에게 뭔가 보답을 하고 싶은데… 지금 니힌텐 네게 줄 재화가 아무것도 없구나. 사실 나는 중원에서 제일가는 부자인데도 말이지. 그렇다고 해서 너를 데려가거나 훗날을 기약하고 떠날 수도 없는 것이, 내가 이제부터 가야 하는 곳은 다시 돌아올 수 있으리란 보장이 없는 곳이라 아무런 약조를 못한단다. 미안하다."

자칭 중원에서 제일 부자라는 신투문주는 소년에게 아무런 사례도 못하는 것을 몹시 안타까워했다.

소년은 다정한 그의 말에 결국 울음을 터뜨리며 토끼 털에 얼굴을 묻었다.

"흑흑흑……."

"……."

청년은 묵묵히 소년을 지켜보고 있다.

한참을 흐느끼던 소년이 고개를 들며 애원했다.

"아저씨… 저어… 백아를 두고 가시면 안 되나요?"

"백아를?"

"네. 제발 부탁이에요, 아저씨. 모두가 떠나면 전 다시 혼자 남아야 하는데… 흐흑… 아저씨, 제발 부탁드려요. 아저씨, 백아를 이곳에 남겨주세요!"

소년의 간절한 청에 청년은 무척 곤혹스러워했다.

"사실 이 토끼는 임자가 따로 있는데……. 크음."

한동안 고민을 하던 청년은 마침내 결심을 했는지 소년에게 웃음을 지어 보였다.

"좋다! 네가 이 토끼를 그리도 예뻐하니 너에게 주기로 하지!"

소년은 뿔토끼를 번쩍 치켜들고 진심으로 기뻐했다.

"우와아~ 신난다! 넌 이제부터 내 동생이야! 동생이 생겼다!"

그러나 방방 뛰던 소년의 입에서 비명이 터져 나왔다.

토끼가 긴 뒷발을 뻗어서 소년의 머리를 걷어찬 것이다.

"으악! 왜 때리는 거야?"

느닷없는 토끼의 행동에 소년의 얼굴은 잔뜩 굳어졌다.

당장에 의기소침해진 소년이 중얼거렸다.

"신투문주 아저씨, 백아는 제가 싫은가 봐요."

청년이 빙그레 웃으면서 대꾸했다.

"백아는 아마 네 동생이 되기가 싫은가 보다. 동생 말고 친구가 되는 것은 어떠냐?"

"친구요?"

소년은 친구보다는 동생을 얻고 싶었지만 토끼가 눈알을 무섭게 부라리는 바람에 꿈을 접어야 했다.

하지만 친구라도 그게 어디냐며 소년은 곧 만족해했다.

그러자 청년이 소년에게 신신당부를 했다.

"애야, 내가 하는 말을 잘 새겨들어라. 이 토끼의 뿔, 귀가 큰 토끼는 있을 수도 있으나 뿔이 있는 토끼는 내가 알기로 이 세상에 이 녀석 하나밖에 없단다. 그러니 이 뿔을 사람들이 알게 되면 너는 백아를 잃게 될 거야. 왜냐하면 내가 이 토끼를 데려오기를 기다리는 사람은 일인지하(一人之下) 만인지상(萬人之上)에 있는 자란다. 그런 고로 너는 백아의 뿔을 절대로 남에게 들키지 말아야 한다. 알겠느냐?"

"네, 명심할게요."

"백아의 뿔을 사람들한테 자랑하지 않겠다고 약속할 수 있겠니?"

"네, 제 이름을 걸고 약속하겠어요."

"내 말을 절대로 잊으면 안 된다."

청년은 여러 번에 걸쳐서 맹세를 시킨 후에야 안심하는 듯했다.

이제 소년은 청년이 떠나가도 토끼가 남아 있을 것이기에 더 이상 외롭지 않았다.

한데 재미있는 점은 청년이 떠나갈 때 토끼가 본 척도 하지 않았다는 것이다.

토끼는 눈을 감고 코만 발랑거릴 뿐 청년이 작별 인사를 하는데도 내내 못 들은 척 무시했다.

"신투문주 아저씨, 백아가 화난 거 같아요."

"큭큭큭, 아마 내가 자기 의사도 안 묻고 네게 준다는 결정을 한 것 때문에 자존심이 상했나 보다."

이에 소년은 당장에 불안한 눈빛을 한다.

"아저씨, 백아는 혹시 여기 남는 게 싫은 걸지도……?"

"그건 아니다, 얘야. 만약 백아가 네가 싫었으면 나를 따라가겠다는 의사 표시를 명확하게 했을 게야. 그러니 걱정 말아라. 하하하!"

청년은 가벼운 웃음소리와 함께 떠나갔다.

그 뒷모습에 소년은 눈을 크게 떴다.

청년이 신선처럼 하늘을 날아올라 사라져 갔기 때문이다.

그 후 토끼와 함께 남은 소년은 곰곰이 생각했다.

'백아의 뿔을 남들이 모르게 하려면 어떻게 해야 하지?'

결국 정현풍이 생각해 낸 방법은 토끼에게 삼각형 고깔모자를 만들어 씌우는 것이었다.

소년은 건방진 토끼가 고깔 쓰는 것을 싫어할까 봐 속으로 걱정을 많이 했지만 다행히 토끼는 거부하지 않고 순순히 따랐다.

거기에 그치지 않고 정현풍은 사람들이 고깔을 수상하게 볼지 몰라 조끼도 만들어 입혔다.

그러자 고깔만 쓰고 있으면 조금 이상해 보일 텐데 같은 색의 조끼까지 입고 있으니 사람들은 그저 주인이 애완동물을 치장시키기 좋아해서인 줄로만 알고 아무도 의심을 안 했다.

이렇게 해서 토끼의 뿔은 감춰지게 되었다.

그로부터 육 년이란 세월이 흘렀다.

정현풍은 키가 크고 체격 좋은 이십 세의 청년이 되었다.

어느 날 그는 떡 벌어진 어깨에 약초 바구니를 메고 산에 올랐다.

산행 내내 그는 뿔토끼에게 자신의 꿈을 강조했다.

"네게 누누이 말한 대로 난 포두가 되고 싶어. 나쁜 놈들을 잡는 일이니 멋지지 않니?"

토끼는 널찍한 품에 안겨 들은 척도 안 하고 있다. 벌써 골백번도 더 듣는 포두 얘기가 지겨운 눈치다.

그러거나 말거나 정현풍은 계속 주절댔다.

"백아야, 황제 폐하가 사시는 북경이란 데는 길바닥이 온통 다 누런 황금 덩어리로 깔려 있대. 거기 사는 백성들은 모두가 비단옷에 쌀밥만 먹고 산대. 굉장하지? 믿어지지 않지? 나도 거짓말 같지만 북경에 가본 장삼 아저씨가 말한 거니까 틀림없어."

쿵!

토끼가 코웃음을 친다.

녀석은 황금 덩어리나 쌀밥에 별 관심이 없나 보다.

정현풍은 토끼를 안은 팔에 힘을 주며 말했다.

"난 나중에 북경에 가서 살 거야. 우리 같이 가자. 고깔모자를 썼으니 사람들이 네 뿔을 못 볼 거야."

그때였다.

정현풍은 불현듯 뒷덜미가 서늘해지는 것을 느꼈다.

동시에 전신에 오싹 소름이 끼친다.

'이 느낌은 호, 혹시……?'

심장이 두려움에 벌렁인다.

정현풍은 천천히 뒤를 돌아다보았다.

그곳엔 두 개의 커다란 눈알이 노란 빛을 발하며 자신을 노려보고 있었다.

집채만한 몸집을 웅크린 채 기다란 송곳니를 드러내고 있는 그것은 백호였다.

크르릉~

코앞에서 들리는 산의 제왕 백호의 나직한 울음소리에 정현풍은 전신이 얼어붙었다.

'배, 배, 백호!'

백호는 시뻘건 입을 커다랗게 벌리며 포효했다.

크와아앙~

이어 백호는 정현풍에게 번개같이 덮쳐 들었다.

피하고 자시고 할 틈도 없이 벌어진 일이었다.

이때 정현풍의 머리 속에 있는 것은 오직 한 가지, '백아가 다친다'는 생각뿐이었다.

정현풍은 토끼를 보호하기 위해 녀석을 안고 있는 두 팔에 힘을 주며 반사적으로 몸을 틀었다.

순간 등판에 극심한 타격이 왔다.

퍼헉!

"으악!"

등판의 옷과 살이 호랑이의 앞발질에 갈가리 찢겨 나가며 정현풍은 앞으로 고꾸라졌다.

섬뜩한 발톱 자국이 길게 패인 등에서 피가 콸콸 쏟아진다.

그러나 그 고통보다도 정현풍은 품이 허전함을 느끼며 정신없이 소리를 질렀다.

"도망가! 백아야, 도망가!"

정현풍은 두 팔로 땅을 짚으며 일어나려고 했다.

그러나 피가 급격히 빠져나간지라 머리가 핑 돌았다.

그래도 정현풍은 백아부터 찾았다.

"배, 백아……?"

목숨만큼 소중한 토끼를 찾던 정현풍의 시선이 한곳에 꽂혔다.

이어 그의 눈이 부릅떠졌다.

"……!"

그의 눈앞에는 토끼와 백호가 서로 대치 중이었다.

토끼가 두 귀를 팔짝 펴고 붉은 눈으로 백호를 노려보자 백호가 뒷걸음질을 치는 것이 보인다.

그러나 두어 걸음 뒤로 물러서던 백호는 분하다는 생각이 들었는지 산이 쩌렁쩌렁해질 정도로 커다란 울음소리를 내질렀다.

크와아아아아앙~

동시에 백호는 앞으로 크게 도약했다.

그리고 토끼가 커다란 귀를 펄럭이며 뒷다리로 땅을 박차는 광경이 환상처럼 눈앞을 맴돌면서 정현풍은 정신을 잃었다.

며칠이나 지났을까?

정현풍은 얼굴에 차가움을 느끼며 눈을 떴다.

땅에 엎드린 채 그는 저도 모르게 신음을 토했다.

"으윽!"

등판이 욱신거리면서 말도 못하게 아프다.

정현풍은 눈을 깜박여 초점을 모았다.

눈앞에는 백아가 물이 담긴 나뭇잎을 들고 그를 시큰둥하게 내려다

보고 있었다.

녀석은 정현풍이 정신을 차렸음에도 불구하고 별로 반가워하는 기색이 아니다.

토끼의 눈초리는 '너는 왜 이렇게 약해?' 라고 핀잔하는 것만 같다.

정현풍은 어리둥절했다.

"어? 내가 기절을 했었나 보네?"

의아해하는 정현풍에게 토끼가 조그만 앞발을 내밀어 나뭇잎을 입에 대줬다.

금방 떠온 물인 듯 아주 달고 시원하다.

꿀껵꿀껵!

물을 마신 후 고개를 들어 주변을 돌아본 정현풍은 소스라치게 놀랐다.

"헉! 저게 다 뭐야?"

사방에는 수많은 동물들이 죽은 채 널려 있었다.

이 근처 산에 사는 짐승은 죄다 이곳에 모인 양 동물들의 시체가 산을 이루고 있었던 것이다.

정현풍이 더 더욱 놀란 점은 그중에는 커다란 곰뿐만 아니라 그를 위협하던 백호도 섞여 있다는 사실이었다.

그제야 정현풍은 토끼가 백호와 싸우던 것을 기억해 냈다.

그는 급히 토끼에게 물었다.

"백아야, 괜찮니?"

토끼는 우두커니 돌아앉아서 뒤통수를 보이고 있다.

그런데 녀석의 눈송이처럼 하얗던 털이 피범벅으로 붉게 변해 있었다.

좋아하던 목욕 한 번 못하고 정현풍을 옆에서 내내 지켜주었는지라 보송보송하던 털은 피가 말라붙어 빳빳이 굳어진 실로 비참한 몰골이다.

정현풍은 휘둥그레진 눈으로 동물들의 시체를 살펴보았다.

크고 작은 동물들 모두가 배가 관통되어 나자빠져 있었다.

정황으로 보아 먼저 죽은 동물들의 시체 냄새가 배고픈 동물들을 끝도 없이 불러들인 것 같고, 놈들의 사인(死因)은 백아가 분명하다.

"네가… 네가 나를 구했구나!"

정현풍은 손을 뻗어 토끼를 끌어당겼다.

녀석이 못 이기는 척 끌려온다.

정현풍은 토끼를 껴안고 감격의 눈물을 흘렸다.

"고맙다, 고마워!"

쿵!

인사치레를 받기가 쑥스러운지 토끼는 콧방귀를 뀌었다.

곧이어 토끼는 귀찮다는 듯 버둥대며 정현풍의 품에서 벗어났다.

그리고 녀석은 정현풍의 등판에 올라앉아 호랑이 발톱에 할퀴어진 곳을 핥기 시작했다.

뿔토끼의 작은 혀가 날름거리며 상처를 휘감는다.

뭔가 시원한 느낌이다.

상처를 핥는 토끼나 토끼를 보호하다가 상처를 입은 정현풍이나 둘 다 아무 생색도 안 낸다.

다음날이 되자 정현풍은 거동을 할 수가 있었다.

등에 입은 상처는 뼈가 보일 정도로 심각한 부상이었지만 그럼에도 불구하고 뿔토끼의 타액에 무슨 신묘한 힘이 있는지 상처는 급속도로 아물었던 것이다.

정현풍은 동물들의 시체 주변을 어기적어기적 걸어다니며 생각했다.

'내가 정신을 잃은 후 며칠이나 지났을까?'

백호의 시체가 별로 썩지 않은 것을 보니 시간이 많이 흐른 것 같지는 않다.

정현풍은 배에 구멍이 뚫린 채 죽어 있는 백호를 묵묵히 내려다보았다.

"……."

그간 산을 주름잡던 백호가 저런 몰골로 죽은 꼴을 보니 인생이 무상해지며 동시에 아버지의 원수가 없어졌다는 사실에 가슴이 후련해진다.

몸이 낫자 정현풍이 제일 먼저 한 행동은 토끼를 말끔히 씻겨주는 일이었다.

토끼는 당연하다는 듯이 언제나처럼 눈을 지그시 감은 채 코만 발랑이고 있을 뿐이다.

녀석은 털을 먼지 한 점 없이 하얗게 가꾸는 것을 아주 좋아했다. 그리고 그만큼이나 정현풍도 토끼 돌보는 걸 즐겼다. 이렇게 보면 둘 사이는 천생연분 같다.

토끼 목욕시키기가 끝나자 정현풍은 동물들의 가죽을 벗겼다.

비록 등판에 구멍이 뚫리긴 했으나 머리가 통째로 달린지라 백호와 곰의 가죽은 제법 은자를 받았다.

정현풍은 그 돈을 여비 삼아 토끼와 함께 북경으로 향했다.

그 후 정현풍은 꿈에 그리던 포두가 되었다.

*　　　　*　　　　*

토끼포두 정현풍이 옛일을 회상하는 동안 어느덧 하남성주의 행차는 황금장에 도착했다.

토끼포두 정현풍은 현장 점검을 위해서 경비원이 살해된 곳으로 안내되었다.

경비원 시체에 난 상처를 비롯하여 피가 튀긴 흔적과 방향 등을 살펴본 결과 범인은 꽤 멀리 떨어진 소나무 위에서 솔잎을 던진 것으로 추정된다.

그는 경비원이 죽었던 자리에서 소나무와의 거리를 눈대중해 보며 감탄했다.

"놀라운 무공이군. 정말 대단한 솜씨야."

그러나 말과는 달리 그의 낯은 단단히 굳어 있었다.

무림인이 관련된 범죄라니 예삿일이 아니라는 생각에 느낌이 별로 좋지 않다.

그 후 정현풍은 열두 명에 달하는 호위무사의 시신을 일일이 살펴본 다음 접객실로 안내되었다.

그곳에는 성주 일행과 황금장의 식구들이 토끼포두를 기다리고 있었다.

하남성의 문관 고춘평이 토끼포두를 소개했다.

"이번에 북경에서 우리 하남성으로 특별히 파견되어 온 아주 유능한 포두입니다. 그간 북경을 비롯 우리 하남에서 이 포두가 해결 못한 일은 단 한 건도 없이 전무합니다."

문관은 토끼포두가 좌천되어 왔다는 불리한 얘기는 싹 빼고 자기네 쪽에 유리한 말만을 했다.

아니나 다를까, 황금장의 소장주 황일보가 기대감으로 눈을 빛낸다.

"오! 그 정도로 실력있는 포두가 이 일을 맡는다니 제 마음이 한시름 놓입니다!"

"그러게요, 소장주님. 사건이 벌써 다 해결된 것만 같군요."

옆에 섰던 황금장의 총관도 기뻐한다.

황금장 소장주와 총관은 흰 토끼를 안고 있는 정현풍을 아래위로 훑어보며 만족스러운 미소를 머금었다.

이들은 '왜 그렇게 유능한 포두가 북경에 안 남아 있고 이 촌구석까지 왔느냐'고 궁금해할 법도 한데 문관에게 아무것도 묻지 않았다.

세상 경험이 많은 황일보와 총관은 그따위 멍청한 질문은 하지 않는다. 성주 측이 어련히 잘 알아서 하남성 최고의 포두를 뽑아오지 않았겠느냐는 믿음 때문이고, 정히 궁금하면 사람을 풀어서 이 포두에 대한 뒷조사를 해보면 될 일이다.

한데 황일보가 흡족해하는 와중에 총관은 다른 곳에 관심을 기울였다.

그의 코앞에서는 빨간 조끼를 입은 흰 토끼가 빨간 고깔모자를 쓴 채 그를 말똥말똥 쳐다보고 있었던 것이다.

총관의 입이 헤벌쭉 벌어지며 너털웃음을 터뜨렸다.

"허허허, 아주 귀여운 토깽이로군요. 이렇게 깜찍한 옷까지 다 입고……. 그놈참, 어허허허~"

동물을 좋아하는 총관은 토끼를 쓰다듬으려고 손을 뻗었다.

그러나 토끼포두 정현풍이 인상을 굳히며 얼른 뒤로 물러선다.

순간 당황해진 총관은 뻣뻣하게 경직됐다.

"……!"

깜짝 놀란 문관 고춘평이 서둘러 총관과 정현풍의 사이로 끼어들었다.

문관은 난처한 기색으로 총관을 만류했다.

"총관, 이 포두는 다른 사람이 자기 토끼를 만지는 걸 굉장히 싫어한다고 하네."

그렇게 말한 문관은 정현풍을 돌아보며 이빨을 악물어 보였다.

문관의 눈빛이 얘기한다.

'너 이놈아! 감히 여기가 어느 안전이라고 이따위 행동을 하는 게냐?! 너, 나중에 조용히 나 좀 만나야 쓰것다!'

한데 위협을 당하는 정현풍의 얼굴은 무표정했다. 토끼로 인해서 이런 일을 당해본 게 한두 번이 아니기 때문이다.

분위기가 썰렁해지자 총관이 겸연쩍게 헛기침을 하며 포두를 두둔한다.

"허헛, 뭐, 그럴 수도 있겠지요. 이 사람 저 사람 자꾸 만지면 아무래도 하얀 털이 때가 탈 테니까요. 저라도 이렇게 귀여운 토끼를 가지고 있다면 누가 만지는 게 싫을 겁니다."

이에 박자를 맞추어 문관이 사람들의 주의를 다른 데로 돌린다.

"자아~ 우리 이럴 게 아니라 현장을 보십시다."

"그러지요."

반가이 얼른 대꾸하는 총관의 안내 하에 일동은 황금장주의 방으로 갔다.

"이 방입니다."

살인 사건이 벌어졌던 황금장주의 방.

들어서자마자 코가 시릴 만큼의 한랭한 기운이 화악 풍긴다.

커다란 침상 위에는 황금장주 내외의 시체를 감싼 수많은 한옥(寒玉) 조각들이 차가운 기운을 뿜어내고 있었던 것이다.

하남성주와 문관 고춘평의 눈이 휘둥그레졌다.

아무리 시체가 안 썩게 한옥을 쌓아놨다지만 그 짧은 시간에 어디서 이만큼 많은 한옥을 모아다 놨는지 황금장의 능력에 혀가 내둘린다.

황금장의 재력과 그 빠른 기동력에 하남성주는 자기도 모르게 신음 소리를 뱉어냈다.

"으으음!"

기가 죽은 성주 앞을 토끼포두 정현풍은 뚜벅뚜벅 걸어서 침상으로 다가섰다.

정현풍은 시체들을 정밀하게 살펴보았다.

더할 나위 없이 깨끗한 수법이었다. 이렇게 살인을 할 수 있는 자는 무림을 통틀어도 몇 안 될 것 같다.

곁에서 지켜보던 총관이 슬그머니 끼어든다.

"어떤 무공 수법인지 알아내려고 소림사에서 사람을 보내겠다는 전 갈이 왔는데 그들은 아직 도착하지 않았습니다."

정현풍도 소림사와 황금장이 상당히 친밀한 관계라는 소문은 들어서 알고 있는 바다.

그는 말없이 고개를 끄덕였다.

'이 집 셋째아들이 소림사에 가 있다더니 과연 그렇군. 그나저나 고 사이에 소림사와 연락을 주고받다니 전서구가 아닌 만리비응을 이용했 겠군. 과연 황금장이야.'

이때 황금장의 맏아들 황일보가 뜻밖의 소리를 했다.

"오늘 아침 사시(巳時:9~11시) 무렵에 도둑놈이 도망을 쳤습니다!"

희한한 소리에 토끼포두 정현풍이 다급히 물었다.

"예? 그게 무슨 말씀이십니까?"

"도둑이 하나가 아니라 두 놈이었단 소립니다!"

황일보가 격앙된 감정을 못 참고 악을 쓰자 총관이 한 발 앞으로 나 서며 설명을 해준다.

총관은 손으로 창문을 가리키며 말했다.

"불의의 변고로 경비원들이 눈을 시퍼렇게 뜨고 있었는데 아, 글쎄, 오늘 아침 나절에 이 방에서 저 창문으로 검은 야행복의 괴한이 후닥 닥 뛰어 달아났지 뭡니까?"

너무도 어이가 없는 소리에 문관 고춘평이 자기도 모르게 나서며 힐 책한다.

"아니 그대, 이 많은 경비원으로 그걸 못 잡으셨습니까?"

그러자 황금장에 대한 비난이 듣기가 싫었던지 황일보가 정색을 하 며 변명 아닌 변명을 했다.

"모두가 앞만 경계했지 설마 뒤에서 범인이 나오리라고는 아무도 예 상치 못했지요. 살인범이 이 방에 남아 있으리라고 누가 생각이나 했 겠습니까?"

총관도 우거지상을 지으며 손을 휘저었다.

"경비원들의 말로는 경공이 엄청나게 빠른 놈이라고 했습니다. 활을 준비하고 미리 겨냥하고 있었다면 모를까 그런 상황에서는 도저히 잡을 수가 없었다고 합니다."

토끼포두 정현풍이 이해가 안 간다는 표정으로 물었다.

"아침까지 도둑이 이 방에 숨어 있는 걸 어떻게 아무도 몰랐을까요? 장주님이 돌아가신 후 그간 이 방에 무인들도 여럿이 들어왔을 것 아닙니까?"

이에 황일보가 안타까이 한숨을 내쉬며 설명했다.

"휴우~ 우리 황금장에서 최고의 무인들은 아버님의 호위무사들이었습니다. 그들의 실력은 일류와 이류입니다. 그러나 그들이 죽고 없는 지금 도둑이 숨어 있다 한들 그자가 일류고수라면 우리로서는 그 종적을 알아채기가 쉽지 않습니다."

듣고 있던 사람들은 이 말에 수긍할 수밖에 없었다.

자고로 무림에서 일류고수란 내공이 일 갑자(육십 년 공력) 이상, 익힌 무공의 수준이 십성(십이성이 최고) 이상의 경지에 오른 자를 말한다.

그러나 내공 일 갑자는커녕 각종 전염병이 창궐하는 이 시대에 사람이 육십 년을 사는 것만도 어려운 게 현실이다. 그래서 작은 문파에는 기껏해야 겨우 한두 명, 큰 문파라면 서너 명 남짓 있는 게 일류고수다.

그만큼 일류고수는 찾기도 쉽지 않거니와 돈 주고 부리기는 더 더욱 어려운 실정이다. 그나마 중원제일의 부자라는 황금장이나 되니 잘나간다는 무사를 열두 명씩이나 고용할 수 있었던 것이다.

"게다가 이것 좀 보십시오!"

총관이 은으로 된 큼직한 그릇 하나를 내보인다.

그릇 속엔 빈 콩깍지가 수북했다.

모두가 어리둥절한 표정을 짓는 속에서 문관이 물었다.

"이게 뭡니까?"

"침상 밑에서 찾아낸 겁니다, 침상 밑에서!"

황일보가 몸을 부들부들 떨면서 악을 썼다.

그러자 이제 곧 새 장주가 될 황일보의 혈압을 걱정해서인지 총관이 얼른 부연 설명을 해준다.

"이 콩 그릇은 장주님 내외께서 밤에 입이 궁금하실 때 드시라고 탁자에 놔두는 건데 도둑놈이 콩을 다 까먹고는 이렇게 빈 깍지만 남기고 도망갔습니다!"

너무도 어이가 없는 일에 사람들은 할 말을 잃었다.

"……."

"……."

토끼포두 정현풍 역시 묵묵히 침묵을 지켰다.

잠시 후 문관 고춘평이 기가 막힌다는 듯 고개를 저으며 입을 열었나.

"침상 밑에 숨어서 그렇게나 콩이 까먹고 싶었을까요? 나원참, 조상 중에 콩 못 먹어서 죽은 귀신이 있는 것도 아닐 테고, 아마 그 도둑놈은 아주 대범한 놈이든지 아니면 콩에 환장한 놈일 겁니다!"

사람들은 설마 도둑이 뱃가죽이 등에 붙을 정도로 배가 고팠으리란 상상은 하지 못했다. 이들은 그저 도둑이 황금장을 우습게 보고 이따위 짓을 했으리라고 판단했다.

황금장의 소장주 황일보는 콩깍지가 수북한 그릇을 보며 극심한 모멸감을 느꼈다.

이빨이 저절로 부드득 갈린다.

"어떤 놈인지… 내 반드시 잡아내서… 찢어 죽이리라!"

원한이 가득 찬 그 소리에 사람들은 오싹 전율을 느꼈다.

하지만 이 기회를 놓칠세라 하남성주는 말라비틀어진 손바닥을 비벼가며 얼른 장단을 맞췄다.

"그래야지! 암, 그래야 하고말고! 이보게, 내 모든 지원을 아끼지 않겠네!"

이어 성주는 토끼포두를 가리키며 말했다.

"이 포두가 기필코 그놈을 잡을 테니 염려 놓으시게."

황일보에게 생색을 낸 성주는 토끼포두 정현풍을 의미심장하게 쏘아보았다.

정현풍은 그런 성주를 외면했다.

귓구멍으로 '이 일을 해결 못하면 넌 내 손에 죽어' 라는 성주의 목소리가 들려오는 듯하다.

토끼포두 정현풍의 양미간에 그늘이 진다.

'북경이고 뭐고 간에 일단 이건 내 목이 걸린 문제로군.'

착잡한 심정을 숨기며 정현풍은 총관에게 물었다.

"그러니까 도둑은 두 명인데 한 명은 아침이 될 때까지 침상 밑에 숨어 있었다는 거군요? 그리고 도난당한 물품은 팔찌구요."

"그렇소이다."

총관이 얼른 고개를 끄덕인다.

그러니까 사건인즉슨 한 도둑이 솔잎으로 장주 내외를 포함 열다섯 명을 죽였고, 다른 하나는 콩깍지 도둑이다. 둘 중에 누가 팔찌를 훔쳐갔는지 지금으로선 명확치 않다. 그리고 둘의 관계가 동업자일 수도 있고 혹은 아닐 수도 있다.

정현풍은 콩깍지 그릇을 보며 머리 속으로 사건을 정리했다.

'이런 흔적을 남기다니, 실수는 결코 아니다. 그렇다면 도둑이란 소린데……. 경비원의 죽음으로 인해서 난리가 났고, 그 후로는 경비가 철저해져서 안으로 숨어들 틈이 없었다. 고로 콩깍지 도둑은 경비원이 죽기 전부터 장주의 방에 있었다는 소리다. 흐음, 만약 그 두 도둑이 동업자라면 둘의 사이가 나쁜 듯하군. 그렇지 않고서야 솔잎 도둑이 경비원을 죽여서 콩깍지 도둑을 위기에 몰아넣을 리가 없지. 그리고 솔잎 도둑은 목표물인 팔찌를 이미 손에 넣었기에 그런 행동을 당당히 할 수 있었을 게다. 하니 팔찌는 솔잎 도둑이 가지고 있겠군.'

결론을 내린 정현풍이 신중한 기색으로 총관에게 물었다.

"팔찌 외에 더 도난당한 물품은 없습니까?"

"팔찌뿐이라 생각하지만 그래도 혹시 몰라 다시 확인해 보고 있는 중이라오."

정현풍은 값비싼 물품으로 가득 차 있는 방 안을 훑어보며 다시 물었다.

"잃어버린 팔찌는 어떤 물건입니까? 이 많은 귀중품들 중 도둑은 왜 하필 그 팔찌만을 가져갔을까요?"

"그 팔찌는 몇 년 전 서역국의 상인이 장주님께 선물한 것이오. 만든 기법이 좀 독특할 뿐 뭐 이렇다 할 내역은……?"

팔찌에 대해서 정확히 아는 바가 없는 총관은 말꼬리를 흐렸다.

정현풍이 즉각 묻는다.

"만든 기법이 독특하다니요?"

"그 팔찌는 투명한 백옥으로 만들어진 건데 용의 두 눈알만은 금(金)

이오. 한데 그 금 눈알이 옥 속에서 자연적으로 만들어진 것마냥 옥 안에 자리잡고 있다오. 곁에서 금을 박아 넣은 흔적이 전혀 없다는 소리요."

"옥 속에서 금이 자라다니 과연 특이하군요. 그 외에 팔찌에 대해서 아시는 건 더 없습니까?"

"그것뿐이오."

정현풍은 황금장주의 아들인 황일보를 쳐다보았다.

하지만 황일보도 팔찌에 대해선 아는 게 없었다.

이때 토끼가 정현풍의 품에서 팔짝 뛰어내리더니 킁킁대고 냄새를 맡기 시작했다.

"토깽이가 뭘 하는 겁니까?"

궁금해진 총관이 묻자 문관이 어깨를 으쓱하며 대답했다.

"아, 저 토끼가 개보다도 냄새를 더 잘 맡는다는 거 아닌가. 저놈은 한 번 맡은 냄새를 평생 기억한다네. 그래서 북경에선 범죄자들이 저 토끼만 나타나면 십 리 밖으로 '걸음아, 날 살려라' 하고 줄행랑을 친다는구먼."

"호오! 실로 놀라운 능력을 가진 토깽이군요!"

총관의 감탄사가 터지는 가운데 토끼는 냄새를 맡으며 이리저리 사방을 헤집고 다녔다.

총관이 호기심으로 눈을 빛내며 정현풍을 향해 넌지시 묻는다.

"이보오, 포두. 그 외에 저 토깽이가 다른 토깽이들과 다른 점은 또 뭐가 있소이까?"

토끼포두 정현풍은 이 특이한 토끼에 대해서 하고 싶은 말이 무진장 많았다.

이 자존심 강한 토끼는 여타 동물들과는 달리 항문을 포함하여 생식기라곤 아예 없다는 점. 그래서 음식을 먹은 후 소화시키고 남은 찌꺼기를 부엉이마냥 입으로 토해놓는다는 점. 게다가 이 토끼는 새처럼 하늘도 날 수 있고 이마엔 뿔까지 나 있다는 점 등등.

그러나 정현풍은 총관의 질문에 아무 대꾸도 하지 않았다.

그가 산속에서만 살다가 세상에 나와 보니 백아의 존재 가치는 실로 놀라웠다. 이 토끼는 사람들이 소위 말하는 대붕(大鵬)이나 용(龍)과 같은 '영물'이었던 것이다.

한데 그는 '영물'의 '영'자만 들어가도 사람들이 잡아먹든 팔아먹든 좌우지간 군침을 삼킨다는 사실을 알게 되었다.

그래서 정현풍은 토끼에 대해서 줄줄이 늘어놓고 싶은 자랑을 꾹 참으며 침묵을 고수했다. 그는 보물에 대한 잘난 척이 '이거 당장 훔쳐 가쇼'라고 대대적으로 광고하는 바보 짓이란 사실을 깨달은 때문이다.

"……."

"……."

정현풍이 입을 열 것 같지 않자 다시 묻기가 뭐한 총관도 따라서 입을 다물었다.

총관은 머쓱함을 참으며 가만히 토끼의 행동을 관찰했다.

토끼가 침상 위에 올라가 시체 부근의 냄새를 맡는다.

이어 녀석은 침상 밑으로 기어들어 갔다.

일동은 말없이 토끼의 하는 양을 지켜보았다.

한데 이상한 일이 벌어졌다.

꽤 시간이 흘렀는데도 불구하고 토끼가 침상 밑에서 나오시를 않는 것이다.

기다리다 못한 정현풍이 침상 밑을 들여다봤다.

토끼는 배를 깔고 엎드려 있었다.

"백아야……?"

나직이 불러보았으나 토끼는 두 눈을 꼭 감은 채 뭔가 깊은 생각에 잠겨 있다.

저런 백아의 모습을 정현풍은 삼십 년 동안 처음 보았다.

정현풍은 의아했다. 대체 토끼가 왜 저러는지 도무지 이해가 안 갔다.

"백아야!"

조금 큰 소리로 불러보았으나 토끼는 역시나 미동도 안 한다.

궁금해진 총관이 자기도 침상 밑을 들여다보더니 한마디 했다.

"내가 보기엔 토깽이가 뭔가 고민을 하고 있는 것 같소이다."

그러나 총관은 이내 쓴웃음을 지으며 겸연쩍어했다.

"내가 말해 놓고도 좀 그렇구먼. 고민하는 토깽이라니. 허허허~"

정현풍의 눈에 의혹이 깃들었다.

'백아가… 고민을? 대체 무엇을? 무슨 고민을?'

해답을 찾을 길이 없는 정현풍은 백아를 뚫어지게 주시했다.

토끼가 머리를 들어 침상의 바닥 부분에 코를 대고는 깊이 냄새를 맡는다.

지그시 눈을 감은 채 숨을 들이키는 그 모습은 마치 그리운 어떤 냄새라도 음미하는 듯한 모양새였다.

토끼는 한참을 그렇게 있었다.

이윽고 토끼는 작은 한숨을 내쉬며 붉은 눈을 번쩍 떴다.

第五章

중원삼대세가

하남의 성도인 개봉에서 서쪽으로 떨어져 있는 큰 도시 정주(鄭州). 그곳을 향해 구달비는 빠른 속도로 달려가고 있는 중이다.

그는 수나 떨기를 좋아하는지라 몸을 붕붕 띄우면서도 쉬지 않고 입을 놀렸다.

"제기랄! 그까짓 콩이나 훔치러 남의 집 담을 뛰어넘을 바에야 차라리 음식점을 터는 게 나을 뻔했어!"

콩 먹은 기운으로 지금 이렇게 뛰고 있다고는 쳐도 첫 도둑질의 수확이 겨우 콩이라니 무척 자존심 상하는 일이다.

"물론 콩이야 맛있었지만 그래도 너무하잖아?!"

구달비는 연신 투덜댔다.

그러던 그는 문득 안색을 흐렸다.

뇌리로 황금장의 맏아들인 황일보가 떠올랐기 때문이다.

황금장주가 죽은 오늘 새벽녘, 황금장주의 아들 황일보는 이런 저런 지시를 내려서 사람들을 다 내보내 놓고는 부모의 침상에 기대서 혼자 흐느꼈다. 약한 면을 보이면 안 되는 위치인지라 남들 앞에서는 마음 놓고 울 수도 없음인지 그는 소리 죽여 눈물을 흘렸다.

'크흑! 아버님, 어머님, 이렇게 가시다니요……. 으흐흐흑.'

애달프게 울어대던 그를 생각하자 구달비는 마음이 무거워졌다.

그 광경이 마치 얼마 전 아버지의 주검을 앞에 놓고 통곡하던 자신의 모습과도 같아 견딜 수가 없었던 것이다.

구달비는 침울하게 중얼거렸다.

"나는 아버지를 잃었지만 부모를 한꺼번에 잃은 그는 나보다 몇 배로 슬플 거야."

어깨에서 힘이 빠지면서 구달비는 달리던 속도를 줄였다.

그는 자신이 황금장주 내외를 죽인 것도 아니건만 하필이면 그 시각에 도둑질을 하러 들어가 침상 밑에 숨어 있었다는 죄로 큰 죄책감을 느꼈다.

그래서 구달비는 황금장주의 방을 떠나면서 목표물이었던 금고에 손을 대지 않고 그냥 나왔다.

하지만 그는 눈물을 그친 황일보가 방에서 나가자마자 고소한 냄새가 솔솔 풍기던 은 그릇을 낚아채서 콩을 먹어치웠다. 심각한 허기에 눈이 뒤집힌 구달비는 '이까짓 거 정도는 별 큰 죄가 아니겠지' 하는 생각이었던 것이다.

그러나 아무리 배가 고팠어도 남의 집 시체 밑에서 콩을 까먹는 그런 몰염치한 짓은 하면 안 되는 거였다.

게다가 지금 생각해 보니 아버지의 시체 옆에서도 자신은 밥을 먹었다. 그것도 아주 맛있게.

마침내 구달비는 경공을 멈추어 섰다.

자책감이 든다.

구달비는 하늘을 우러러보며 외쳤다.

"내가 시체를 옆에 두고 다시 뭘 먹는다면 난 사람이 아니다!"

그러나 맹세를 했어도 기분은 나아지질 않았다.

구달비는 공력을 다시 끌어올려 바람처럼 내달았다.

시원한 솔잎 향이 얼굴을 때리며 스쳐 지나간다.

한데 상쾌하기는커녕 짜증만 난다.

구달비가 쫑알댄다.

"왜 이렇게 기분이 더럽지?"

아침에 황금장을 무사히 탈출했을 때만 해도 더 이상 소원이 없을 것만 같았다.

그런데 지금은 무럭무럭 울화가 치밀어 오르고 있다.

"이게 다 그놈 탓이야!"

경비무사를 죽인 복면인.

웬 놈이 방해를 하는 바람에 시체가 뒹구는 침상 밑에서 가슴 졸이며 숨어 있었던 것을 생각하니 다시금 분노가 솟아오른다.

지금 그 복면인이 눈앞에 있다면 놈의 머리통을 한 대 후려갈기고 싶다.

구달비는 이빨을 부득부득 갈았다.

"내가 그까짓 콩 몇 알갱이 주워 먹으려고 사흘을 넘게 고생했느냐 말야! 어떤 개자식인지 한 번만 더 눈에 띄어봐라! 내 그놈을 그냥!"

원한에 사로잡혀 주먹을 꽉 쥐는 구달비.

이때 그는 무엇을 생각했음인지 갑자기 가슴패기를 손으로 더듬었다.

뭔가 호두알만한 둥근 물체가 손에 잡힌다.

구달비의 만면에 미소가 떠올랐다.

"그래도 이거라도 주워 들고 나온 게 다행이지. 큭큭큭."

그는 품속에서 금비녀 하나를 꺼내 들었다.

이 비녀는 구달비가 침상 밑에서 발견한 물건이다. 아마도 황금장주의 부인이 머리에서 빼놓다가 실수로 바닥에 떨어뜨린 것 같았다.

한데 떨어뜨린 지 꽤 오래되었는지 제법 먼지가 쌓여 있던 그 금비녀에는 엄청나게 큰 진주가 한 알 박혀 있었다.

구달비는 진주의 영롱한 자태에 탄성을 터뜨렸다.

"와! 이렇게 큰 진주는 난생처음 봐! 이런 게 방바닥에 굴러다니다니 황금장이 중원 최고의 부자란 말이 전혀 무색지가 않군."

구달비는 진주를 내려다보며 흐뭇해했다.

하나 그것도 잠시, 그는 사뭇 심각한 표정이 되었다.

"아무튼 도둑질은 실패야. 훔친 거라고는 콩뿐이니까 말야. 이 진주만 해도 훔쳤다기보다는 먼지 속에 처박혀 있는 걸 내가 발견한 거잖아?"

개시한 영업의 성과를 생각하자 암울해지는 구달비.

그는 설레설레 고개를 저었다.

"처음 하는 도둑질에 그런 엿 같은 일이 벌어지다니, 더 이상 도둑질을 말라는 하늘의 계시 같아. 아무래도 도둑질 말고 다른 직업을 찾아봐야 할 거 같다. 휴우~"

구달비는 한숨을 쉬며 비녀를 품속에 단단히 간직했다.

이어 그는 호두알만한 진주의 값을 측정해 보았다.

"이 진주를 팔면 큰돈이 될 거야. 아버지 말씀대로 구 할은 불쌍한 사람들에게 주고 나머지로 일 할로는… 기념이니 일단 맛있는 걸로 배를 채운 후에 장사를 시작해야지. 흐흐흐."

구달비는 저잣거리 구석탱이에 좌판을 벌일 생각을 했다.

자신은 언변이 차고도 넘치니 지나가는 여인네들을 꼬셔서 물건을 팔기란 쉬울 것만 같았다.

구달비는 큰 입을 활짝 벌려 웃었다.

"시작이 반이라고 했어. 조그만 좌판이나마 하다가 보면 돈이 될 수 있는 장사가 눈에 띌 거야. 다음번 아버지 성묘 땐 반드시 비단옷을 입어야 할 텐데."

이런 저런 궁리를 하던 구달비는 한 손으로 이마를 탁 쳤다.

"아참! 비단옷뿐이 아니라 며느리도 데리고 오겠다고 했었지?"

그러나 여자 생각을 하자 구달비는 한숨만 나왔다.

"에이, 세상에 누가 나같이 가난한 놈한데 시집오고 싶겠어? 장가는 부자가 된 다음에나 가자."

구달비는 허리띠를 졸라매고 다시금 뛰었다.

자신이 가난하다는 사실에 조금 슬퍼진다.

그래도 구달비는 기운차게 외쳤다.

"아버지! 저는 장사로 성공해서 예쁜 마누라랑 커다란 기와집에서 아주 재미있게 살 겁니다! 그러니 저에 대해선 걱정 마세요!"

*   *   *

정주에 도착한 구달비는 진주를 팔기 위해서 아는 전당포를 찾아 나섰다. 그 전당포는 아버지가 거래하던 곳으로 구달비도 몇 번 와본 적이 있다.

구달비는 히죽대며 혼잣말을 했다.

"흐흐흐, 그 꼬장꼬장한 제갈 할아버지가 아직도 살아 계실까?"

한데 입이 방정이라고 말이 떨어지기가 무섭게 그는 발걸음을 멈추고 눈을 휘둥그렇게 떴다.

전당포가 있는 건물에는 많은 사람들이 바글거리고 있었던 것이다.

거기까지는 좋았다. 그런데 정작 문제는 전당포 대문짝에 초상이 났다고 알리는 등(燈)이 걸려 있다는 점이다.

구달비의 심장이 덜컹 내려앉았다.

"서, 설마……?"

잠시 멍하니 서 있던 그는 아무나 붙잡고 물었다.

"누가 돌아가셨습니까?"

"예, 여기 전당포 주인이셨던 제갈 영감님이 그저께 돌아가셨습니다."

"……!"

구달비는 정신이 아득해졌다.

아흔 살이 넘은 노인네니 그 정도 살았으면 죽는 게 하등 이상할 리 없지만 그래도 그렇지, 장물아비가 죽다니? 이제 이 진주는 어디 가서 팔란 말인가?

구달비는 정신이 아득해졌다.

'큰일이다! 이제 난 새로운 장물아비를 찾아내야만 하잖아?!'

믿을 만한 장물아비와 손잡기는 어려운 일이다.

훔친 물건을 팔려고 가면 그쪽에선 혹시 포두가 변장을 하고 온 게 아닌가 의심을 하고, 이쪽 역시 장물아비가 관가에 신고를 할까 봐 있는 대로 걱정을 해야만 한다. 게다가 나쁜 장물아비한테 걸리면 중간에 물건만 날리고 배반을 당하기도 일쑤였다.

'진주를 팔고자 개봉에서 정주까지 한달음에 달려왔는데… 에이, 괜한 헛수고를 했군.'

땅이 꺼져라 한숨을 내쉬는 구달비.

얼마 후 그는 정신을 수습했다.

"내가 이러고 있을 때가 아니군."

구달비는 아버지와 장물아비 영감과의 친분을 생각해서 빈소로 들어가 조문을 했다.

그러나 향을 피우는 그의 마음은 유달리 착잡했다.

요즘 계속 죽은 사람만 본다.

뭔가 불길한 느낌이 든다.

'가는 곳마다 시체가 있으니… 혹시 내 팔지가 재수 옴 붙은 건 아닐까? 그렇다면 나는 재수없는 놈? 끄으응!'

머리가 띵해지면서 갑자기 앞날이 마구 불안해진다.

구달비는 황급히 고개를 저었다.

"아니야! 누가 뭐래도 나는 재수가 좋은 놈이야! 억세게 재수가 좋은 놈이라구! 부처님, 관세음보살님, 만약 제 재수가 나쁘다면 지금부터라도 좋게 해주십시오!"

혼자서 미친놈마냥 중얼대는 구달비.

이윽고 그는 영정을 향해 정중히 절을 했다.

"휴~ 어쨌거나 제갈 영감님, 성불하십시오."

신뢰할 수 있는 장물아비를 잃은 구달비는 어깨가 축 늘어져서 힘없이 걷고 있었다.

한데 그런 구달비의 뒷모습을 지켜보는 자가 있었다.

빈소가 차려진 대청마루의 벽에는 사람들이 눈치챌 수 없게끔 교묘히 위장된 작은 구멍이 뚫려 있고, 그 구멍을 통해서 누군가가 엿보고 있었던 것이다.

근처에서 전당포 제갈 영감이라 불리는 제갈은(諸葛闇)은 구멍에서 눈을 떼며 소매로 눈시울을 찍었다.

"저 청년은 그분의 아드님이시다."

제갈은의 노안(老眼)에는 눈물이 그렁그렁했다.

제갈은은 구달비의 싸구려 옷이 못내 눈에 박혔다.

그는 침울하니 중얼거렸다.

"저 청년으로 말하면 세상에서 그 누구보다도 위대한 혈통이시자 중원 최고의 부자이신 그분의 하나밖에 없는 아드님인데 저렇게… 저렇게 초라한 행색으로……."

급기야 제갈은은 소매에 얼굴을 묻고 눈물을 떨구었다.

"크흐흑, 이게 다 내 잘못으로 벌어진 일이다."

마음 같아선 지금 당장 쫓아나가서 구달비를 붙잡고만 싶다.

제갈은은 연락이 두절된 구달비 아버지의 신상에 무슨 변고가 생긴 게 아니냐고 묻고 싶었기 때문이다.

하지만 마음만 굴뚝같을 뿐 절대로 그렇게 할 수는 없다.

구달비의 아버지와 단단히 약조한 바대로 구달비한테는 모든 것을 비밀로 해야만 한다. 구달비가 신패를 내밀 때까지 자신은 그에게 아무엇도, 절대 아무것도 말하면 안 된다.

제갈은은 소리 죽여 혈루(血淚)를 떨어뜨렸다.

"크흐흐흑."

그러자 노인의 뒤편에 서 있던 장한이 침통한 어조로 말했다.

"나으리, 그놈들이 설마 만리비응을 쫓아갈 줄이야 어떻게 알았겠습니까?"

제갈은은 두 손으로 허연 백발을 쥐어뜯으며 괴로워했다.

"그분께 만리비응을 보낼 때마다 그토록이나 신경을 썼는데……."

구달비와 그의 아버지가 머물던 통나무 집의 위치는 제갈은도 몰랐다. 알고 있는 자라고는 인간이 아닌 만리비응밖에 없었다.

그런데 얼마 전 구달비의 아버지께 날린 만리비응이 써보냈던 전서를 그대로 매단 채 되돌아왔다. 깜짝 놀라서 다시 날린 두 번째 만리비응도 마찬가지였다.

이에 제갈은은 그분의 거처가 놈들에 의해서 발각되었다고밖에 생각할 수 없었다. 수년간 강호에 발을 끊었던 흑백쌍선이 인근 노시에 나타났다는 게 그것을 증명했다.

"내가 어리석게도 만리비응을 너무 믿었어……."

빛만큼 빠르다는 만리비응을 쫓아갈 수 있는 능력을 가진 자는 온 세상을 통틀어 오직 그분밖에 없다. 그러니 놈들이 만리비응을 추격한다는 건 불가능하리라 제갈은은 생각했었다.

한데 지금 보니 놈들은 만리비응을 쫓다가 놓치면 그 자리에서 죽치고 앉아 다음번 만리비응이 나타날 때까지 몇 날이고 몇 달이고 기다린 게 틀림없었다.

아마도 그분의 거처를 찾아내는 네 최소한 오 년은 넘게 걸렸을 게다.

하지만 놈들이 얼마나 집요한지를 생각하면 오 년이 아니라 십 년이라도 만리비옹을 추격했을 것이란 사실을 왜 진작에 예측 못했을까?

제갈은은 가슴을 치며 통탄했다.

"내가 멍청했어! 내가 바보였음이야!"

제갈은은 그분의 안위가 걱정되어 미칠 것만 같았다.

문득 제갈은이 장한에게 물었다.

"그래, 만리비옹은 따라가 봤느냐? 그분이 계신 곳은 알아냈느냐?"

"좀 더 시간이 걸릴 듯합니다. 죄송합니다."

장한이 큰 죄나 지은 듯 고개를 조아린다.

제갈은은 시름에 겨운 낯빛으로 중얼거렸다.

"놈들이 만리비옹을 추격했다는 건 곧 이 전당포가 이미 예전에 발각되었다는 뜻!"

정체가 들통났으니 자신이 죽는 수밖에 없었다. 그 길이 흔적을 지우기에는 최고였다.

그러나 비록 거짓으로 초상을 치르고는 있었지만 그분의 거처가 드러나게 된 것이 모두 자신의 실책이라는 생각에 제갈은은 정말로 죽고만 싶었다.

*   *   *

저잣거리의 뒤편에 위치한 허름한 전당포.

그 앞에서 구달비는 작은 눈을 빛냈다.

"옳지. 저 전당포가 좋겠다."

그는 이제 새로운 장물아비를 개척한다기보다는 앞으로 도둑질을 더 이상 안 할 테니 그냥 전당포에 진주만 팔고 끝낼 작정이었다.

하지만 판다고 해서 진주를 보석상에 가져갈 수는 없다. 왜냐하면 그런 곳에서는 이렇게 큰 보물은 혹시 장물이 아닌가 해서 파는 이가 대체 어디 사는 누구인지 반드시 신분을 확인해 보기 때문이다.

구달비는 손으로 얼굴을 매만지며 중얼거렸다.

"아버지는 떡 한 덩어리를 사러 가실 때도 완전히 다른 사람으로 모습을 바꾸셨다. 한데 떡도 아닌 도둑질한 물건을 팔러 가는 판국에 본 얼굴로 간다는 건 바보나 하는 짓이지."

구달비는 이십 년밖에 안 되는 공력을 몽땅 끌어올렸다.

"흐읍!"

구달비의 작은 눈이 점차 커져 간다.

마침내 눈은 왕방울만하게 커졌다.

그러나 왕눈이로 변신한 구달비의 얼굴은 눈만 변했지 다른 곳은 그대로였다. 내공이 미천한 구달비로서는 이목구비 중 겨우 한 부분만을 변형시킬 수 있었기 때문이다.

하지만 눈 하나만이라고는 해도 워낙 큰 눈이었기 때문에 구달비가 주는 인상은 원래의 얼굴과는 전혀 동떨어진 느낌이었다.

구달비는 큰 눈을 희번득이며 킬킬댔다.

"큭큭큭, 이만하면 완전히 딴사람이지?"

남들은 돈 들여 인피면구를 사서 쓰지만 자신은 비록 한 부분이기는 하나 공력만으로 이목구비를 바꿀 수 있다는 점에 기분이 좋아졌다.

게다가 작은 눈이었다가 갑자기 큰 눈이 되니 세상이 한참 더 밝아 보인다.

"괜찮은데? 그냥 이 눈으로 살까? 푸흐흐흐~"

구달비는 큼직한 눈알을 굴리며 전당포를 향해 씩씩하게 걸어갔다.

그러나 도중에 그는 발걸음을 멈추었다.

불현듯 걱정이 되었던 것이다.

'혹시 이번에도 재수가 없으면……?'

그러나 곧 '그럴 리가 없다'고 판단했다.

설마 전당포에 포두가 와 있을 것도 아니니 자신은 돈만 받아 쥐고 내빼면 되는 일이다.

구달비는 배에 힘을 주었다.

'큼, 걱정할 거 없어. 이미 얼굴도 바꾼 데다가 전당포에서 나오자 나자 곧바로 또 얼굴을 바꿀 테니 아무도 나를 알아보지 못할 거야.'

마침내 전당포로 들어서는 구달비.

그와 더불어 전당포 주인인 전동포(全同抱)의 눈은 크게 떠졌다.

전동포는 입을 헤벌렸다.

'아니, 저렇게 희한하게 생긴 얼굴이 다 있을 수가? 저 큰 눈 좀 봐. 저렇게 큰 눈은 내 평생 처음 본다. 허이고오~ 세상의 먼지란 먼지는 다 들어가겠다. 바람 부는 날엔 눈을 어떻게 뜨고 다니누?'

아닌 게 아니라 전동포가 깜짝 놀랄 만큼 방금 들어온 손님은 실로 찾아보기 힘든 관상이었다.

팔(八) 자로 심하게 처진 눈썹, 왕방울만한 눈, 하도 커서 귀밑까지 찢어진 채 꼬리가 올라간 입.

혼자 보기가 아까워서 전동포는 동네 친구라도 부르고 싶어졌다.

그는 터져 나오는 웃음을 참느라 일부러 무뚝뚝하게 물었다.

"잡힐 물건이 있으시우?"

"……."

손님이 대답이 없자 전동포는 다시 물었다.

"팔 거유, 잡힐 거유?"

구달비는 잠시 당황했다.

아버지와 같이 가본 제갈 영감의 전당포에서는 이런 질문 없이 그냥 돈을 내주었을 뿐이다.

구달비는 잠시 생각을 했다.

담보로 잡히고 돈을 빌리는 것보다 팔아야 돈을 더 많이 받을 수 있다는 사실은 어린애라도 쉽게 알 수 있는 이치.

'이 진주가 우리 집안 물건도 아니니 평생 다시 찾을 일은 없지.'

나름대로 염두를 굴린 구달비는 간단히 대꾸했다.

"팔 거요."

이에 전동포는 심중으로 만세를 불렀다.

'오호, 이 젊은 놈은 어눅해 보이는 꼬락서니로 보아 전당포가 처음인 게 분명하다.'

청년의 남루할 정도는 아니지만 먼지가 탄 지저분한 옷 차림새로 미루어보아 녀석은 어디서 도둑질을 했던가 아니면 망해가는 집안의 마지막 귀중품을 허겁지겁 들고 나온 꼴이다. 하니 대충 구슬려서 싸게 물건을 빼내면 많이 남는 장사가 될 터이다.

"손님, 어디, 물건부터 봅시다."

이 방면으로 평생 밥을 먹고산 전동포에게 있어 이런 초보자 손님 다루기는 호박에 침 주기다.

그러나 손님이 팔려고 내놓은 물건을 본 전동포의 눈은 왕눈이 눈은 저리 가라고 할 만큼 커졌다.

그의 입에선 저절로 침음성이 새어 나왔다.

"으… 으으음!"

손님의 물건.

그것은 부인들의 머리 장식인 금비녀였다. 한데 거기에 붙어 있는 진주의 크기란 정말로 보다 처음이다.

전동포는 '꾕장하구먼!' 이라고 소리 지르고 싶은 것을 간신히 눌러 참았다.

놀람이 지나자 이번엔 이 상상을 초월하는 진주가 문득 가짜란 생각이 든다. 하지만 이게 정말 진짜라면 그 가치는 실로 엄청난 것이다.

전동포는 금비녀를 집어 들었다.

그리고 그는 호두알만한 진주를 이빨로 살짝 갈아보았다.

사각사각~

매끄럽다기보다는 마치 사기 조각을 갉는 느낌이다.

'진짜가 틀림없다!'

오랜만에 큰 건수를 잡았다는 생각에 전동포의 심장은 쿵덩쿵덩 두근거렸다.

전동포는 재빨리 구달비의 얼굴색을 관찰했다. 이 진주가 장물인지 아니면 손님 집안의 가보인지 알아내기 위해서다.

만약 이게 훔친 물건이라면 싸게 구입할 수가 있고 떳떳한 물건이라면 많은 가격을 쳐줘야 한다.

그러나 보석상에 팔아도 될 이런 엄청난 물건을 굳이 전당포로 가져와서 팔리는 만무할 터. 하니 훔친 게 분명하다.

전동포의 입가로 희미한 미소가 스쳐 지나간다.

그는 목소리를 가다듬어 입을 열었다.

"크흠, 잡힐 거라면 금자 열 냥이지만 팔 거라니 금자 스무 냥이우."

전동포는 인심 쓴다는 어조로 말했다.

그러면서 그는 지나가는 말처럼 슬쩍 한마디 흘린다.

"장물은 나도 위험 부담이 있으니 많이는 못 쳐드리우!"

'장물'이라는 단어를 던진 전동포는 예리하게 구달비의 안색을 살폈다.

훔친 물건이라는 게 발각되었으니 이 젊은 녀석은 몹시 당황해하며 '값을 조금만 더 쳐달라'고 사정하는 소리를 내야 옳다.

한데 녀석은 낯빛 하나 안 바꾸고 그대로다.

땡그라니 뜬 커다란 왕방울 눈은 '너 지금 뭔 소리 하냐?'라고 말하는 듯하다.

손님을 시험하던 전동포는 내심 욕이 절로 나왔다.

'재수없는 놈!'

그런데 전동포만큼이나 구달비도 속으로 그를 욕하고 있었다.

'이 자식이 나를 어떻게 보고 이 큰 진주를 날로 먹으려고 해?!'

금 스무 냥이면 작은 진주 한 알 값이다.

사 인 가족이 일 안 하고 두어 달은 놀고먹을 수 있는 게 금 한 냥이고 보면 금 스무 냥은 큰돈이라 할 수 있다. 그러나 이렇게 큰 진주는 작은 진주 백 알보다도 훨씬 그 값어치가 크다.

구달비는 한숨을 쉬며 처연히 말했다.

"휴우~ 집안 가보로 대대로 내려오는 것을 겨우 금 스무 냥에 팔 수야 없으니 나는 보석상에나 가봐야겠소이다."

"......!"

전동포는 마구 소리 지르고 싶은 것을 꾹꾹 눌러 참았다.

하지만 속으로만 있는 대로 악을 썼다.

'웃기는 소리 말아라, 이 개자식아! 집안의 가보라면 왜 처음부터 보석상에 안 가고 여기로 왔냐?! 이놈이 훔친 물건을 가지고 아주 지랄육갑을 떠는군!'

전동포의 눈매가 샐쭉 올라갔다.

예상과는 달리 왕눈이 녀석은 초보자가 아니고 아주 닳고 닳은 놈이었다. 더불어 재밌게 보이던 낯짝도 이제 보니 순 도둑놈같이만 생겼다.

기분이 나쁘니 말이 좋게 나갈 리가 없다.

전동포는 퉁명스레 물었다.

"그래, 얼마를 원하시우?"

"금 이천 냥!"

"헉!"

*   *   *

금 천 냥어치의 전표를 손에 쥔 구달비는 날아갈 것만 같았다.

황금 천 냥!

어마어마한 금액이다.

그것은 구달비가 부른 이천 냥의 반밖에 안 됐지만 전당포 주인이 고리대금업자한테서 급전을 꿔다가 겨우 만들어준 게 이 액수다.

주인은 고리대금업자에게 이자를 주고 나면 남는 게 없다며 천 냥에 팔아달라고 사정을 했고, 구달비는 못 이기는 척 동의했다.

전당포를 나와서 저잣거리를 걷고 있는 구달비.

그는 입이 저절로 벌어졌다.

"우히히히히~ 천 냥 중에서 구 할을 적선한다고 해도 금 백 냥이나 남으니 좌판을 벌이고 하숙방까지 얻어도 충분한 액수지. 자아, 이제 뭘 할까? 음, 일단 배부터 채우자. 오늘은 인생을 새출발하는 날이니만큼 아주 맛있는 것을 푸지게 먹는 거야."

구달비는 비싼 음식점을 찾아 나섰다.

이윽고 그는 예전에 아버지와 함께 와본 으리으리한 음식점으로 들어섰다.

그는 방으로 들어가고 싶었지만 빈방이 없다기에 할 수 없이 대청의 탁자에 앉았다.

구달비는 주변을 힐끔거렸다.

지금 그의 얼굴은 진면목 그대로다. 면상을 바꾸느라 공력을 운기하면 거기에 신경 쓰느라 음식을 먹는 게 불편하기 때문이다.

구달비는 자신의 본 얼굴이 그대로 드러났지만 그래도 오는 동안 다른 얼굴로 바꿨기 때문에 적이 안심하고 있는 상태다.

손님들 역시 먹느라 바빠서 아무도 그를 주시하지 않는다.

이제 다섯 가지나 되는 요리 접시를 눈앞에 둔 구달비는 느긋하게 젓가락을 들었다.

맛있다.

자신이 번 돈으로 음식을 먹으니 그 맛은 더욱 각별했다.

그런데 갑자기 구달비의 눈에 눈물이 핑 돌았다.

'아버지가 이 자리에 같이 계셨으면 좋았을 텐데…….'

진주를 훔쳤든 침상 밑에 떨어진 것을 주웠든 어쨌거나 구달비는 그가 태어나서 처음 번 돈으로 아버지께 음식을 대접하고 싶었다.

아버지가 장성한 아들이 대견스러워 허허 웃으시면서 축하를 해줬으면 하는 마음이다.

구달비는 갑작스레 가신 아버지를 생각하니 한이 사무쳤다.

그의 찢어진 얇은 눈을 헤집고 눈물이 흐른다.

이때였다.

구달비의 상념을 깨는 환성이 음식점 안에서 일었다.

"오오! 참으로 대단한 미인이로세!"

"그 옆에 있는 청년도 외모가 만만치 않구먼."

구달비는 눈물을 닦으며 사람들의 시선이 몰리는 곳을 바라보았다.

음식점으로 한 쌍의 젊은 남녀가 들어오고 있었다.

구달비는 안 보는 척하면서 두 남녀를 곁눈질했다.

비단옷으로 전신을 휘감은 것을 보니 돈푼깨나 있는 집 자식들이다.

한데 여인은 진정 아름다웠다.

이목구비 어디를 뜯어보아도 하나하나가 예쁜, 정말로 흠잡을 데 없는 빼어난 미모다.

여인이 살짝 눈을 치뜨며 사람들의 반응을 본다.

대부분이 멍하니 넋을 놓은 채다.

일찍 정신을 차린 몇 사람은 입이 닳도록 여인의 미모를 칭송한다.

"선녀가 하강한 거 같구나!"

"내 평생 저런 미인은 처음이네!"

여인이 만족스러운 미소를 짓는다.

항상 이 같은 찬탄 속에서만 살아온 그녀는 당황해하거나 수줍어하지 않고 오히려 즐기고 있었다.

그녀의 동반자인 청년이 사람들을 둘러본다.

훤칠하게 큰 키에 잘생긴 얼굴.

태어나서 궂은일이라곤 전혀 안 겪어본 듯한 그 얼굴에는 만인을 발 아래로만 부려본 오만함이 깃들어 있다.

"크흠!"

청년은 기분이 좋은지 나직한 헛기침을 했다.

그는 미인을 향한 사람들의 경탄이 마치 자신을 칭찬하는 것처럼 느끼는 듯했다.

하기야 저런 엄청난 미인 곁에 서면 누구라도 우쭐대며 목에 힘을 줄 만도 하다.

구달비는 약간 부러움이 들면서 예리하게 그들을 관찰했다.

둘 다 등에 검을 메고 있는 것으로 보아 무공을 익힌 게 틀림없다.

살펴보니 남녀 모두가 군살 한 점이라곤 없는 탄탄한 몸매다.

구달비는 속으로 중얼거렸다.

'여자가 지렇게 근육질이면 밥맛이지. 아무래도 여자는 몸이 나긋나긋해야 껴안을 때 기분이 좋지 않겠어?'

근육이라기보다는 비쩍 마른 몸인 그는 킥킥댔다.

'어쨌거나 여자가 저리도 떡대가 좋으니 같이 다니면 어디 가서 매 맞을 걱정은 없겠군. 크큭큭.'

자신과는 상관없는 일이라 구달비는 곧 그들에게서 관심을 끊었다.

그는 다시 음식을 먹기 시작했다.

점소이가 두 남녀에게 쪼르르 달려가 대대적인 환영 인사와 함께 자리를 안내한다.

"아이고~ 어서 오십시오! 저는 사람이 아니라 봉황이 납신 줄로민 알았습니다요! 손님들, 방을 만들어 드릴까요?"

"아니, 괜찮네. 우리는 대청에서 식사를 하겠네."

잘생긴 청년은 방을 마다하고 굳이 사람들과 섞여 앉기를 원했다. 그는 사람들로부터의 선망의 눈초리를 더 즐기고 싶었던 것이다.

한데 그 자리가 공교롭게도 구달비의 바로 뒤편이다.

그래서 구달비는 여인과 등을 맞대고 앉게 되었다.

자연히 뒤로부터 아름다운 남녀의 대화가 들려왔다.

"남궁 소저, 드시고 싶은 음식을 주문하시지요. 이 모용영출(慕容嶺出)은 소저를 대접하는 게 삶의 낙이요, 영광입니다."

잘생긴 젊은이가 눈꼬리에 웃음을 지으며 슬쩍 여인의 손을 잡아간다.

그러나 채 닿기도 전에 여인은 손을 사렸다.

남궁 소저라 불리운 여인이 웃으며 말한다.

"호호호~ 언제나 모용 소협이 식대를 계산하니 이번에는 내가 낼게요."

"아니, 절대로 그렇게 할 수야 없지요. 음식 값은 남자가 내는 게 당연한 겁니다. 그러니 남궁 소저는 내게 맡겨주십시오."

"아니에요. 내가 못 낸다면 나는 아무것도 안 먹겠어요. 이 남궁영영(南宮瑛英)은 한다면 하는 사람입니다."

그러자 이들 남녀의 대화를 유심히 엿듣고 있던 주변 탁자의 손님들이 수군댔다.

"이제 보니 저 여인은 중원삼대세가라는 남궁세가의 외동딸이라는 남궁영영 소저로구먼. 어쩐지 귀티가 난다 했더니만 역시 그렇군."

"그렇다면 저 젊은이는 그 삼대세가 중 하나인 모용세가의 아드님이 틀림없겠군."

자신이 알고 있는 바를 남한테 전달하지 못해서 안달을 하는 사람들은 어디에나 있다. 이들이 말한 대로 이들 남녀는 남궁세가와 모용세가의 자녀들이 맞았다.

중원삼대세가!

그들은 소림사 등의 구대문파와 더불어 수백 년간 위명을 날리고 있는 문파였다.

구달비는 중원삼대세가라는 소리에 깜짝 놀랐다.

'휘유! 굉장한 집 자식들이잖아? 난 가문도 돈도 외모도 없으니 나랑은 정반대로군.'

조금 기가 죽는 구달비.

저들과 자신은 똑같이 비싼 음식점에서 비싼 음식을 시켜 먹지만 자라온 환경의 차이가 크고 일단 입고 있는 옷에서부터 큰 격차가 벌어진다.

하지만 구달비는 아랫배에 힘을 줬다.

'나는 나야! 언젠가는 나도 잘살게 될 때가 올 거야! 암!'

그는 주눅들지 않으려고 애썼다.

뒤편에서는 계속해서 대화가 들려온다.

"모용 소협, 그나저나 금 소협이 정말 이리로 올까요?"

"……!"

남궁영영이 다른 남자를 거론하자 모용영출의 눈가로 독한 빛이 스쳐 지나갔다.

지금 남궁영영이 들먹이는 자는 같은 중원삼대세가 중 하나인 금씨세가의 아들 금종규(金鐘圭)다.

모용영출은 질투심으로 심장이 벌렁거렸다.

그가 어릴 때 본 후 이제 장성해서 만난 금종규의 모습은 같은 사내라도 반할 만큼 당당하고 멋졌던 것이다.

혼기가 된 남궁영영이 그에게 마음이 끌린 것 같아서 모용영출은 기분이 몹시 언짢아졌다.

모용영출은 콧방귀를 뀌며 말했다.

"흥! 남궁 소저, 그자는 지금쯤 저잣거리에 쭈그리고 앉아서 싸구려 국수나 한 그릇 말아 먹고 있을 겁니다!"

"네? 저잣거리에서 국수를요? 아잉~ 설마 그런 더러운 음식을 먹으려구요? 그런 건 천한 사람들이나 먹는 거잖아요?"

상상만 해도 구역질이 나는지 여인은 고운 이마를 찡그리며 한 손으로 입을 막았다.

모용영출은 모르는 소리 말라는 듯 손을 휘저었다.

"그건 남궁 소저께서 몰라서 하는 소립니다. 우리 삼대세가 중 하나인 금씨세가가 망조가 들었다는 건 세상이 다 알지요. 그러니 이젠 삼대세가라 부르지 말고 이대세가로 바꿔 불러야만 합니다."

"어머! 그럼 금씨세가의 재력이 바닥났다는 말이 사실이었나요?"

아름다운 눈을 동그랗게 뜨는 여인에게 모용영출은 환한 안색이 되어 나직이 말했다.

"금씨 집안은 딸의 병치레로 있는 것을 모두 날려 버렸다고 소문이 파다합니다. 그 증거로 아까 만난 금 소협의 낡은 옷을 보지 못하시었소? 그건 삼 년도 더 된 옷 같더이다."

"어머나, 세상에! 대체 어떤 병이기에 그 많은 재산을 다 쓸 수가 있을까요?"

"나도 잘은 모르지만 밑 빠진 독에 물 붓기로 끝도 없이 돈이 들어간다고 합디다."

"밑이 빠진 독에 왜 바보같이 물을 부을까요? 그런 독은 일찌감치 깨뜨려 버려야 해요!"

타산적인 남궁영영이 앙칼진 목소리를 냈다.

모용영출은 내심 고개를 끄덕였다.

'맞아, 맞아. 나도 그렇게 생각해. 이 여자, 보면 볼수록 마음에 쏙 든단 말야? 금씨세가는 어쩌자고 못 고친다는 병에 그토록 매달리는지 원. 그렇게 바보 멍청이들이니 망하는 게 당연해. 집안 말아먹을 딸년이라면 약 한 첩 쓸 거 없이 진작에 죽도록 내버려 뒀어야지.'

그러나 모용영출은 속마음과는 달리 금씨세가가 측은하다는 표정을 지었다.

"남궁 소저, 그렇게 생각할 수도 있겠지요. 하지만 내리사랑이라고, 자식이 병에 걸렸으니 그것을 고치고 싶은 게 부모 심정. 사랑하는 자식이 눈앞에서 시름시름 앓는데 그냥 죽도록 내버려 둘 수는 없지 않겠습니까? 나는 자식은 안 낳아봤지만 물에 빠져서 지푸라기라도 잡아보려는 그 부모의 마음은 충분히 이해가 갑니다. 금씨세가에 그런 불행한 일이 있다니 참으로 안됐소이다."

모용영출이 동정을 하고 나오자 '밑 빠진 독은 깨버려라'던 남궁영영은 민망해졌다.

수치심으로 얼굴이 붉어진다.

'참 따뜻하고 좋은 남자구나. 내가 너무 못된 말을 했다고 모용 소협이 나를 나쁜 여자로 보지는 말아야 할 텐데…….'

그러나 이렇게 생각하던 남궁영영은 이내 마음을 바꿨다.

'흥! 하지만 이자가 나의 미모에 정신 못 차리고 내 꽁무니만 졸졸 따라다니니 설령 내가 아무리 심한 말을 한들 지가 뭘 어쩌겠어?!'

남궁영영은 곧이어 다른 쪽으로 머리가 돌아가며 왠지 분한 마음이 들었다.

'이 아름다운 남궁 소저님께서 독을 깨뜨려 버리자고 하는데 감히 제놈이 반기를 들어?! 이 자식, 이제 보니 아주 싸가지없는 놈일세?! 네 놈이 나와 혼인하고 싶으면 앞으로는 내 비위를 잘 맞추는 버릇부터 배워야 할 게다! 흥!'

내심 입을 삐죽거리며 남궁영영은 아까 본 금종규와 눈앞의 이 모용영출을 비교해 보았다.

생긴 것을 떠나서 뭐라 딱히 꼬집어 말할 순 없지만 모용영출은 뭔가가 부족해 보인다.

확실히 금종규가 더 믿음직하니 사내답다.

그리고 금종규가 자신을 좋아하는지 어떤지는 모르겠지만 모용영출이 자기에게 푹 빠진 것만큼은 확실하다.

모용영출 정도는 발로 밟아도 된다는 판단이 서자 남궁영영은 턱을 내밀며 건방진 표정이 되었다.

"모용 소협, 그래도 나는 그 독은 깨뜨려 버려야 한다고 생각해요!"

"……!"

남궁영영이 계속 반대 의견을 주장하자 모용영출은 조금 당혹스러웠다. 괜히 착한 남자 행세를 하다가 그녀의 심기를 건드린 것 같다는 후회가 들었다.

그는 서둘러서 화제를 돌렸다.

"남궁 소저, 어쨌거나 그자가 이곳으로 오겠다고 말은 했지만 분명히 여기 음식 값이 부담스러워서 어디선가 싸구려 음식을 사 먹고 올 것이오."

"그럼 비싼 음식 값을 낼 형편이 안 되니까 다른 데서 배를 채우고 오려고 나중에 우리랑 합류하겠다고 한 거란 말예요?"

"아, 글쎄, 그렇다니까요!"

모용영출은 '음식점에 가자'라고 했을 때 금종규가 당혹스러워한 것을 떠올리며 자신있게 큰소리를 쳤다.

아닌 게 아니라 모용영출의 예측대로 금종규는 이 시각 저잣거리에서 싸구려 국수로 끼니를 때우고 있었다.

모용영출은 혹시나 남궁영영이 금씨세가의 장남인 금종규에게 관심을 가질까 싶어 열심히 그를 깎아내렸다.

"남궁 소저는 아직도 내 말이 믿기지 않지요? 하면 이따가 그자가 나타나면 물어보시오. 내 말이 맞나 틀리나."

"……."

남궁영영은 아무 말도 하지 않았다.

저잣거리 국수라니?

꿈속의 왕자님은 왕자가 아니라 거지였다.

여인의 얼굴에 실망의 빛이 감돌자 모용영출은 속으로 만세 삼창을 불렀다.

'크흐흐, 금종규한테 아리따운 남궁 소저를 뺏길 수야 없지. 그런 가난뱅이 놈은 자기 수준에 맞는 가난뱅이 여자나 찾으라고 해.'

모용영출은 여인의 눈치를 살피며 속으로 금종규 욕을 했다.

'쳇! 그나저나 우리 수준에 안 맞는 금종규 따위는 싸구려 음식으로 배나 채우고 꺼질 일이지 돈도 없는 놈이 여기엔 뭐 찾아 먹을 게 있다

고 기어오겠대?!'

자신의 뒷배경인 모용세가를 믿는 모용영출의 낯엔 득의양양한 빛이 가득했다.

모용 가문 대대로 물려온 재산은 모두가 외아들인 자신의 차지다.

은자가 필요하면 아무 전장에나 가서 모용세가의 이름만 대면 됐다. 허리를 굽실대며 바로 신용 전표를 끊어주는 그들에게 자신은 지장만 찍어주면 그만이다.

그리고 은자를 아무리 많이 쓴들 아버지는 늦게 본 외아들이 마냥 귀엽기만 한지 허허 웃으신다.

"남자라면 의당 통이 커야지! 아들아, 마음껏 써보려무나! 이 아비가 너를 위해서 이 많은 재산을 쌓아두었느니라! 으헛헛헛!"

아들이 하는 일은 거의 무조건적으로 포용해 주는 아버지를 떠올리며 모용영출은 흐뭇한 미소를 머금었다.

그는 남궁영영에게 다정히 말했다.

"자아~ 남궁 소저, 우리 그런 불행한 일은 잊어버리고 음식 주문이나 합시다. 하지만 내가 내는 겁니다?"

그러나 남궁영영은 고개를 저었다.

"음식 값은 내가 내겠어요!"

"할 수 없군요. 그럼 이번은 내가 얻어먹는 것으로 하겠습니다."

남궁영영의 고집에 모용영출은 한발 뒤로 물러섰다.

한편 자기도 모르게 이들의 대화에 귀를 기울이던 구달비는 금종규가 몹시 불쌍했다.

'그 금종규란 자는 돈이 없다는 이유 하나만으로 이렇게 씹히는구나. 에이~ 더럽고 치사해서라도 난 꼭 부자가 돼야지!'

금종규는 남궁영영의 탁자에 음식들이 줄줄이 놓여질 때 나타났다.

남궁영영이 먼저 그에게 아는 척을 한다.

"어서 오세요, 금 소협."

그러나 그녀의 말투는 어딘가 모르게 어색했다.

금종규는 아까 길에서 만났을 때의 남궁영영과 지금 그녀의 태도가 사뭇 달라진 것을 눈치챘다.

금종규의 의혹에 찬 눈길이 모용영출에게로 향한다.

모용영출은 마치 이곳에 못 올 사람이 왔다는 양 떨떠름한 표정을 짓고 있다.

그것을 본 금종규의 낯빛이 대번에 차가워졌다.

'이 여우 같은 놈이 내가 없는 동안 남궁 소저한테 내 욕을 한 게로구나.'

금종규는 모용영출을 노려보았다.

두 사내의 마주친 눈에서 불꽃이 튄다.

금종규는 예전부터 모용영출이 싫었다.

'이 죽일 놈의 자식! 내 동생과 약혼까지 했었던 자식!'

그랬다. 모용영출은 어릴 때 금씨세가에 놀러 왔다가 금종규의 여동생을 보고는 첫눈에 반했다. 그래서 그는 양가 어른들께 산성화를 부려서 약혼까지 했다.

하나 그는 정혼녀가 병에 걸리자 일방적으로 파혼을 선포했다.

나중에 들어보니 모용세가에서는 집안과 집안이 맺은 언약인지라

파기하는 것을 퍽이나 난처해했다고 한다.

그런데 이 모용영출이란 놈이 사흘간 밥도 안 먹고 울고불며 '장님이랑 같이 살기 싫다' 고 난리를 치는 바람에 할 수 없이 파혼을 허락했다고 한다.

금종규의 이빨이 앙다물려진다.

'쓰레기 같은 놈! 사내가 한 번 약속을 했으면 책임을 져야지!'

금종규 자신이었으면 정혼녀가 아무리 귀머거리에 장님이 됐다 할지라도 그렇게 매몰차게 버리지는 못했을 것이다.

파혼을 통보받고 여동생이 흘리던 눈물을 생각하니 금종규는 이 모용영출을 두들겨 패고 싶었다.

더욱이 여동생의 정혼자였던 놈이 다른 여자와 노닥거리는 꼴이란……

하지만 금종규는 화를 참으며 조용히 자리에 앉았다. 이렇게 많은 사람들이 보는 앞에서 멱살잡이를 할 만큼 그는 어리석지 않았다.

그런데 그가 자리에 앉자마자 모용영출의 공격이 퍼부어졌다.

"아마도 금 소협은 다른 데서 먼저 드시고 오셨을 테지요? 그러니 이 비싼 음식은 안 드실 거구요."

"……!"

좌중에 썰렁한 침묵이 맴돌았다.

더불어 남궁영영과 모용영출의 대화를 통해서 금씨세가의 형편을 엿들은 주변 손님들이 호기심으로 주시한다.

모용영출은 빙글빙글 웃으며 금종규를 뚫어져라 보았다.

남궁영영은 긴 속눈썹을 내리깔고 있다.

모용영출이 다시 한 번 묻는다.

"금 소협, 혹시 저잣거리에서 식사를 해결하지 않았습니까?"

남궁영영과 손님들은 금종규가 뭐라고 변명을 할지가 무척 궁금했다.

구달비 역시 온 신경을 기울여 금종규의 대답을 기다렸다.

이윽고 금종규가 차분히 입을 열었다.

"우리 금씨세가가 요즘 재정난이라 나는 이렇게 비싼 음식 값을 낼 형편이 못 됩니다. 하나 그렇다고 얻어먹기도 미안한지라 나는 먼저 싼 음식을 먹고 왔습니다."

조금도 비굴하지 않은 당당한 태도였다.

뒤편에서 듣고 있던 구달비는 박수를 쳐주고 싶었다.

'잘한다, 금종규!'

한데 비단 구달비뿐만 아니라 주변에서도 같은 생각인지 여기저기서 탄성이 일었다.

"호오! 저리도 당당하다니 역시 명문가의 후예야!"

"그러게. 나 같으면 쥐구멍에라도 들어가고 싶을 텐데 말야."

"사실 돈이 없는 게 저 금 소협의 잘못은 아니지 않은가?"

"에효! 이 자리에 우리 아들놈이 있어야 하는데. 그놈은 자존심도 없는지 부자 친구 놈한테 만날 얻어만 먹지. 제대로 된 놈이라면 그저 국수 한 그릇을 먹어도 자기 돈 내고 떳떳하게 먹어야 하는겨. 암."

사방에서 들려오는 칭찬에 모용영출의 얼굴이 분노로 푸들푸들 떨렸다.

그는 억지로 웃음을 띠었다.

"아, 그러셨군요. 그럼 배가 부르다니 우리만 먹도록 하겠습니다."

금종규는 자신을 무시한 채 꾸역꾸역 음식을 먹는 모용영출을 차가운 눈초리로 노려보았다.

지금 금종규의 품속에는 이런 음식을 백 인분은 넘게 시킬 수 있는 거액의 전표가 들어 있었다.

그러나 이 전표는 쓸 수가 없다. 왜냐하면 이것은 동생의 병을 치료할 영약을 살 돈이기 때문이다.

멀리 다른 지방에 영약이 나타났다고 하여 그것을 구입하기 위해 여행 중인 금종규.

그는 오늘 이곳 정주에서 우연히 이 두 남녀를 만났다.

원수 같은 모용영출이야 대면하고 싶지 않았지만 말로만 듣던 남궁세가의 여식은 눈이 휘둥그레질 만큼 아름다웠다.

금종규는 이미 혼기가 한참 넘은 나이였다.

여동생이 병에 걸린 후로 집안이 초상집이라 아버지는 딸을 고치려고 벌써 십 년이 넘게 이리저리 뛰어다니고 있다. 그런 판국에 자기만 장가가서 행복하겠다고 말할 순 없었다. 게다가 어머니도 어릴 때 돌아가시고 안 계시니 장가가라고 챙겨주는 사람도 없다. 그러다 보니 벌써 서른 살이다.

한데 오늘 만난 남궁영영은 집안도 좋고 무엇 하나 나무랄 데가 없어 보였다. 거기에 보태어 원수인 모용영출이 그녀에게 지대한 관심을 보인다.

금종규는 동생의 가슴에 비수를 박은 모용영출이 좋아하는 여인을 가로채서 놈의 눈에서도 동생처럼 피눈물이 흘러나오게 만들고 싶었다.

그게 이 음식점까지 금종규가 발걸음을 하도록 만든 이유다.

금종규는 팔짱을 낀 채 조용히 남궁영영을 관찰했다.

정말 뛰어난 미색이다. 자신의 여동생보다야 못하지만 그래도 세상에 드문 미모다. 금종규도 남자이다 보니 당연히 미녀에게 관심이 쏠린다.

그는 좀 더 시간을 가지면서 남궁영영과 사귀어보고 싶었으나 애석하게도 동생에게 먹일 영약을 사러 서둘러 길을 가야만 한다.

금종규는 단도직입적으로 물었다.

"남궁 소저는 어떤 남자한테 호감이 갑니까?"

"……!"

순간 남궁영영은 말문이 턱 막혔다.

들어오자마자 자신을 보는 눈빛이 심상치 않다 싶더니 이런 뜻밖의 질문을 할 줄이야?

남궁영영은 뭐라고 대답을 해야 할지 몰라서 잠시 머뭇거렸다.

그런데 대답은 다른 곳에서 나왔다.

모용영출이 눈을 치켜뜨며 버럭 소리를 지른 것이다.

"남궁 소저가 어떤 남자를 좋아하든 그게 금 소협과 무슨 상관이오? 이보시오, 금 소협! 식사를 안 할 거면 다른 사람들이라도 잘 먹게 입 다물고 가만히 있으시오!"

"……!"

금종규의 얼굴이 단박에 굳어졌다.

두 젊은이의 흉흉한 분위기에 주변 공기가 얼어붙었다.

그러나 이 광경에 기뻐하는 사람이 있었으니…….

남궁영영은 자신을 놓고 두 사내가 신경전을 벌이는 게 몹시 뿌듯했다.

그녀는 터져 나오는 웃음을 감추느라 찻물을 들이켰다.

그러나 흥분한 그녀는 그만 사레가 들려 버리고 말았다.

"컥!"

보통 소리가 아니었다.

기도가 막히면서 호흡 곤란으로 터져 나온 소리였다.

그 소리에 남궁영영 뒤편에 앉은 구달비는 심장이 철렁 내려앉았다.

'이 소리는 아버지가 돌아가시기 전 마지막으로 냈던 소리!'

구달비는 더 생각할 겨를도 없이 벌떡 일어나서 뒤에 앉은 여인의 등을 손바닥으로 후려쳤다.

팡!

第六章

만리비응 군단! 그리고 시작된 추격!

물 마시다 사레가 들린 남궁영영은 졸지에 등짝을 한 대 얻어맞으며 목구멍 속의 물을 토해냈다.

"푸헥~"

그러자 음식 접시들 위로 역겨운 물방울들이 소나기처럼 뿌려졌다.

남궁영영은 헤벌린 입가로 물을 뚝뚝 흘리며 잠시 멍청하게 있었다.

이윽고 그녀의 가녀린 목에서 떨리는 목소리가 새어 나왔다.

"…뭐야, 이게?"

구달비는 여인이 목에 걸린 음식 덩어리를 토해낸 게 아니라 물만 토해내자 일순 어쩔 바를 몰라 뻣뻣이 굳었다.

"……!"

뜻밖에 벌어진 일에 음식점 안에는 정적만이 흘렀다.

모용영출과 금종규의 시선은 남궁영영의 예쁜 턱에 못 박혔다.

침인지 물인지가 턱을 타고 주르르 흘러내린다.

아름다운 여인이 연출하기에는 너무도 추한 모습이다.

두 사내는 관심을 두었던 여인의 비참한 몰골에 너무나 당황해서 할 말을 잃었다.

이때 가장 먼저 행동을 취한 사람은 음식점 주인이었다.

그는 손님들끼리 멱살 잡는 일만큼은 결단코 뜯어말려야 했다.

더욱이 이들은 무림인. 가게가 통째로 날아가 버리는 불상사가 발생할지도 모른다.

주인은 비대한 몸을 구달비와 남궁영영의 사이에 후닥닥 끼워 넣었다.

"손님들, 무슨 일이신지요?"

정신을 차린 남궁영영은 비단 손수건으로 얼굴을 닦으며 구달비를 노려보았다.

'이자가 내 등을 친 것은 내가 사레가 들렸기 때문이야. 하지만 나는 이자의 도움 없이도 물을 삼킬 수 있었어.'

보통 원래대로라면 이 이상하게 생긴 놈이 등을 친 것이 '기회를 노리고 미인인 자신의 관심을 끌려고 한 짓'인지, 아니면 '정말로 도움을 주려고 한 행동'인지부터 파악해야 한다.

그러나 남궁영영은 이유 여하를 막론하고 울화가 끓어올랐다.

남궁영영은 붉게 달아오른 뺨을 손으로 감쌌다.

자신의 환심을 끌려고 애쓰는 두 남자 앞에서 물을 뿜어내는 꼬락서니를 보인 게 못내 수치스럽다.

게다가 태어나서 처음으로 맞아보는 등판은 얼얼한 정도가 아니라

갈비뼈를 비롯 폐까지 욱신거리며 꽤나 아팠다.

남궁영영은 직접 자신이 나서서 구달비를 두들겨 패야 하나 고민했다.

'성질대로 하자니 모용 소협과 금 소협이 깜짝 놀라겠고……'

'남궁세가'라는 집안의 얼굴을 생각해서라도 함부로 행동할 수는 없다. 어떤 상황에서도 최대한 우아한 품위를 보여야만 했다.

한편 주인에 의해서 조금 떠밀려난 구달비는 당황해서 어물쩍거리고 있었다.

도움을 주려고 한 것이건만 자신의 행동이 결과적으로 도가 지나쳤다는 점에서 그는 할 말이 없었다.

그러나 이때 남궁영영과 모용영출이 자신의 초라한 행색을 위아래로 재빨리 훑어보는 게 느껴졌다.

곧이어 그 눈초리에 멸시의 빛이 가득 떠오른 것을 구달비는 쉽게 눈치챌 수 있었다.

구달비는 기분이 더럽게 나빠졌다.

한데 구달비만큼이나 모용영출도 기분이 나빴다.

가뜩이나 금종규가 신경 거슬리는 판에 어디서 거지 같은 놈까지 나타나서는 점찍어둔 여자한테 손을 댄다. 아직 자신조차도 손 한 번 잡아보지 못했는데 말이다.

모용영출은 당장 검을 빼서 이 거지발싸개 같은 놈을 단칼에 요절내고 싶었다.

그러나 화가 난다고 해서 무조건 주먹부터 나가는 것은 불량배나 하는 짓. 그리고 지금은 남궁영영에게서 점수를 딸 좋은 기회다.

명문가의 자제인 모용영출은 자리에서 벌떡 일어나 벼락같이 소리를 질렀다.

"이보시오! 이런 무례가 어디 있소? 어쩌자고 이런 짓을 한 거요?"

분위기가 험악해지자 주인이 얼른 양손을 치켜들며 중재에 나섰다.

"자, 자, 손님들! 고정들 하시고 대화로 해결을 합시다!"

그러자 모용영출이 구달비를 가리키며 외쳤다.

"이보시오, 주인! 여기 이 소저로 말할 것 같으면 중원삼대세가 중 하나인 남궁가의 외동따님이오! 근데 저자가 갑자기 우리 남궁 소저의 등을 때렸소이다!"

구달비는 재빨리 사과를 했다.

"죄송합니다. 저는 남궁 소저가 음식이 목에 걸려 숨이 막힌 것 같기에 그것을 트이게 해주려고 한 것뿐입니다."

"난 댁의 도움 따위는 필요없었어요!"

남궁영영이 날카롭게 질책하며 구달비를 째려보았다.

구달비는 비록 사과를 했지만 그의 얼굴에는 후회나 반성의 기색이 전혀 없었다. 군계일학(群鷄一鶴)인 두 남녀가 보낸 멸시의 눈초리에 자존심이 상한 그는 진심으로 사과할 마음이 사라진 것이다.

구달비는 속으로 툴툴댔다.

'망할 놈의 기집애가 도와준 은혜도 모르고! 물 마시다 체하면 약도 없다던데! 아참, 물 마시다가 체하면 똥이 약이라고 했지?'

구달비는 누런 똥을 퍼 먹는 남궁영영을 상상하자 피식 웃음이 나왔지만 무표정을 가장했다.

이렇게 건달 같은 사내가 행동을 뉘우치는 기색이 전혀 없자 남궁영영은 더욱더 약이 오르기 시작했다.

'이제 보니 이 자식이 내 미모에 혹해서라기보다는 지놈이 여자도

없이 혼자서 밥을 먹다가 우리가 즐거워 보이니까 일부러 이런 짓을 한 게 분명해.'

남궁영영은 별 거지 같은 놈한테서 난데없는 봉변을 당했다고 생각하니 기가 막혔다.

마음 같아선 이놈을 반쯤 죽이고 싶었으나 지켜보는 눈이 너무 많다.

남궁영영의 옥용(玉容)이 붉으락푸르락해지자 모용영출이 펄펄 뛰며 삿대질까지 한다.

"이보쇼! 사람을 쳐놓고 사과하면 다요?"

무림인인 그가 흥분을 하자 주인이 꾸벅꾸벅 절을 하며 열심히 말린다.

"아이고, 손님! 사람이 살다가 보면 실수를 할 때도 있지요. 사실 이 총각은 아가씨가 숨이 막힐까 봐 그런 거지 일부러 해코지를 하려던 게 아니지 않습니까? 이 일은 그저 남을 도우려는 좋은 마음에서 벌어진 것이니 명문가의 자제 분들이 관용을 베푸십시오."

집안을 들먹이자 모용영출이 한풀 꺾였다.

그는 입을 다물며 남궁영영의 눈치를 살폈다.

남궁영영은 기분이 아주 더러웠다. 주인이 나서서 저렇게까지 말하는데 딱히 이 건달 놈을 몰아세울 증거가 없었기 때문이다.

그렇다고 건달한테 '너, 우리를 질투해서 이러는 거지?' 라고 물어볼 수도 없다.

남궁영영은 이를 악물었다.

'이놈에게 반드시 보복을 하되 최대한 머리를 굴려서 해야 한다.'

생각을 정리한 남궁영영은 구토한 물이 뿌려진 음식올 가리키며 물었다.

"이 음식은 이제 먹을 수가 없게 되었으니 어쩔 거요?"

그러자 경험 많은 주인이 얼른 판결을 내려주었다.

"실수라고는 하지만 어찌 됐든 이 총각 탓에 이리되었으니 이분이 내셔야 하는 게 도리지요."

이렇게 말은 하면서도 주인의 눈은 구달비의 행색을 살폈다.

초라한 꼴이 남의 것까지 낼 정도의 돈을 가지고 있을지가 심히 걱정된다. 아니, 오히려 자신이 먹은 식대도 계산 못할 것만 같다.

몰골이 돈 없어 보여도 '오는 손님 안 막는다'를 신조로 여기던 주인은 문득 의심이 들었다.

'이자가 혹시 무일푼이라 돈을 안 내려고 이런 짓을 한 건 아닐까? 아니지. 그렇다면 뒷간에 간다며 조용히 사라질 일이지 이렇게 소란을 떨 이유가 없지.'

갸우뚱거리는 주인에게 구달비가 선선히 고개를 끄덕였다.

"내가 이분들 것까지 계산하겠습니다."

주인은 구달비의 얼굴을 이모저모로 뜯어보며 열심히 머리를 굴렸다.

'하긴 부자들 중에 가끔 거지 꼴을 하고 오는 자들도 있어. 흠, 이 젊은이가 기가 안 죽는 걸 보면 그만한 은자가 있을 것도 같구면.'

판단을 내린 주인은 과연 남궁영영이 동의할지가 걱정되어 조심스럽게 물었다.

"이 총각이 사과를 했고 또 음식 값도 지불하겠다고 하니 손님들, 이 제 됐지요? 이 음식들은 바로 만들어 올리겠습니다."

그러나 남궁영영은 매몰차게 고개를 가로저었다.

"우리가 주문했던 음식만으로는 안 되겠어요! 나는 기분이 상했으니 그에 상응하는 보상으로 더 시켜야겠어요!"

주인의 얼굴에 희색이 돌았다.

이까짓 음식 몇 접시 더 팔아서가 아니라 무림인인 손님들이 드잡이질을 안 벌이고 대화로 해결이 됐기 때문이다.

주인이 자신의 얼굴을 쳐다보자 구달비는 흔쾌히 말했다.

"그러지요. 더 시키십시오."

구달비의 승낙이 떨어지자마자 남궁영영이 기다렸다는 듯이 음식 이름을 줄줄이 댄다.

"백작하(白灼蝦), 서호초어(西湖草魚), 하자대오삼(蝦子大烏蔘), 청증석반(淸蒸石斑), 홍소리어(紅燒鯉魚)……."

이십여 가지나 되는 음식 이름이 앵두 같은 입술을 달싹이며 흘러나온다.

이에 음식을 더 시키라고 했던 구달비는 겉으로는 평정을 유지했으나 속으론 열불이 터지고 있었다.

'이런 제길! 아무리 못 잡아도 금 열 냥은 날아가겠군. 그래도 구십 냥은 남지만 등짝 한 대 때리고 이런 바가지를 뒤집어쓰다니 오늘 재수 옴 붙었다.'

주문한 음식의 가격이 꽤 많이 나가자 주인이 염려스러운 낯빛으로 구달비를 바라본다.

구달비는 여유있게 전표를 꺼내 들었다.

금 백 냥짜리다.

그는 더 작은 액수의 전표도 있었지만 일부러 고액권을 꺼냈다. 자신을 무시하는 이 잘난 가문의 자식들에게 '나도 이만큼 돈이 있나' 라고 과시하고 싶었기 때문이다.

구달비는 우쭐한 마음으로 주인에게 전표를 들이댔다.

"이거면 되겠지요?"

"어디 봅시다."

주인이 얼른 전표를 낚아채서 신용있는 전장이 발급한 것인지를 확인했다.

곧 그의 입이 귀밑까지 벌어졌다.

"이거라면 계산하고도 남지요! 금 백 냥짜리니까요!"

구달비의 기대대로 모용영출의 얼굴이 단박에 굳어졌다.

모용영출은 자기도 모르게 주먹을 꽉 움켜쥐었다.

'금 열 냥 정도는 나도 가지고 다니지만 백 냥씩이나 되는 전표는 나도 아직 못 가져보았는데. 아니, 저 큰돈을 어떻게 저런 거지 같은 놈이?'

모용영출의 일그러진 낯짝에 구달비는 쾌감을 느꼈다.

'흐흐흐, 네놈이 아무리 잘난 집 자식이라도 금 백 냥짜리 전표는 네놈 아비나 만져 봤을 거다.'

그러나 기가 죽은 모용영출과는 다르게 남궁영영은 속으로 코웃음을 쳤다.

'흥! 이 웃기게 생긴 놈이 논밭을 다 팔았는지, 아니면 어디서 눈먼 돈이 굴러들어 오는지, 어쨌든 백 냥짜리 전표로 내 기를 죽이려나 본데 네가 사람 잘못 봤다.'

남궁영영은 빙그레 미소를 지으며 차분한 어조로 입을 열었다.

"난 아직 다 주문하지 않았어요. 조금 전까지는 해물 요리였지만 이제부터는 야채와 육류 요리예요."

남궁영영은 시라도 읊듯이 낭랑하게 음식 이름들을 불러댔다.

"청돈우미(淸燉牛尾), 총폭양육(蔥爆羊肉), 청초우육선(靑椒牛肉絲), 십금과파(什錦鍋巴), 랄초계정(辣椒鷄丁), 북경편피압(北京片皮鴨), 태극우니(太極芋泥)……."

그녀는 머리가 좋은지 같은 음식 이름을 두 번 대지 않았다.

그런데도 불구하고 그녀가 주문한 음식은 자그마치 삼백 가지가 넘었다.

이제 주인은 태도가 완전히 바뀌어졌다.

봉을 잡았다! 하루 장사 정도가 아니라 최하 닷새치 수입이 들어올 판이다.

이미 백 냥짜리 전표를 받은 주인은 남궁영영 옆에 바짝 붙어서는 열심히 이름을 받아 적었다. 설사 이 집에 없는 음식이라도 주문만 한다면 어떻게 해서든지 만들어올 태세다.

그 광경에 구달비는 머리가 핑 돌며 현기증이 일었다.

'윽! 돈 있는 집 딸년이라 그런지 저먹어본 건 많아서 지년이 아는 음식은 몽땅 대는구나!'

급기야 구달비의 안색에 먹구름이 끼었다.

그리고 돌아가는 사태를 묵묵히 주시하던 금종규의 얼굴도 구달비처럼 찌푸려졌다.

금종규는 어떻게 저런 행색을 한 자가 거액의 전표를 가지고 있는지 의아했다.

하지만 자신도 여동생의 약값인 거액 전표를 품에 지니고 있는 것을 보면 저자의 진표 역시 뭔가 사연이 있는 돈일 수 있다.

금종규는 아직도 음식 이름을 불러대고 있는 남궁영영을 인끊온 기색으로 바라보았다.

'내 동생의 영약을 사야 하는 돈처럼 저자의 돈도 어디 쓸 데가 있을지 모르는데 사람을 저리도 몰아세우다니…… 남궁 소저는 버릇없이 자란 티가 너무 나는구나.'

아무리 생각해 보아도 등을 한 대 맞았다는 이유로 저렇게 사람을 골탕먹이는 건 정도가 너무 심했다. 게다가 이 청년은 단지 도움을 주려고 했을 뿐인데 말이다.

금종규는 나직이 한숨을 내쉬었다.

'남궁 소저는 아름다운 외모에 비해서 품성이 덜 되었군.'

자신이 사람을 잘못 보았다는 판단이 서자 금종규는 남궁영영에게 더 이상 아무 미련이 없었다.

그는 하루라도 빨리 동생의 영약을 사러 가야 하는 판국에 '왜 이런 정도밖에 안 되는 여자에게 시간을 소모했나' 하는 후회가 들었다.

금종규는 벌떡 일어나서 말했다.

"남궁 소저, 모용 소협, 나는 이만 가보겠소이다. 인연이 있으면 또 만나겠지요."

말을 마친 금종규는 누가 잡을 새도 없이 음식점에서 나가 버렸다.

자신을 무시하고 떠나가는 그 뒷모습에 남궁영영의 눈매가 샐쭉 치켜 올라갔다.

'저, 저 자식이 감히! 망한 집안의 아들놈인 주제에!'

자타가 공인하는 미녀인 남궁영영은 남자로부터 이런 무시는 처음 당해봤다.

당연히 분노가 치솟았다.

화풀이 대상이 필요한 그녀는 구달비를 표독스럽게 노려보며 주인에게 언성을 높였다.

"내가 말한 음식 중에서 한 가지도 빼지 말고 다 가져와요!"

남궁영영의 앙칼진 명령에 주인이 구달비를 쳐다본다.

여인의 말에 동의하느냐는 무언의 질문이다.

구달비는 한숨밖에 안 나왔다.

이제 와서 못 내겠다고 하기엔 너무 쪽이 팔린다.

그렇다고 해서 '음식을 왜 그렇게 많이 시키냐'고 따지자니 쩐쩐해 보인다. 어쨌거나 자신은 황금 백 냥짜리 거금을 몸에 지니고 다니는 사내니 말이다.

구달비는 속으로 저주를 퍼부었다.

'그래, 이년아! 그거 다 처먹고 배 터져 뒈져라!'

곁에서 초조하게 대답을 기다리는 주인.

그에게 구달비는 당차게 고개를 끄덕였다.

"나 내가 내겠습니다!"

그러자 주판 알을 퉁겨본 주인이 구달비의 반응을 살피며 조금 미안하다는 어조로 말했다.

"도합 금 백오 냥인데 깎아서 백 냥에 해드리겠습니다."

"……!"

구달비의 얼굴에서 핏기가 싹 가셨다.

그는 설마 밥값이 이렇게 많이 나올 줄은 상상도 못했다.

이제 진주를 판 천 냥 중 자선사업을 할 구백 냥을 제외하면 자신이 쓸 수 있는 한도인 백 냥에서 한 푼도 안 남는다.

그때 오늘 큰 장사를 한 주인이 구달비에게 인심을 썼다.

"손님이 드신 음식 값은 안 받겠습니다."

"……."

구달비는 아무 말도 나오지 않았다.

그의 턱은 단단히 물려진 상태다. 이가 갈리는 것을 막자니 자연히 턱에 힘을 줄 수밖에 없었기 때문이다.

구달비는 자리에 털썩 주저앉았다.

두 다리에서 힘이 빠진 지 오래다.

그는 부들부들 떨리는 손으로 젓가락을 집어 들었다.

음식은 차갑게 식었고, 꼴도 보기 싫은 여자와 등을 맞대고 먹으려니 소태를 씹는 맛이다.

뒤에서는 구달비의 굳어진 얼굴로 만족해진 남궁영영이 요란스럽게 웃어댄다.

"오호호호호~ 이 집 음식 정말 잘하네?"

모용영출도 질세라 대소를 터뜨린다.

"하하하하~ 남궁 소저 덕에 오늘 내 배가 호강을 하는군요."

남궁영영과 모용영출, 그리고 구달비.

이 세 남녀, 특히 남궁영영은 이 사건이 앞으로 벌어질 악연의 시작이라는 것을 전혀 예상치 못했다.

어쨌거나 순간적인 충동으로 잘난 척하다가 옴팡지게 뒤집어쓴 구달비.

그의 어깨가 힘없이 처졌다.

장사할 밑천을 다 날린 그는 울고만 싶었다.

누굴 탓할 것도 없이 이 모든 게 자기 탓이다.

자신은 그저 이자들의 코를 납작하게 해주고 싶었을 뿐인데 이런 비참한 결과가 될 줄이야 정말 꿈에도 몰랐다.

'돈도 없는 놈이 있는 척 돈 자랑을 하다니… 내가 못난 놈이로구나.'

구달비는 스스로가 못내 한심해졌다.

'불알 두 쪽밖에 없는 내가 왜 부잣집 자식들과 견주어보려고 했을까? 왜 괜히 허세를 부렸을까?'

자신이 덜떨어진 놈이라는 자각이 강하게 든다.

한편으로는 다른 생각도 들었다.

'만약 내가 머리 숙여 계속 사과를 했었다면 백 낭을 안 날렸을까? 가진 놈 앞에서는 비굴해져야만 하는 건가? 나는 그렇게 살아야 하는 건가?'

이런 저런 꼴 다 보기 싫으면 산속에 들어가 화전민으로 살면 될 일이다. 하지만 그러기는 싫다.

구달비는 입맛이 썼다.

상황이 상황인지라 음식도 맛이 없다.

더불어 처음 호기있게 주문을 할 때와 달리 지금은 가진 것에 비해서 너무 호화판 음식이라는 생각이 든다.

'내 주제에 무슨 이런 좋은 음식을……'

식욕을 잃은 구달비가 한숨과 함께 젓가락을 놓을 때였다.

사람들이 웅성거리는 소리가 들려왔다.

왈칵 짜증이 인다.

'또 뭐야?'

구달비는 언짢은 기색으로 소란이 이는 곳을 찾았다.

그곳엔 한 중년인이 흰 토끼를 안고 음식점으로 들어서고 있었다.

한데 그자를 보는 순간 구달비는 움찔했다.

이유는 그 사내가 입고 있는 포두 복장 때문이었다.

그러나 구달비는 곧 평정을 되찾고 태연하게 포두와 흰 토끼를 지켜 보았다.

포두는 흔히 볼 수 있는 평범한 중년인이었다.

하지만 토끼는 달랐다.

녀석은 빨간 고깔모자와 조끼를 앙증맞게 걸치고 사람들의 시선을 끌어 모으고 있었던 것이다.

그 모습에 좀 전부터 심기가 안 좋던 구달비는 속으로 욕을 했다.

'쳇! 별꼴을 다 보겠군. 토끼를 저렇게 차려입혀서 데리고 다니고 싶을까? 미친놈.'

포두를 본 손님들이 입방아를 찧는다.

"아니, 포두 아냐? 포두가 왜 여길 들어왔을꼬?"

"식사를 하러 왔나 보지요."

"허! 이런 고급 음식점엘 드나들 정도로 포두 월급이 많단 말이오? 그렇다면 나도 포두나 해야겠구먼."

이때 손님들 중에서 한 사람이 모두들 들으라는 듯이 목청을 높였다.

"저자는 개봉에 있는 토끼포두라는 유명한 포두인데 여기엔 아마도 범인을 잡으러 왔나 봅니다! 저 토끼가 개보다도 더 냄새를 잘 맡는 터라 지금껏 놓쳐 본 범인이 단 한 명도 없다는구만요!"

듣고 있던 구달비는 심장이 철렁 곤두박질쳤다.

'뭐, 뭐야? 저 토끼가 그렇게 무서운 놈이라고?

구달비는 토끼를 새삼스러운 눈으로 보았다.

순간 그는 토끼의 붉은 눈과 마주쳤다고 느꼈다.

아니, 다시 보니 분명히 토끼는 자신을 주시하고 있다.

"……!"

구달비는 뭔가 불길한 느낌이 들었다.

거기에 보태서 '요 며칠 내내 재수가 더러웠다'고 머리 속에서 강한 경고음이 울린다.

구달비는 머리를 저었다.

'아니야. 황금장이 여기서 얼마나 먼데 설마 벌써 여기까지 소문이 났으려고? 저 포두는 나를 잡으러 온 게 절대로 아니야.'

구달비는 스스로를 안심시키려고 노력했다.

하지만 기분은 좀처럼 안정되지 않았다.

결국 꺼림칙해진 구달비는 자리에서 일어나 걸어나갔다.

그러나 가는 도중 그는 모골이 섬뜩했다. 토끼가 자신을 뚫어져라 쳐다보고 있었기 때문이다.

'이, 이 토끼 녀석이 설마……?'

한 발 한 발 걸으니 포두와의 거리가 점점 좁혀진다.

토끼의 주시를 받는 구달비는 가슴이 답답해져 와 그는 이 자리에서 당장 경공으로 도망을 치고 싶었다.

그러나 절대로 그래서는 안 된다. 맨 얼굴을 보였으니 자신의 초상화가 사방에 걸릴 수도 있음이다. 하니 잡힐 때 잡히더라도 일단 지금은 범죄자가 아닌 일반인인 척하는 게 최고다.

구달비는 침착하게 포두의 곁을 지나치려고 했다.

문득 토끼의 눈이 가늘어진다.

토끼가 웃고 있나는 느낌이다.

이때 포두 정현풍은 팔로 전해져 오는 토끼의 신호를 감지했다.

토끼가 앞발로 그의 팔뚝을 긁고 있었다.

그러자 정현풍이 귀엽다는 양 토끼를 쓰다듬으며 말을 걸었다.

"백아야, 배고프니?"

토끼가 고개를 끄덕인다. 그에 따라 빨간 고깔모자가 까딱거린다.

이에 흥미있게 지켜보던 손님들이 일제히 감탄사를 발했다.

"오오! 말을 다 알아듣나 보네?"

"아, 그러게 사람 잡는, 아니, 범인 잡는 신통한 토끼라니까요!"

구달비는 유유히 토끼포두의 곁을 지나갔다.

그때 그의 소매춤을 잡는 손길이 있었다.

깜짝 놀라 돌아보니 음식점 주인이다.

주인이 구달비 손에 무엇인가를 슬그머니 쥐어준다.

"저어, 이거 가지고 가십시오."

내려다보니 금 한 냥이다.

아마도 초상집 개마냥 기운없이 터덜터덜 가는 꼴이 불쌍해 보였나
보다.

구달비는 주인이 내미는 금을 거절하고 싶었다.

그러나 이런 호의까지 무시할 정도로 자신은 잘나지 못했다.

그리고 품 속의 구백 냥에 손대지 않으려면 돈이 필요했다.

'그래, 이럴 때 자존심을 내세우는 건 옹졸한 놈이나 하는 짓이다.'

구달비는 조금 쉰 목소리로 말했다.

"…고맙습니다."

구달비에게 금을 적선한 주인은 흡족한 마음이 되어 토끼포두를 맞

이했다.

포두들에게 잘못 보이면 영업 정지를 당하는지라 주인은 토끼포두 정현풍을 극진히 영접했다.

그리고 방을 찾는 포두를 위해서 구달비에게는 없다던 방이 만들어졌다. 혹시나 귀한 손님이 올까 봐 비워두었던 특실을 내준 것이다.

지금 토끼포두 정현풍은 토끼와 함께 식사를 하는 중이다.

손에 턱을 괴고 있는 정현풍의 앞에서 토끼는 아주 맛있게 요리를 먹고 있다.

찹찹찹찹.

얼마나 맛있게 먹어대는지 보는 사람의 입 안에 침이 고일 정도다. 그러나 토끼를 보는 정현풍의 눈에는 짙은 의혹만이 깃들어 있다.

하남성주가 내준 천리마를 타고 이곳 정주까지 바람처럼 달려온 정현풍.

그는 토끼가 이끄는 대로 두 군데의 전당포를 거쳐 이 음식점에 당도했다.

정현풍은 이 음식점에 들어설 때까지만 해도 범인이 이 안에 있을 거라고 생각했다.

그러나 토끼는 범인을 지목하는 신호를 보내는 대신 밥을 먹자며 팔을 긁었다.

정현풍은 토끼에게 '이 안에 범인이 있니?' 라고 물어보았지만 토끼는 못 들은 척하며 긍정도 부정도 하지 않았다.

처음 대하는 토끼의 이 불명확한 태도가 정현풍은 납득이 안 갔다.

'참 이상도 하지. 백아가 맛있는 것을 먹자고 이 음식점에 온 것이 아니라 분명히 손님들 중에 범인이 있는 것 같은데 말야?'

정현풍은 가슴이 답답해졌다.

그간 믿고 살았던 토끼를 의심하는 자신이 싫어진다.

그는 시선을 떨구었다.

찹찹찹.

토끼가 도톰한 뺨을 오물오물 실룩이면서 곁눈질을 한다.

그 붉은 눈동자는 정현풍의 표정 변화를 신중히 살폈다.

갑자기 토끼가 앞발로 식탁을 한 번 쳤다.

탕!

토끼의 재촉에 정현풍은 한숨을 쉬면서 젓가락을 집어 들었다.

'휴우~ 죄지은 자들이 마빡에 범인이라고 써 붙이고 다니는 것도 아니고 더 생각해 봐야 해답도 안 나오니 밥이나 먹어야겠다.'

정현풍은 값비싼 요리들에 곁다리로 딸려 나온 만두 접시를 끌어당겼다.

그는 늘 이런 식이다.

좋은 것은 토끼를 먹이고 자신은 값싼 것만 먹었다.

싸가지없는 토끼는 그것을 당연하게 받아들인다. 그래도 정현풍은 아무 불만이 없다.

결국 토끼가 포두 월급을 매달 비싼 요리 값으로 몽땅 날리는 통에 장가갈 밑천도 여태 못 마련해 놓은 정현풍이다. 하지만 그는 상관 안 했다. 여자보다는 토끼와 함께 있는 것이 더 푸근하고 행복했기 때문이다.

그리고 설혹 누가 시집을 와도 그 여자는 토끼와 전쟁을 벌일 게 분명했다.

'저 사치스런 토끼의 밥값 때문에 더 이상 못살겠어요! 나를 택하던

가 아니면 토끼를 내쫓아요!'

그러나 토끼는 정현풍의 모든 것이었다.

외로울 때 유일한 친구였고, 삼십 년이라는 오랜 세월 동안 동고동락해 온 사이다.

세상에 그 어떠한 일이 벌어지더라도 토끼를 그에게서 떼어놓을 순 없다.

정현풍은 자상하게 물었다.

"백아야, 많이 먹어라. 더 시켜주련?"

먹보 토끼가 얼른 고개를 끄덕인다.

정현풍은 토끼가 귀여워 못 견디겠다는 양 만면에 정이 넘치는 미소를 머금었다.

그는 와구와구 먹어대는 토끼를 보기만 해도 자신의 배가 부른 듯 만족스러웠다.

*   *   *

이곳은 황금장이 있는 하남의 성도 개봉에서 제일 비싸다는 음식점.

그 안쪽 깊숙이 위치한 귀빈실에서 악을 쓰는 소리가 터져 나왔다.

"사람 먹는 음식에 손톱을 넣다니 네놈들이 제정신이냐?!"

펄펄 뛰며 역정을 내고 있는 사람은 다름 아닌 신선 같은 풍모의 백선이었다.

그리고 바늘 가는 데 실 가는 흑백쌍선이라 백선 곁에는 당연히 흑선도 있다. 하나 그는 악을 쓰는 백선과는 달리 언제나처럼 조용하다.

지금 백선이 밟고 선 푹신한 고급 양탄자 위에는 음식섬 주인과 사그마치 열 명에 달하는 요리사가 줄줄이 무릎을 꿇고 있다.

그중 제일 앞에는 칼질하다가 실수로 손톱을 벤 요리사가 바닥에 머리를 박은 채 사시나무처럼 온몸을 떨었다.

모두의 눈탱이는 밤탱이가 된 지 오래다.

죽을상이 된 주인이 손바닥을 비비며 애원한다.

"용서해 주십시오, 대인! 음식 값은 당연히 무료이거니와 원하시는 음식들을 당장 새로 올리겠습니다요!"

그러나 남의 손톱을 씹었던 백선은 화가 치미는지 두 손으로 식탁보를 잡아당겼다.

"에잇!"

"으악~"

외장창 소리가 날 판이라 사람들은 두 팔로 머리를 감싸며 눈을 질끈 감았다.

하지만 예상과는 달리 조용했다.

살짝 눈을 떠보니 백선이 식탁보를 손에 들고 멍하니 서 있다.

그는 식탁 위의 음식 접시들을 뒤엎는다는 게 접시들은 그대로 두고 그 밑에 깔린 식탁보만 빼 든 상태다.

백선이 자신의 손에 들린 식탁보에 망연한 눈길을 준다.

"……!"

곧이어 그의 얼굴이 험악하게 변했다.

아무리 홧김에 급히 빼 들었다고는 해도 자신의 멍청한 실수에 화가 난 것이다.

백선은 기합 소리와 함께 식탁보를 휘둘렀다.

"이엽!"

음식 접시들이 일제히 공중에 뜨며 그 밑으로 식탁보가 다시 끼워진다.

마치 요술사의 재주만 같다.

하나 그 광경을 본 사람들의 등에선 식은땀이 흘렀다.

내공만으로 접시들을 허공에 띄우고 식탁보를 다시 깐다는 것은 웬만한 무림인으로서는 흉내도 낼 수 없다는 사실을 깨달았기 때문이다.

더구나 음식들은 국물 한 방울 안 흐른 채 그대로다.

요리사들의 낯빛은 사색이 되었다.

명년(明年) 오늘이 자신들의 제삿날일지도 모른다.

음식점 주인은 지금 정신이 왔다리 갔다리 했다.

신선같이만 보이던 백선이 그의 멱살을 붙잡고 야차로 변했을 때부터 그는 오늘 일진이 사납다는 것을 진작에 깨달았다.

주인은 두 손을 모아 진심으로 빌었다.

"대인, 제발 용서해 주십시오!"

오늘 사건의 주범인 요리사도 애걸복걸을 한다.

"어흑흑! 나으리, 한 번만 용서해 주십시오! 앞으론 지극 정성으로 음식을 만들겠습니다요!"

그러나 백선은 용서 따위를 해줄 사람이 아니었다.

오히려 백선의 눈에는 살기가 돈다.

이때 백선의 귀로 흑선의 전음이 들려왔다.

『이보게, 백선. 뜨거운 주방에서 하루 종일 일하다 보면 사람인 이상 실수도 하게 마련이니 그들을 너무 다그치지는 말게.』

백선은 참견하는 흑선에게로 매서운 눈길을 보냈다.

그런데 백신의 일굴이 흠칫 굳어졌다.

"……!"

흑선은 혼자 조용히 식사를 하고 있었다.

한데 그의 음식 접시는 허공에 뜬 채다. 흑선은 백선의 성미를 익히 잘 알기에 식탁이 뒤집혀질 것에 대비해서 미리 접시를 허공에 띄어놓고 음식을 먹는 중인 것이다.

지금 흑선은 능공섭물(凌空攝物)로 접시를 띄워놓고 젓가락질을 하며 음식을 씹어 삼키는 동시에 전음까지 보내는 등 네 가지 일을 아주 자연스럽게 구사하고 있었다.

백선의 눈가에 경련이 일었다.

'도대체가 같은 스승 밑에서 같이 무공을 배웠는데 왜 이리도 차이가 나냔 말이다!'

백선은 강한 질투심에 사로잡혔다.

'내 사촌인 흑선은 어릴 때부터 모든 이들의 신임을 얻었지. 그에 비하면 난……'

아무리 착하게 보이려 노력해도 어른들은 흑선을 더 믿었다. 그뿐만이 아니고 사촌이자 죽마고우인 흑선은 항상 모든 면에서 백선을 앞질렀다.

얼굴이 붉어진 백선이 불끈 쥔 주먹을 위로 쳐들었다.

그의 입에서 거친 기합성이 터져 나왔다.

"으잇!"

이제는 정말로 식탁이 빠개지리라 생각한 사람들.

그들은 무릎걸음으로 허겁지겁 뒤로 물러났다.

그러나 백선의 행동이 멈추어졌다.

갑자기 석상이 된 백선.

"……."

무엇인가에 귀를 기울이던 그는 주먹을 내리고 나직이 명했다.

"다들 꺼지고 새 음식을 들여라!"

어느새 그의 낯빛은 평정을 회복한 상태다.

사람들은 변덕스러운 백선이 행여 또다시 마음을 바꿀세라 허둥지둥 앞을 다투어 도망갔다.

이윽고 사위가 조용해졌다.

백선이 자리에 털썩 주저앉아 시큰둥한 어조로 물었다.

"뭐라고? 신투문주가 뭘 어쨌다고?"

백선의 물음에 창문이 열리며 검은 복면을 한 자가 소리없이 들어왔다.

복면인의 이마엔 금실로 '일(一)' 자가 수놓아져 있다.

그래서 '일호'라 불리는 그는 공손히 부복하며 아뢰었다.

"오늘 낮에 전당포에 들러서 진주를 판 신투문주는 음식점에서 중원 삼대세가의 자녀들과 가벼운 언쟁이 있었습니다."

수하인 일호의 보고에 백선의 인상이 찡그려졌다.

백선은 불만스럽게 혀를 찼다.

"저런, 쯧쯧. 새 신투문주가 아직 어려서 뭘 모르는가 보구먼. 고귀한 핏줄인 그가 왜 그따위 비천한 삼대세가 애들을 상대하냔 말야!"

구달비를 '고귀한 핏줄'이라 하고 저 유명한 중원삼대세가를 '비천하다'고 멸시하는 백선.

흑선은 이에 동의하는지 아무런 반박도 없다.

백선이 다시 일호에게 묻는다.

"그래서 신투문주는 지금 어디서 뭘 하고 있느냐?"

"만리비웅 편에 온 소식에 따르면 신투문주는 지금 정주의 빈민가에서 가난한 자들에게 은자를 나눠 주고 있다고 합니다."

심기가 뒤틀려 있던 백선은 콧방귀와 함께 빈정거렸다.

"자선사업이라? 흥! 누가 그 아들 아니랄까 봐 아비의 전철을 그대로 밟는구먼!"

이에 흑선이 지나가는 말처럼 한마디 내뱉는다.

"기특한 젊은이군."

백선은 흑선을 못마땅하게 흘겨보더니 복면인에게 귀찮다는 듯이 손짓했다.

"아무튼 세상에서 제일 빠르다는 신투문주가 한 번 도망치기로 마음먹으면 누구도 잡기가 어려우니 절대 그를 놓치지 말도록. 가보거라."

"예."

복면인이 조심스럽게 사라지자 백선은 혼잣말을 했다.

"뭐, 하긴 신투문주가 도망을 가도 우리가 신투문주 아비의 묘를 지키고 있으니 제까짓 게 숨어봤자 성묘를 하기 위해서라도 언젠가는 나타나겠지. 한데 신투문주는 황금장의 진주를 왜 훔친 거야? 왜? 뭣 때문에?"

"……."

흑선은 여느 때처럼 대꾸가 없다.

백선이 답답한지 두 팔을 하늘로 쳐들며 웅얼거렸다.

"이보게, 흑선. 신투문주로 치자면 이 세상 누구보다도 돈이 많은 자가 아닌가? 하다못해 황제보다도 재산이 많은 신투문주가 그까짓 황금장은 왜 터냐구?"

"…심심했나 보지."

흑선이 툭 내뱉었다.

중원삼대세가에 이어 황금장까지 '그까짓 거'로 깔아뭉갠 백선이 다시 입을 연다.

"흐음, 중원제일부자인 신투문주가 심심해서 황금장을 털었다? 하기사 대대로 신투문주들은 희한한 행동을 일삼았으니까 이 젊은 신투문주도 그랬을 수 있구먼. 한데 호위무사를 싸그리 죽이고 팔찌를 훔쳐 갔다는 놈은 누굴꼬? 신투문주와 그놈 사이에 무슨 밀약이 있었을까? 흠, 여하튼 이 중원 천지에 우리가 모르는 일이 있다니 놀랍구먼."

"……."

흑선은 침묵을 지켰다.

그의 대답을 기대하지 않는 백선이 밖을 향해 소리를 질렀다.

"야, 이놈들아! 음식 기다리다가 명 짧은 손님은 숨넘어가겠다! 당장 음식을 못 올리느냐?!"

*　　　*　　　*

이곳은 황금장의 대상장(大商場).

구달비한테서 진주를 산 전당포 주인 전동포는 차가운 돌 바닥에 납작 엎드려 있다.

한데 그를 둘러싸고 수많은 사람들이 살벌한 시선을 보내고 있었다.

이 빽빽이 많은 사람들 중 백 명은 황금장의 맏아들 황일보가 급히 만든 포도단(捕盜團)으로 그들의 일은 도둑을 잡기 위한 정보 수집이다.

진동포는 아무리 참으려고 헤도 온몸이 우달달 떨렸다.

그로선 지난 하룻밤 사이의 일이 마치 꿈만 같았다.

어제 그는 구달비가 나가자마자 평소 알고 지내던 하오문도를 시켜서 '왕눈이 놈이 가진 금 천 냥어치의 전표를 강탈해 오라' 고 사주했다.

그런 연후 그는 혹시 하오문도가 진주에 대해서 알고는 탐심을 낼까 걱정이 되어 안절부절못했다.

결국 그는 진주를 팔아치우려고 부랴부랴 보석상으로 달려갔다.

그런데 황금장에서 직영하는 그 보석상의 주인은 커다란 진주를 보자마자 얼굴이 굳어졌다.

그것을 필두로 포두가 달려왔다.

다음날 새벽녘.

전동포는 천리마가 끄는 마차라는 것을 태어나서 처음 타봤다.

하남성주가 승인한 군용 깃발이 꽂힌 마차는 검문소들을 그냥 통과해서 그야말로 날 듯이 달렸다. 나무는 물론 산들조차 휙휙 뒤로 지나갔다.

귀동냥을 해보니 개봉에서 정주로 전동포를 데리러 왔다는 그 마차를 끄는 여섯 필의 천리마는 황금장 소유라 한다.

그제야 전동포는 진주가 황금장과 관련이 있다는 사실을 깨달았다.

전동포는 뭔가 큰일이 벌어진 것을 눈치챘지만 그가 할 수 있는 일이라곤 아무것도 없었다.

그것을 증명이라도 하듯 그간 뒷돈을 대주며 사귀어둔 포두이건만 딱딱하게 굳어진 얼굴로 말도 못 붙이게 하는 꼴이 전동포를 죄인 다루듯 했다.

전동포는 마차에서 내리자마자 토악질을 했다.

"꾸웩~"

그러나 그것도 잠시,

전동포는 곧 뒷덜미를 잡혀서 바닥에 꿇어앉혀졌다.

둘러보니 황금장의 대상장이다.

그게 불과 한 시진(一時辰:2시간) 전의 일이다.

지금 옆에선 하남 땅에서 유명하다는 화백(畵伯)이 전동포의 증언을 토대로 왕눈이의 얼굴을 그린 후 똑같은 것을 수백 장이나 만들고 있었다.

왕눈이의 초상화는 그리기가 아주 쉬웠다.

붓으로 선 몇 개를 찍찍 그리면 되는 일이었다.

팔(八) 자인 눈썹, 왕방울만한 눈, 얇은 입술에 감싸인 반달형의 큰 입.

그것을 보면서 전동포는 '쳇, 저 정도는 나도 그릴 수 있겠다' 고 생각하는 중이었다.

'저 화가 놈은 저까짓 거를 그리고 큰돈을 받겠지? 고작 선 몇 개 긋는 거니 저런 건 발로 그려도 되겠다. 아이고, 아까워라. 나한테 시켰으면 반액만 받고 해줄 수도 있는데.'

전동포는 속으로 툴툴거렸다.

그때 그의 상념을 깨는 소리가 들려왔다.

황금장주의 맏아들 황일보의 목소리다.

대상장 높이 마련된 태사의에 앉은 그는 지엄히 명했다.

"초상화의 그 도둑놈의 시체를 가져오면 금 오십만 냥, 사로잡아 오면 금 백만 냥을 준다고 적어 넣어라!"

"……!"

상상을 초월하는 거액의 현상금에 사람들이 술렁인다.

그것은 실로 엄청난 돈이었다.

조금 과장하면 개봉에서 북경까지 금 기왓장으로 깔아도 남을 만한 재물이다.

황일보는 사실 현상금 액수에 대해서 고심을 많이 했다.

그의 판단에 따르면 이 도둑놈은 보통 놈이 아니었다.

전당포라면 개봉에도 많은 것을, 놈이 구태여 비응의 발에 매달아 진주를 정주에 있는 다른 공범한테 보낸 것은 절대로 아닐 터.

고로 전당포에 진주를 판 놈이 그 도둑놈이라는 소린데……. 그렇다면 그 짧은 시간에 정주까지 달려간 대단한 수준의 경공과 숨어 있는 상태에서 콩까지 까먹는 놈의 대범함으로 미루어보아 놈을 쉽게 잡을 수 있을 것 같지가 않았다.

다행히 어머니가 지니고 있던 특별히 거대한 진주 덕분에 놈의 윤곽이 드러난 지금 더 이상 망설일 것은 없다. 액수가 얼마가 들든 놈을 잡아야만 한다. 그리고 현상금이 많을수록 놈은 빨리 잡힐 것이다.

"헉! 황금 백만 냥!"

전동포는 자기도 모르게 벌떡 일어나서 부르짖었다.

왕눈이 목에 이런 거액이 걸릴 줄 알았다면 진작에 자기가 잡아두었을 텐데 하는 후회가 뒤통수를 때린다.

비단 그만이 아니고 주변에 섰던 사람들 모두 엄청난 현상금에 제정신들이 아니다.

그러나 사상 초유의 현상금으로 모두가 충격을 받은 가운데 오직 한 사람, 총관만은 인상을 찡그렸다.

'새 장주님께서 부모님을 살해한 원흉을 잡겠다는 심정은 충분히 이

해가 가지만 백만 냥은 너무 크다. 그리고 현상금 외에도 자불자불 들어갈 돈이 많을 텐데……. 으음, 도둑놈을 잡으려다가 우리 황금장이 거덜나는 거나 아닌지 모르겠군.'

부모의 죽음 때문에 아들인 황일보의 눈이 뒤집힌 것은 확실하다.

그러나 그는 가업을 날릴 정도로 우둔한 사람은 아니다.

총관은 황일보를 믿기로 했다.

다만 한 가지 우려가 되는 것은 황금장주가 한낱 도둑의 손에 죽었다는 오명이다.

그것은 항간에 웃음거리가 될 수도 있고 황금장의 명예가 땅바닥에 추락할 수도 있음이다.

총관은 황일보한테만 들리도록 소곤거렸다.

"저어… 그런 거액의 현상금을 걸면 누구나 이상히 여길 텐데요? 전대 장주님께서 돌아가신 사유가 드러날 것입니다."

그 말에 황일보는 고개를 저었다.

"총관, 사실을 숨기려고만 하다가는 도둑을 잡기가 어렵네. 그리고 어차피 사람의 입은 막을 수 없는 것. 소문을 죽이려 드느니 차라리 처음부터 다 밝히고 떳떳한 게 낫다는 것이 내 결론이네."

"아, 예."

총관은 깊이 허리를 숙였다.

그는 자신의 짧았던 견해를 반성하며 감탄의 눈길로 황일보를 보았다.

'역시 우리 황금장을 이끌어갈 재목이시다.'

수십 명이 달라붙어서 초상화에 현상금을 적어 넣으니 금방 완성이 된다.

그것들을 봄볕에 늘어놓고 말리자 먹물도 금세 말랐다.

총관이 소리 높여 명령했다.

"만리비응을 전부 가져와라!"

듣고 있던 전당포 주인 전동포는 고개를 번쩍 들었다.

'뭐? 만리비응? 천리마 마차도 타보더니 내 평생 만리비응이란 놈도 보게 되는구나.'

만리비응(萬里飛鷹).

편지를 발목에 달고 왕래를 하는 전서구(傳書鳩)와 같은 용도로 부리는 천리비응(千里飛鷹)이란 매는 값이 금 삼백 냥에 달한다.

전서구에 비해서 열 배 이상 빠르고 전서구처럼 일하는 도중에 솔개한테 잡아먹히는 단점이 없기 때문이다.

게다가 천리비응은 제 집으로만 찾아오는 전서구와는 달리 어디서 날리든 날린 곳을 기억하고 그 자리로 돌아오므로 여러모로 더 유용했다.

한데 그 천리비응보다 열 배로 빠른 것이 만리비응이다.

더욱이 영물인 만리비응은 사람의 말까지 알아듣는지라 주인이 지목하는 곳으로 날아가기까지 한다.

그런 만리비응은 성격이 까다로워서 인공으로는 번식이 거의 불가능했기에 부르는 게 값이다.

만리비응은 그만큼 엄청난 가격이므로 작은 문파에서는 만리비응을 단 한 마리도 소유 못했고, 큰 문파도 겨우 세 마리 정도 갖고 있는 게 고작이다.

하지만 황금장은 그 비싸다는 만리비응을 자그마치 쉰두 마리나 보유하고 있었다.

물론 상거래를 하는 황금장의 특성상 중원 각지로 보다 빠른 상품의
정보 전달을 위해서라고는 하지만 쉰두 마리나 되는 만리비응은 황금
장의 재력을 잘 대변해 주고 있다.

'만리비응을 대령시켜라' 는 총관의 명에 오십 명의 장한이 팔뚝에
자그마한 매를 한 마리씩 얹고 줄줄이 입장한다. 황금장주의 두 아들
이 있는 북경과 소림사에 날린 두 마리를 제외한 숫자다.

매들은 총기있는 눈을 번득이고 있다.

이미 배불리 먹였는지 기운이 넘쳐 보인다.

전동포는 몹시 흥분이 됐다.

'저게 바로 만리비응이란 놈이구나. 듣기로는 쇠고기랑 인삼만 먹여
서 키운다고 하던데. 어휴~ 나보다 한참 잘 먹고 사네?'

쇠고기 생각에 입맛을 다시던 전동포는 목을 길게 빼고 열심히 구경
했다.

황금장의 만리비응은 전서구와는 달리 발목에 전서통이 없고 대신
가슴과 등판에 가죽으로 만든 얇은 끈이 둘러 있다. 그리고 그 끈에는
대나무 통이 붙어 있다. 만리비응이 힘겹지 않도록 최대한 무게를 가
볍게 만든 것들이다.

이윽고 만리비응이 짊어지고 있는 대나무 통 안으로 왕눈이의 얼굴
이 그려진 종이가 돌돌 말려 들어간다.

한 장한이 말했다.

"한 번에 스무 장은 넣을 수 있겠습니다."

"그 스무 징과 함께 이것을 동봉해라."

황일보가 품속에서 종이 뭉치를 꺼낸다.

'최대한 빨리 이 흉악범을 잡으라!' 는 내용에 하남성주의 직인이 찍힌 것이다.

그 종이들은 왕눈이의 초상화와 함께 넣어졌다.

총관이 고개를 끄덕인다.

"좋아! 비응을 날려라!"

백 명이 이인 일조가 되어서 대나무 통 안에 종이를 말아 넣고 비응을 날리기 시작한 것은 눈 깜짝할 사이다.

오십 마리의 만리비응은 대나무 통을 짊어지고 각자가 맡은 곳으로 힘차게 비상했다.

사방으로 날아가는 만리비응의 떼는 가히 장관이었다.

파다다다다닥~

세상에서 가장 빠르다는 만리비응은 날개를 활짝 펴고 하늘로 날아오르자마자 점이 되는가 싶더니 어느 틈에 사라지고 없다.

전동포는 입을 헤벌리고 이 멋진 광경에 넋을 잃었다.

그때 총관이 다가와서 말했다.

"왜 아직도 안 가고 서 있는가?"

볼일 다 봤으니 넌 꺼지라는 총관의 말뜻.

전동포는 머뭇거리며 입을 열었다.

"하지만 그 진주는 제 소유니……."

'내 소유니 돌려달라' 란 끝말이 기어들어 갔다.

전동포의 말에 사람들은 어처구니가 없었다.

총관을 포함한 그들이 서슬 퍼렇게 노려보자 전동포는 주눅이 들었다.

그러나 이대로 물러설 수는 없었다.

전동포는 겁에 질린 얼굴로 와들와들 떨며 외쳤다.

"그 왕눈이 놈이 자기 집 가보라고 해서 전 그대로 믿었습니다! 장물인 줄 알았다면 절대로 사지 않았을 겁니다!"

그러나 사람들은 들은 척도 않고 콧방귀만 뀌었다.

훔친 물건이 아니라면 그런 진주는 의당 보석상에 가서 파는 게 지당한 일. 전당포 주인이 아무리 떠들어봤자 자기 합리화로밖에 안 들렸기 때문이다.

사람들의 반응을 살피느라 전동포의 두 눈알이 열심히 굴러간다. 그와 함께 입이 열심히 나불댄다.

"그놈은 그야말로 날도둑놈이었습니다. 금 삼천 냥을 부르는 것을 깎고 깎아서 이천 냥에 샀습니다."

그러나 반응은 여전히 차가웠다.

이에 전동포는 눈물 어린 하소연 작전으로 돌입했다.

"지는 그 이천 냥을 마련하느라 가게는 물론 집까지 다 저당 잡히고, 진짜로 있는 걸 싸그리 다 털었습니다. 이제 빈손으로 집엘 가면 늙으신 제 어머니와 다섯이나 되는 어린 자식들은… 굶어 죽습니다! 크흐흑!"

전동포는 불쌍한 표정으로 울먹이며 애원했다.

"나으리, 제발 저를 불쌍히 여기시어 원금만이라도 주십시오."

"……."

아무도 대꾸가 없다.

돈 준다는 말이 없자 전동포는 털퍼덕 앉아서 대성통곡을 시작했다.

"으허허헝, 어머니! 이제 이 아들은 빚더미에 올라앉은 알거지가 되었습니다! 이 불효 막심한 놈이 어머니께 효도 한 번 못해보고 이런 꼴이 되었습니다! 으헝헝! 아이고오, 어머니이~ 우리 불쌍하신 어머니~ 이제 우린 뭘 먹고 삽니까아~"

전동포는 열심히 울었다.

이미 옛날에 돌아가신 어머니를 팔아먹는 게 조금 양심에 찔렸으나 그는 이미 계산을 끝낸 후이다.

'황금장이라면 금 이천 냥 정도는 새 발의 피다. 내가 여기서 거짓말을 하든 뭘 하든 큰돈을 벌면 저승에 계신 어머니도 용서해 주시겠지. 크흐흐흐.'

총관은 전동포를 싸늘한 눈초리로 노려보았다.

황금장의 대소사(大小事)를 관리하는 그에게는 쓸데없는 돈이 나가는 것을 막는 일도 중요한 임무 중의 하나다.

총관이 살펴보려니 전동포는 소매로 얼굴을 가린 채 흐느끼고 있다.

그러나 소매 뒤에서 다른 손 하나를 열심히 움직이는 동작이 침을 눈에 찍어 바르는 꼴이다.

아니나 다를까, 소매를 내린 후엔 눈가에 눈물 자국이 있다. 마치 눈물이라도 흘린 것처럼.

총관의 입매가 일그러졌다.

'이놈이 뻥을 치고 있음이야!'

그러나 그가 아는 소장주 황일보는 통이 큰 인물이다.

역시나 황일보가 나지막이 명한다.

"이천 냥을 내줘라."

"하이고, 나으리! 고맙습니다요!"

전동포는 벌어지는 입을 다물려고 애쓰며 금 이천 냥짜리 전표를 받아 챙겼다.

이런 횡재가 다 있다니!

왕눈이에게 주려고 고리대금업자한테서 빌린 천 냥을 제외하면 천 냥을 번 셈이다.

하룻밤 고생하고 금 천 냥!

당장 전당포를 때려치우고 은퇴를 해도 되는 액수다.

전동포는 혹시나 황일보의 마음이 바뀔지 몰라서 허둥지둥 황금장을 벗어나 마방(馬房)으로 내달렸다.

그리고 마차를 탄 후에야 전동포는 안도의 한숨을 내쉬었다.

장물을 사들인 자신의 몸도 무사하고 품속의 전표도 무사하다.

"이제 난 부자로구나!"

전동포는 스스로가 몹시 대견하기만 했다.

황금장주에게 금 천 냥을 이천 냥으로 올려 불렀던 순간을 생각하면 자신의 용기에 큰 칭찬을 해주고 싶다.

"역시 사람은 기회를 놓치지 말아야 해. 큭큭큭."

전표가 든 가슴패기를 손으로 쓰다듬으며 전동포는 마냥 행복했다.

이제 그는 꿈에 부풀었다.

"앞으론 일을 안 해도 되니 어떻게 살아볼까? 이 기회에 늙어빠진 헌 마누라는 버리고 새 마누라나 하나 얻을까?"

뇌리로 자기만 보면 샐샐 눈웃음을 치는 옆집 과부가 즉각 떠오른다.

그녀를 생각하자 전동포는 갑자기 흥분이 되었다.

"고것이 아주 예뻤어. 그래, 이참에 새장가를 가자. 히기사 돈이 이

렇게 많으니 처첩을 열둘인들 못 거느릴까?'

눈앞에 예쁜 과부가 아른거리자 전동포의 머리 속에서는 호강 한 번 못해보고 얼굴에 마른버짐이 핀 마누라의 존재 따위는 사라져 버렸다.

전동포는 새장가를 갈 생각에 그저 실실 웃음만 나왔다.

"ㅎㅎㅎ… ㅇㅎㅎㅎㅎㅎ"

한데 문득 창밖을 내다본 그는 깜짝 놀랐다.

마차가 대로(大路)가 아닌 음침해 보이는 뒷골목으로 접어들었던 것이다.

전동포의 얼굴에서 미소가 급속히 사라졌다.

'어? 이상한데? 왜 마차가 이리로 가지?'

전동포는 손을 뻗어 마부와 통할 수 있게 된 작은 창을 두들겼다.

탕탕탕!

"이봐, 마부! 마부!"

"뭐요?"

창이 벌컥 열리며 마부가 사팔뜨기 눈으로 들여다본다.

사팔뜨기 마부는 짜증스럽다는 어투로 물었다.

"왜 그러세요, 손님?"

"이보게, 마부. 이 길이 정주로 가는 길이 맞는가?"

확인을 하는 전동포의 목소리엔 불안감이 여실히 묻어났다.

마부가 누런 이를 드러내며 히죽 웃는다.

그는 사팔뜨기 눈을 희번덕거리며 대답했다.

"아문요! 정주로 가는 길이 맞구말굽쇼! 손님은 그냥 잠자코 계십쇼!"

전동포는 그 번들거리는 사팔눈에 왠지 오싹 소름이 끼쳤다.

그러나 그가 채 무슨 말을 하기도 전에 사팔뜨기 마부는 창문을 닫아버렸다.

쾅!

굳게 닫힌 창문을 보며 전동포는 뭔가 불길한 느낌에 몸을 떨었다.

이렇게 하오문주 암흑대제의 오른팔인 사팔뜨기 마봉팔은 전동포를 납치했다.

第七章

걸음아, 날 살려라!

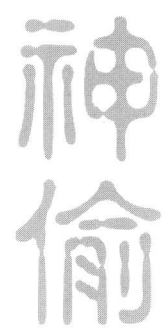

전당포 주인 전동포는 하오문의 대전에 꿇어앉아 있었다.

그는 자신의 신세가 기가 막혔다.

'제길! 황금장의 대상장에 끌려갔던 게 언제라고 이번엔 하오문 대전에 코를 박아야 하나?

투덜대는 속마음과는 달리 지금 그의 몸은 황금장에서와는 비교도 안 되게 떨고 있다.

턱에 힘을 잔뜩 주었음에도 이빨 맞부딪치는 소리가 새어 나온다.

"딱딱딱딱!"

십팔층 지옥의 야차들 속에 던져진들 이럴까?

폭력배들의 소굴에 끌려와 있는 전동포는 사신을 눈앞에 두고 있는 심정이었다.

그리고 그런 느낌을 더욱 강하게 조장하고 있는 것은 주변에서 건들

대고 있는 자들이다.

팔에 쇠사슬을 두르고 있는 자는 그나마 약과고 모두가 몸에 각종 흉기를 자랑이라도 하듯 주렁주렁 달고 있다. 거기에 보태어 대부분이 얼굴에 흉터가 있는지라 면상만으로도 충분히 사람의 기를 죽인다.

사팔뜨기 마봉팔이 히죽히죽 웃으며 말을 걸었다.

"야, 장물아비! 너 오늘 큰돈 벌었다며?"

"……!"

전동포의 안색이 하얗게 질렸다.

'헉! 내가 전표 받은 걸 어떻게 이놈들이 벌써 알고 있을까?'

자신은 분명히 전표를 받자마자 마방으로 뛰었다.

한데 그때는 이미 마부가 하오문도로 바뀌어져 있었다.

하오문의 발빠른 정보력에 큰 두려움을 느끼는 전동포.

하오문은 황금장에 첩자를 심어둔 게 분명했다.

하지만 전동포는 일단 오리발부터 내밀었다.

"나으리, 그게 무슨 말씀이십니까? 저는 장물아비가 아닌뎁쇼? 저는 정주 저잣거리에서 장사를 하고 있는 손가입니다. 사람을 잘못 보셨습니다."

"개소리 마라! 네놈이 장물아비가 아니라면 내 손에 장을 지진다! 우리 하오문은 황금장에 든든한 끄나풀이 있다구! 우린 네놈이 황금장에 도착하기도 전에 네놈이 황금장으로 잡혀오고 있다는 걸 알았어!"

마봉팔은 으쓱대며 말을 이었다.

"어쨌거나 야, 임마! 어디 황금 이천 냥짜리 전표 좀 구경하자! 흐흐흐~ 나도 전(錢) 냄새 좀 맡아보자구!"

마봉팔이 사팔뜨기 눈에 힘을 주며 전동포의 가슴패기에 손을 댔다.

전동포는 몸을 움츠리며 울상을 지었다.

"사, 살려주십시오!"

"아니, 이 새끼가? 누가 죽인댔냐? 그냥 전표만 보자는 거야!"

마봉팔이 인상을 험악하게 일그러뜨렸다.

그러자 전동포는 두 손을 모아 비는 시늉을 했다.

"나으리, 이 전표는 우리 식구의 밥줄입니다요! 늙으신 어머니가 저를 기다리고 있습니다. 연로하신 어머니를 봐서라도 제발……"

"네놈 어미 따위를 내가 알 게 뭐냐?! 밥이나 축내는 늙은 것들은 빨랑 뒈지라고 해!"

돌아가신 어머니를 또 들먹였으나 황금장과는 생판 다른 반응이 튀어나오는 하오문.

전동포는 정신이 아득해졌다.

마봉팔은 그런 전동포의 멱살을 잡고 흔들었다.

"야, 이 새끼야! 내놓으랄 때 내놓지 왜 꼭 매를 버냐? 엉?"

"안 돼! 이 전표는 내 거야! 나으리, 제발 이러지 마십시오!"

전동포는 완강하게 저항했다.

갑자기 그는 있는 힘을 다해 마봉팔을 뿌리치더니 하오문주의 발밑으로 몸을 던졌다.

"하이고, 문주님! 저도 오늘부로 하오문에 가입하겠습니다요! 그러니 제발 이 돈만큼은 건드리지 말아주십시오!"

하오문주는 매달리는 전동포를 무시한 채 심드렁히 한마디 했다.

"돌!"

그 말이 떨어지기가 무섭게 사기꾼 갈명수가 품속에서 얼른 돌멩이 하나를 꺼냈다.

"예, 문주님! 여기 대령했습니다!"

이런 일이 있을 줄 알고 미리 준비했다는 태도다.

이에 돌을 주우러 밖으로 나가려던 사팔뜨기의 눈에 분노가 깃든다.

'저, 저놈이……?'

뜻밖의 일에 마봉팔은 두 주먹을 불끈 쥐고 부들부들 떨었다.

길 가다가 난데없이 뒤통수를 맞은 기분이다.

마봉팔은 돌아가는 꼴을 그저 속수무책으로 바라만 보고 섰다.

앙다문 입에서 신음 소리가 난다.

"으으……."

그 와중에 하오문주는 갈명수에게 턱으로 전동포를 가리켰다.

하지만 갈명수는 차마 자기 손으로 돌을 내려칠 수가 없는지 곁에
있던 다른 하오문도에게 돌을 건넸다.

그 모습에 하오문주의 얼굴엔 비릿한 조소가 떠올랐다.

'겁쟁이 놈.'

퍼억—

"크악!"

하오문의 대전 안에 참혹스런 비명이 울려 퍼졌다.

전동포는 피가 흐르는 머리를 감싸고 계속 비명을 질렀다.

"으악! 으아악! 악! 악!"

"닥치지 못해?"

피 묻은 돌을 쥔 손을 쳐들며 하오문도가 엄포를 놓는다.

그러자 언제 그렇게 난리를 피웠냐는 듯 전동포의 입이 금방 다물어
졌다.

사위가 조용해지자 하오문주 암흑대제는 전동포에게 물었다.

"그놈의 생김새를 자세히 말해 봐라."

"그 도둑놈은 눈이 더럽게 컸습니다요. 이만큼이나요."

전동포는 두 주먹을 자기 눈 위에 갖다 붙였다.

그것을 보는 암흑대제의 낯빛이 별로 좋지 않았다.

인피면구로 다른 곳은 변형이 가능하지만 눈만큼은 그렇게 크게 할 수가 없다.

하니 그 왕눈은 진짜 자기 눈이라고 봐야 한다.

그러나 하오문주 암흑대제는 다른 생각을 했다.

'만약 그 큰 눈이 자기 눈이 아니라면 기문둔갑을 익힌 놈이라는 소리군. 기문둔갑을 익혔다면 잡기가 수월치 않겠다.'

사기꾼 갈명수가 옆에서 슬쩍 참견을 한다.

"문주님, 이미 관에서 인피면구를 제작하는 자들에 대한 조사가 들어갔을 겁니다. 그러니 우리는 따로 조사할 것 없이 그 결과가 나오길 기다리다가 성보만 얻으면 됩니다. 관에도 우리 끄나풀이 있지요?"

하오문주 암흑대제는 흥미로운 시선으로 갈명수를 주시했다.

그의 입가로 미소가 스쳐 간다.

'허! 이놈이 먹물 먹은 값을 하는군. 제법 쓸 만한 구석이 많은 놈이란 말야?'

문주의 관심 어린 표정을 본 마봉팔은 안절부절못했다.

'큰일이다! 저 사기꾼 새끼가 두목한테 알랑방귀를 뀌고 있어!'

마봉팔은 사기꾼 갈명수를 잡아먹을 듯이 노려보았다.

갈명수가 사팔뜨기의 사나운 눈초리를 의식하고는 고개를 모로 꼬며 슬며시 외면한다.

*   *   *

정주의 빈민가에 와 있는 구달비는 눈물이 글썽였다.

지금 그가 걷고 있는 좁은 골목에는 똥과 구정물, 쓰레기가 뒤섞여 악취를 풍기고 있다.

이 빈민가에 집이라고는 게딱지만한 움막들이 다닥다닥 붙어 있는 게 전부다.

집 같지도 않은 그 공간은 부엌도 따로 없이 방 한 칸에서 온 식구가 뒤엉켜 새우잠을 자며 살고 있다.

빈민가에 사는 사람들. 그중에는 살아보려고 애를 쓰는 이들도 상당수였지만 술 마시고 행패만 부리는 가장 때문에 가난에서 헤어 나오지 못하는 가족들이 많았다.

사실 구달비는 '훔친 것의 구 할은 자선사업을 하라'는 아버지의 유지에 안 따르고 진주를 판 대금을 몽땅 자기가 차지하고 싶은 마음이 조금은 있었다.

그러나 막상 빈민가에 와보니 이곳에 사는 사람들의 삶은 그야말로 상상을 초월할 정도로 비참했다.

구달비는 하루 한 끼 피죽도 제대로 못 먹는 이 불쌍한 사람들을 차마 등질 수가 없었다.

결국 좋은 일을 하기로 마음먹은 구달비.

그는 유독 가난한 집만을 골라서 은 열 냥씩을 넣어주었는데 벌써 닷새가 넘게 걸렸다. 술 주정뱅이 가장이 찾지 못하는 곳에 돈을 숨겨 놓느라 시간이 많이 소요됐기 때문이다.

구달비는 절레절레 머리를 저었다.

"가난 구제는 나랏님도 못한다더니 정말 그렇군. 하지만 이렇게 하면 저 사람들이 밥 한 끼라도 배불리 먹겠지."

가난한 사람들에게 자선 행위를 한 그는 흡족한 마음이 되었다.

하지만 그래도 자신의 빈 주머니를 생각하면 한숨이 나왔다.

원래의 예상은 금 구백 냥으로 끝낼 생각이었는데 음식점 주인이 적선한 금 한 냥까지 쓰게 되었다.

"휴우~ 이제 내게 남은 것은 동전 몇 푼뿐이군. 에이, 설마 산 목숨인데 목구멍에 거미줄 치려고? 정 할 일이 없으면 막노동이라도 하면 되지 뭐."

구달비는 낙천적으로 생각하려고 애썼다.

그런데 골목을 돌아서 나오던 그의 걸음이 멈칫했다.

맞은편에서 토끼를 안은 포두가 걸어오고 있었기 때문이다.

'엉? 저 빨간 모자 토끼를 또 만났네?

구달비는 기분이 별로 안 좋았지만 태연을 가장하고 묵묵히 발설음을 옮겼다.

그런 구달비를 토끼포두 정현풍이 뚫어져라 주시했다.

참으로 희한하게 생긴 젊은이가 앞에서 걸어오고 있었던 것이다.

청년의 얼굴 중 특별히 눈길을 끄는 곳은 앞으로 툭 튀어나온 엄청나게 큰 메기 입술이다. 얼마나 큰지 칼로 썰면 세 접시는 너끈히 나올 것만 같다.

정현풍은 괜히 자신의 입술이 텁텁해지는 느낌이어서 손으로 슬그머니 입을 훔쳤다.

그는 구달비에 대한 측은지심이 절로 솟았다.

'어이그, 보기만 해도 정 떨어지는 저런 추악한 입술에 입맞춤을 하고 싶어하는 처녀는 아마 단 한 명도 없을 거야. 보아하니 아직 장가도 못 간 것 같은데 정말 불쌍한 놈이군. 쯧쯧쯧.'

이때 갑자기 토끼가 두 앞발을 배에 댄 채 바르르 경련을 일으켰다.

정현풍은 급히 사방을 두리번거리며 물었다.

"백아야, 뭐가 그리도 우습니?"

이렇게 토끼가 배를 잡고 웃는 경우는 극히 드물었다.

정현풍은 자기도 같이 웃고 싶었지만 특별히 우스운 것은 눈에 들어오지 않는다.

그는 의아스러웠다.

"백아야, 도대체 뭐를 보고 웃는 거야? 나도 좀 알자."

토끼는 아예 눈물까지 찔끔거리며 몸을 바들바들 떤다.

그 광경을 본 구달비는 바쁜 척 걸음을 빨리해서 옆 골목으로 들어섰다.

다행히 토끼포두는 그를 안 쫓아오고 가던 길을 똑바로 간다.

구달비는 심장이 벌렁벌렁 뛰었다.

"이거 정말 미치겠네. 벌써 세 번이나 만나다니. 이건 절대로 우연일 수가 없어. 저 토끼는 나를 아는 게 확실해. 아까 저놈이 웃은 건 나 때문인 게 분명하다구."

토끼는 자신의 두툼한 메기 입술을 보고 웃은 게 확실했다.

구달비는 그저께까지는 메기 입술과는 정반대로 숟가락 한 개도 안 들어갈 정도로 입을 아주 작게 만들었다.

그리고 그때도 배를 잡고 웃어대는 토끼를 만났다.

'저 우라질 놈의 토끼를 또 만나기 전에 이 동네를 떠야 한다.'

구달비는 신형을 뽑아 올렸다.

쉬익—

옷자락을 날리며 그는 걸음아 날 살려라 하고 도망쳤다.

그는 저 원수 같은 토끼와 최대한 멀어지고 싶었다.

이윽고 이웃 도시에 도착한 구달비.

그는 이번에는 눈썹을 먹으로 칠한 듯 시커멓게 변형시켰다.

토끼를 떼어버린 구달비는 느긋한 마음이 되었다.

"휴우~ 그 토끼가 설마 이렇게 빨리 나를 쫓아오지는 못할 거야. 그놈이 근처에 없으니 이제야 살 것 같군."

안도의 한숨을 내쉰 구달비.

그는 전낭을 꺼내 들었다.

그러나 금덩이는커녕 은덩이 하나 안 든 전낭은 너무도 가벼웠다.

구달비의 얼굴에 그림자가 졌다.

"그나저나 돈이 없네? 더 이상 도둑질을 안 하려면 돈을 벌어야 하는데 뭐 일할 거 없나?"

일거리가 필요했다.

구달비는 사방을 두리번거렸다.

이때 그의 시선에 많은 사람들이 광장에 운집해 있는 게 포착됐다.

단박에 흥미를 느낀 구달비는 그쪽으로 어슬렁어슬렁 걸어갔다.

그곳엔 수많은 군중이 광장 게시판 앞에 몰려 서 있었다.

그들은 너나 할 것 없이 흥분된 어조로 떠들어대고 있는 중이다.

"으메! 이놈을 잡으면 자손 대대로 팔자 고치는 거잖여?"

"돈도 돈이지만 사람을 숙이는 그런 나쁜 놈은 꼭 잡아야지!"

구달비는 대체 사람들이 뭘 보고 이러나 몹시 궁금했다.

그러나 목을 길게 빼서 기웃거리던 그는 하마터면 기절할 뻔했다.

'아닛? 저건 내 얼굴이잖아?'

게시판에는 왕눈이의 초상화가 붙어 있었다.

그리고 거기에 적힌 현상금의 액수에 구달비는 기절초풍했다.

'뭐? 시체는 오십만 냥이고 산 채로 잡아오면 금 백만 냥? 우와아~ 굉장한 돈이다!'

구달비는 침을 꿀꺽 삼켰다.

황금장이 자기를 죽이지만 않는다면 제 발로 찾아가 자수하고 현상금의 절반만이라도 타고 싶다.

본인 스스로에게 걸린 현상금에 침을 흘리는 구달비.

그의 옆에서 현상금깨나 타먹었을 법한 차림의 삼류무사들이 떠든다.

"죽은 놈을 데려가는 것보다 놈을 산 채로 잡으면 돈이 두 배야, 두 배!"

"아따, 이 사람아! 저놈을 귀찮게시리 어떻게 산 채로 끌고 가나? 그리고 산 채로 끌고 가다가 다른 사람들한테 뺏기면 어떻게 해? 그러니 산 채로 잡아도 모가지만 잘라서 가져가는 게 장땡이여!"

"맞어. 그게 맞는 말이구먼. 오십만 냥이라도 엄청난 돈이지!"

사방에서 들리는 말에 구달비는 목덜미가 으스스해짐을 느꼈다.

그때 포두가 무엇인가를 들고 나타나서는 군중들에게 고함을 쳤다.

"물러서시오! 다들 물러서시오!"

포두는 게시판으로 다가서더니 기존의 초상화 옆에 새로운 종이를 한 장 더 나란히 붙였다.

그것은 구달비의 작은 입 초상화였다.

구달비는 심장이 목구멍으로 튀어나올 만큼 놀랐다.

'헉! 어느새 저 얼굴까지 드러나다니!'

구달비는 하오문이 자신의 뒤를 캐고 다니면서 그의 행적을 속속들이 황금장에 정보로 팔아넘기고 있다는 것과 또한 황금장에는 만리비응 군단이 있어 열심히 활약하는 중이라는 사실을 알지 못했다.

구달비는 그저 빠르게 돌아가는 상황에 현기증만 날 뿐이었다.

포두가 무게를 잡으며 큰 소리로 설명한다.

"모두 들으시오! 이놈은 여러 얼굴로 둔갑을 한다고 하오!"

그러자 군중들은 의심이 가득한 눈초리로 옆 사람의 얼굴을 살피기 시작했다.

게시판 바로 앞에 섰던 두 사내 중 한 명이 옆에 선 이의 옆구리를 쿡 찌른다.

"당신, 저 초상화랑 비슷한데?"

"아니, 이 사람이 왜 이래? 나야, 나! 비단 장수 왕 서방! 어제도 같이 술 잘 마셔놓곤 왜 생사람 잡아?"

"하하하하!"

왁자지껄 웃음소리가 터져 나온다.

곧이어 사람들이 와글와글 떠든다.

"둔갑을 한다면 내 마누라도 의심해야 하나?"

"아무튼 수상한 사람은 다 신고해야 해. 혹시 모르잖아? 소가 뒷걸음치다가 쥐 잡는다고, 그러다가 그놈을 잡게 될지?"

천문학적인 현상금에 사람들은 눈이 뒤집혔다.

"저놈은 도둑놈이 아니라 붕이야, 붕!"

"그 도둑놈 혹시 우리 집 털러 안 들어오나? 내 그놈이 들어오기만 하면……! 에퉤퉤!"

한 장한이 손바닥에 침을 뱉더니 두 손으로 몽둥이를 움켜잡는 시늉을 한다.

그러자 친구가 혀를 차며 놀린다.

"이그~ 쯧쯧, 자네 집에 훔칠 게 뭐가 있다고 들어가겠나? 우리 집이라면 또 몰라."

이렇게 사람들이 떠들어대는 속에서 구달비는 새파랗게 질린 채 슬금슬금 뒷걸음질을 쳤다.

*   *   *

하남 땅에서 서쪽 변두리에 위치한 작은 도시 서평(西坪).

여기서 강을 건너가면 섬서(陝西) 지방이다.

구달비는 강의 선착장이 내려다 보이는 야트막한 언덕에 누워 있었다.

그는 술병을 한 개 옆구리에 끼고는 홀짝홀짝 마시고 있는 중이다.

아니, 마시는 것처럼 보이는 것은 그의 겉 모양새일 뿐 사실은 술병의 주둥이를 기울여 입고 있는 옷에 술을 흠뻑 적시고 있었다.

술병 속에서 술이 출렁인다. 그와 더불어 진한 술의 향기가 사위에 진동을 한다.

마치 술독에라도 빠진 것과 같은 강한 술 냄새가 주변으로 퍼져 가는 가운데 구달비는 술에 젖은 옷을 말리기 위해 네 활개를 활짝 폈다.

누워서 하늘을 보니 중천(中天)으로 향하는 태양이 눈이 따가울 만큼 그를 반긴다.

초여름.

너무 덥지도 춥지도 않은 바로 이맘때의 계절을 구달비는 가장 좋아했다.

하지만 지금 그는 심장이 바싹바싹 타 들어가는 터라 계절을 즐길 마음의 여유가 전혀 없었다.

구달비는 깊은 한숨과 함께 중얼거렸다.

"휴우, 옷이 얼른 말라야 배를 타지."

지금 그의 처지는 그저 나오느니 한숨이요, 탄식뿐이었다.

시름에 겨운 구달비의 작은 눈이 선착장을 향했다.

수배범의 얼굴이 그려진 초상화를 손에 든 관군들이 배를 타려는 사람들을 일일이 검문하는 모습이 한눈에 들어온다.

가슴 졸이는 그 광경에 구달비의 얼굴이 무참히 일그러진다.

그래도 그나마 다행인 것은 저들 중에 그가 무서워하는 도끼포두의 모습이 안 보인다는 점이다.

흰 토끼를 소중히 안고 있던 포두의 희한한 모습이 구달비의 뇌리로 스쳐 지나간다.

"그 포두랑 토끼 놈, 정말 귀신같이 잘도 쫓아온단 말야? 그놈들 참, 재주도 좋아."

구달비는 칭찬 반 원망 반이 섞인 말을 투정조로 내뱉었다.

그는 폐부 깊숙이로부터 나오는 큰 한숨을 내쉬었다.

"휴우~ 그나저나 정말 큰일이군. 중원 방방곡곡에 초상화가 나붙었으니 이 일을 어쩐다? 그렇다고 말이 안 통하는 다른 나라에 가서 살 자신은 없고, 화전민이 되기도 싫고……."

자신의 목숨을 노리는 자가 사방 천지에 깔렸다.

금 백만 냥에 현상금 사냥꾼들이 눈에 불을 켠 것은 물론이거니와 은거기인까지 녹슨 칼을 싸 짊어지고 산을 내려오는 판국이다.

한두 명도 아닌 그들과의 싸움에서 살아나려면 최소한 일류가 넘는 무공이 있어야만 한다.

그러나 구달비에게는 경공밖에 없다.

문득 구달비는 아버지에 대한 의혹이 생겼다.

"아버지는 왜 내게 경공 외의 다른 무공은 안 가르쳐 주셨을까? 아버진 경공 말고도 다른 무공을 익히신 게 확실한데 말야."

구달비는 골똘히 생각에 잠겼다.

그가 열 살도 안 됐을 때의 일이다.

어린 구달비는 아버지 등에 업혀서 산길을 달리고 있었다.

그런 구달비 부자를 검은 복면을 한 수많은 사람들이 추격했다.

그런데 복면인들은 앞에서도 나타났다.

포위당한 것이다.

갑자기 아버지가 팔을 휘젓는가 싶더니 눈부신 황금빛 광채가 온 누리를 감쌌다.

번쩍—

곧이어 참혹한 비명과 더불어 복면인들이 끙끙대며 땅에 뒹굴고 있는 게 구달비의 눈에 들어왔다.

"우리 부자를 쫓지 마라!"

경고를 하는 아버지의 목소리.

그러자 누군가 되받아 외치는 소리가 들렸다.

"그럴 순 없다! 더 이상 도망가는 것을 포기해라!"

등에 업힌 구달비가 보니 그들은 백색과 흑색의 옷을 입은 두 남자였다.

백색 옷을 걸친 착하게 생긴 남자가 외친다.

"저항을 멈추고 순순히 우리를 따르라!"

상처를 입었던 복면인들이 땅에서 일어나 포위망을 좁혀온다.

이때 아버지가 품속에서 무엇인가를 꺼내서 사람들에게 보였다.

그러자 흑, 백색 의복의 두 사내를 포함한 모든 사람들이 일시에 무릎을 꿇었다.

등에 업힌 구달비는 아버지가 손에 쥔 게 무엇인지 자세히 보려고 목을 길게 뺐다.

그러나 그는 눈앞이 캄캄해지며 정신을 잃었다.

나중에 물어보니 아버지는 그냥 웃으셨다.

"허허허, 뭐라고? 사람들한테 쫓겨? 우리가? 허허허, 그때는 네가 아주 많이 아팠을 때란다. 넌 열 때문에 꿈을 꾼 게야."

그 후로도 몇 번이나 물어보았으나 아버지의 대답은 한결같았다.

그러나 꿈이라고 하기엔 너무도 생생해서 구달비는 아버지의 말을 다 믿을 수가 없었다.

그로부터 이십여 년이 지난 지금 구달비는 그때의 상황을 확연히 깨달을 수가 있었다.

구달비는 정신을 맑게 일깨우려는 듯 손가락으로 머리를 톡톡 치면서 중얼거렸다.

"그때 내가 의식을 잃은 건 아버지가 내 수혈을 짚어서 잠이 들게 만들었기 때문일 거야. 그리고 그 황금 빛은 아버지가 무공을 쓸 때 뿜어져 나온 강기였고 말야."

구달비는 황금빛 광채가 아버지가 무공을 쓸 때 나온 빛이라고 확신했다.

그는 아버지의 무공이 몹시 궁금했다.

더불어 아버지를 쫓던 흑백 의복을 입은 사내들의 정체도 알고 싶었다.

하지만 이미 돌아가신 분이니 모든 비밀은 아버지의 주검과 함께 영원히 묻혀져 버렸다.

어쨌거나 결론은 '난 경공 외에 다른 무공은 전혀 못 배웠다' 다.

다른 무공을 모르니 위기의식이 팽배하게 뇌리에 차 오른다.

옷이 완전히 마른 구달비는 천천히 일어섰다.

강의 선착장에는 관군들이 여전히 승객들을 검문하고 있다.

그 광경을 보자 앞날에 대한 걱정으로 가슴이 답답해져 온다.

"제길, 평생 이렇게 쫓기면서 살 수는 없어. 그래, 난 다른 무공은 모르니 일단은 경공만이라도 최대한 발전시켜야 해. 세상의 그 누구도 잡을 수 없을 정도로 빨라진다면 나도 내 명대로 살 수가 있겠지."

구달비는 살아남기 위한 방도를 곰곰이 연구했다.

"근데 경공은 더 배울 게 없으니 내공만 올리면 돼. 그리고 내공이 높아지면 한곳만 변형이 가능했던 이목구비도 두어 군데 동시에 변형이 가능할 거야. 잘하면 아버지처럼 완전히 다른 사람으로까지도 될 거야."

발상은 좋았다.

하지만 큰 문제가 있었다.

"근데 어떻게 단시일 내에 내공을 올리지?"

구달비는 머리를 감싸 안았다.

끙끙대는 구달비.

그래도 방법은 있었다.

영약!

그렇다. 오랜 세월에 걸친 수련 없이 내공을 단숨에 올리는 방법은 영약밖에 없다.

영약을 떠올린 구달비는 곤혹스러운 표정이 되었다.

"하지만 영약이란 건 백 년에 한 번 나타날까 말까 하는 건데, 근데 난 영약 살 돈이 없잖아? 또 도둑질을 해야 하나? 제길, 도둑질을 하라고 하늘이 아예 등을 떠미는구나."

인상을 긋는 구달비.

그는 한숨을 푹푹 쉬었다.

"어쨌거나 어디 영약 좀 쉽게 구할 데가 없을까?"

머리를 굴리던 구달비는 한 알로 일 갑자의 공력을 높여준다는 소림사의 대환단에 생각이 미쳤다.

그러나 그는 곧 고개를 저었다.

"아니야. 그 넓은 소림사에서 대환단을 어느 구석에 감춰뒀는지 어떻게 찾겠어? 그렇다고 해서 무공도 없는 내 실력으로 소림사 중을 잡아서 물어볼 수도 없고 말야."

대환단의 위치를 알 정도의 스님이라면 소림사에서도 아주 높은 지위. 그런 자와 붙으면 자신은 한주먹거리다.

더욱이 소림사에는 황금장의 셋째아들이 있다.

지은 죄가 있는 터라 황금장 식구가 있는 곳은 피해가고 싶은 구달비.

그는 투덜댔다.

"젠장, 황금장 아들놈은 황금장에서 장사나 배울 일이지 왜 소림사에서 무공은 배우고 난리람? 어쨌거나 영약이라……."

누가 영약을 가지고 있을까 열심히 생각하는 구달비.

마침내 그의 눈이 반짝 빛을 발했다.

"맞아! 당문! 당문이라면 영약고가 있으니 영약을 잔뜩 가지고 있을 것이다!"

독과 암기술로 유명한 당문은 해독제를 만드느라 독은 물론이거니와 각종 영약들까지 종류별로 구비해 놓고 있다.

그러나 곧 구달비의 안색이 흐려졌다.

무림인들이 가장 꺼려하는 문파가 당문이다.

한 번 원수를 지면 세상 끝까지라도 따라가 반드시 보복을 하고야 만다는 저력의 당문. 게다가 당문은 기관진식까지도 통달하고 있으므로 영약고에는 도둑을 방지하는 각종 암기가 다 장치되어 있을 것이다.

그런 무시무시한 당문을 털자니 망설여지는 게 당연지사.

구달비는 오만상을 찡그리며 고민했다.

"내공을 못 높이면 나는 죽은 목숨이야. 하지만 당문을 털자면 목숨을 걸어야 하는데……. 에잇! 이래 죽으나 저래 죽으나 어차피 죽는 건 매한가지!"

구달비는 결연히 외쳤다.

"그래! 당문으로 가자! 지금까지 그 누구도 당문을 넘보지 못했으니 설마 도둑이 들 것이라고는 상상도 못하고 있을 거야! 가자! 가서 딱 한 번만 더 도둑질을 하는 거야!"

이렇게 해서 장사꾼이 되려던 구달비는 본의 아니게 다시금 도둑의 길로 접어들게 되었다.

그러나 당문으로 간다고 해서 저 강을 안 건너도 된다는 뜻은 아니다. 황금장을 피해서 이 하남 땅을 벗어나려든 아니면 당문으로 가려든 어차피 저 강은 건너야만 한다.

구달비의 결의에 찬 시선이 강의 선착장으로 향했다.

*　　　*　　　*

"잉?"

강나루에서 배를 타려는 사람들을 검문하고 있던 포두는 눈살을 찌푸렸다.

'아니, 새파랗게 젊은 놈이 대낮부터 술에 취해?!'

그의 앞에는 한 청년이 술병을 든 채 해롱거리며 서 있었다.

싸구려 술 냄새가 코를 찌른다.

포두는 못마땅한 눈길로 청년의 얼굴과 초상화를 번갈아 보았다.

초상화에 그려진 인물과는 사뭇 동떨어진 청년이다.

일단 젊은이의 상판 한가운데 자리한 큼직한 딸기코는 너무도 붉어서 손가락으로 찌르면 당장 피가 터져 나올 것만 같다.

'이제 겨우 솜털이 벗겨진 놈이 코가 딸기 바가지가 되도록 술에 절어 살다니! 에잉~ 쯧쯧!'

중년의 포두는 딸을 가진 아버지 입장에서 이런 사위를 볼까 무서웠다.

기분이 언짢아진 포두.

그는 술 냄새를 피해 얼굴을 돌리며 퉁명스레 물었다.

"패는?"

통행중인 패를 보자는 소리다.

딸기코가 허리춤을 더듬더니 나무 패 하나를 끌러 내보인다.

그 시각, 서너 걸음 떨어진 뒤쪽에서는 한 장한이 품속을 뒤지며 얼굴을 찡그렸다.

"어? 분명히 여기 넣어둔 통행패가 감쪽같이 사라졌네? 내가 강 건너 춘심이네 가는 걸 눈치채고 마누라가 숨겼나?"

그러자 앞에 섰던 참견쟁이 동네 영감님이 냉큼 뒤를 돌아보며 핀잔을 준다.

"아, 오죽했으면 자네 마누라가 그러겠나? 자네도 그 계집질 좀 그만 하게. 애들 보기 부끄럽지도 않은가?"

"영감님은 남의 일에 참견 마쇼! 쳇! 재수가 없으려니 별 소리를 다 듣네, 씨발."

"뭐, 씨발? 아니, 이놈이! 야, 이놈아! 너는 아비, 어미도 없냐?"

영감님이 바짝 마른 주먹으로 장한을 두들기면서 소란이 시작됐다.

때리는 영감에 말리는 사람들에 난리도 아니다.

그러자 사방에 깔린 포졸들이 즉각 달려가서 영감과 장한을 떼어놓는다.

딸기코는 이 모든 게 자신이 장한의 통행패를 훔침으로써 벌어진 일이건만 시치미를 뚝 떼고 있다.

딸기코의 패를 확인한 포두가 짤막하게 명한다.

"가봐."

승선(乘船)을 허락받은 딸기코가 휘청거리며 등을 돌린다.

그때 한 생각이 포두의 뇌리를 스쳐 간 것은 구달비의 불행이었다.

포두는 선배 포두가 누누이 하던 말을 기억해 낸 것이다.

'선배가 말하길 '너무도 완벽하면 오히려 의심을 해봐야 한다' 고 했지? 흐음!'

포두는 딸기코의 뒤통수에 대고 소리를 질렀다.

"이봐, 잠깐!"

"……?"

딸기코가 멍청한 표정으로 물끄러미 바라본다.

"자네, 몸 수색을 해야겠으니 이쪽으로 와!"

"……!"

사실 포두는 딸기코가 전혀 수상하지 않았다.

다만 그는 젊은 술 주정뱅이가 미워서 괴롭혀 주고 싶은 마음에 선배의 말을 빌미로 직권 남용을 하는 중이었다.

딸기코는 포두의 말을 못 알아들었는지 계속 어벙한 표정만 짓고 있다.

포두가 거칠게 손짓한다.

"이리 와보라니까!"

"……."

딸기코의 낯이 굳어지는 듯하더니 그는 뜻밖의 행동을 했다.

갑자기 자리에 쭈그리고 앉아서 신발과 버선을 벗어 든 것이다.

배를 타려고 줄지어 섰던 사람들이 호기심 속에서 숙덕거린다.

"뭐 하는 거래?"

"나도 몰라. 아마 발바닥의 무좀이 가려운가 보지."

"그게 아니고 내 생각엔 말이지, 저 술고래 총각은 배삯을 술값으로 다 날릴까 봐 버선 속에 넣어둔 건 기야."

제각기 의견을 말하는 관중들 앞에서 딸기코는 버선을 신발 속에 꼭꼭 쑤셔 넣었다.

그러더니 품속에서 복면을 꺼내 뒤집어쓴다.

일반인이 가지고 다니지 않는 수상한 복면을 본 포두의 얼굴이 단박에 굳어진다.

"엉? 저놈이 웬 복면을……?"

모두가 의아해하는 와중에 복면을 쓴 딸기코가 양손에 신발을 한 짝씩 쥐고는 벌떡 일어섰다.

딸기코는 포두와 관중을 보면서 큰 소리로 외쳤다.

"수고들 하십시오!"

"……?"

어안이 벙벙해하던 사람들의 입에서 경악성이 터진 것은 바로 그때였다.

"우왓!"

"아니, 저, 저?"

사람들이 놀랄 만도 한 게 딸기코는 신발을 쥔 채 강물 쪽으로 후다닥 달려갔던 것이다. 어찌나 빠른지 마치 돌개바람이 지나가는 것만 같았다.

딸기코청년은 무림인이었다.

얼른 정신을 차린 포두가 외쳤다.

"저놈 잡아라!"

이어서 다른 이들도 냅다 고함을 질러댔다.

"맞아! 저놈이다! 바로 저놈! 황금장 돈 덩어리!"

"백만 냥짜리가 도망간다! 잡아라!"

사람들이 구달비를 잡기 위해 우르르 몰려들었다.

그러나 무공을 안 익힌 일반인들이었기에 구달비는 가볍게 그들의 머리를 뛰어넘어 강으로 달렸다.

이윽고 강가에 도착한 그는 멈추지 않고 계속 뛰었다.

뒤를 쫓던 사람들이 눈을 휘둥그레 뜨며 비명에 가까운 악을 쓴다.

"흐악! 저놈이 물 위를 달린다!"

"저게 사람이야, 귀신이야?"

"인간 소금쟁이다, 인간 소금쟁이!"

일류고수들이나 할 수 있는 초상비(草上飛)라는 신법은 말 그대로 흙이 아닌 풀 위를 스치며 뛴다.

그러나 풀과는 달리 강물은 끊임없이 앞뒤로 흔들리며 더욱이 위아래로 출렁거리기까지 한다.

구달비는 초상비를 시전해 본 적이 있었지만 내공이 부족해서 잘 안되었고, 물 위를 걸어본 것은 그가 살던 통나무 집 앞 시냇물에서 몇 번 시도해 본 게 전부였다.

하지만 지금은 모험을 해야 할 처지. 앞뒤 잴 여유가 없다. 그저 사타구니에서 방울 소리가 나도록 죽자 사자 뛸 수밖에 없다.

그래도 불행 중 다행이라면 구달비의 내공은 일류가 아니었으나 신투문의 경공은 일류를 넘어선 것이었다.

구달비는 신발을 꽉 움켜쥔 채 죽을힘을 다해 달렸다.

물 위를 걷는 신법은 발바닥으로 기를 내쏘는 터라 아직 익숙지 못한 구달비는 그래서 신발과 버선을 벗어 들었다.

지금 구달비는 얼굴을 변형시켰던 기문둔갑을 풀어버린 후 모든 내공을 경공으로 돌린 상태다.

하지만 복면이 본 얼굴을 가려주니 괜찮다.

강가에서는 코앞에서 백만 냥을 놓친 사람들이 아우성이다.

"배를 띄워라!"

"신호탄을 올려라!"

펑펑! 퍼퍼펑!

하늘에 여러 발의 폭죽이 쏘아졌다.

그리고 십여 척이 넘는 조각배에 사람들이 나눠 타고 추격을 시작했다.

구달비의 안색이 어두워졌다.

강 건너편에는 신호탄을 본 수많은 관졸들이 이미 바글바글 응집해 있었던 것이다.

'제기랄! 신호탄을 생각 못했다니!'

포두의 '몸 수색' 이란 말에 놀라서 안에 입고 있던 야행복을 안 들킬 생각만 했지 다른 것은 미처 염두에 두지 못했다.

지금 목숨이 경각에 달한 구달비의 심정은 절박했다.

딸기코, 왕눈이, 작은 입, 메기입……. 이제 그가 변형했던 모든 얼굴의 초상화가 며칠 내로 방방곡곡에 뿌려지게 될 것이다. 그렇게 되면 잡히는 것은 시간문제다.

살아날 방법이라곤 당문의 영약을 훔쳐 먹고 이목구비를 동시 변형시키는 길뿐이다. 당문, 당문으로 가야 한다!

구달비는 애간장이 탔다.

'이곳에서 강을 건너지 못하면 당문은커녕 황금장이 있는 하남 땅에 발이 묶이게 된다.'

어떻게 해서든지 강만큼은 건너야 했다.

그러나 배가 없이는 불가능하다고 생각해서 승선을 하려고 했던 것인데 이제는 맨발로 강을 건너는 처지가 됐다.

하지만 그의 내공으로 경공을 써서 도강(渡江)한다는 것은 어려운 일.

아니나 다를까, 곧 호흡이 가빠진다.

"헉헉!"

주변을 둘러보는 구달비는 미칠 것만 같았다.

멀리 있던 배들까지도 신호탄을 보고 벌 떼같이 몰려들고 있다.

포졸들이 대기하고 있는 건너편으로 가지 못하게 된 구달비는 강을 따라 하류로 뛰었다.

그러나 내공이 미천한 구달비는 숨이 턱까지 차 올라 전신의 힘이 풀렸다.

결국 얼마 가지 못하고 물에 빠지고야 마는 구달비.

풍덩~

"어푸!"

구달비는 쥐고 있던 신발을 품속에 쑤셔 넣었다.

그리고 그는 헤엄을 치기 시작했다.

첨벙! 첨벙! 첨벙!

두 다리로 경공을 하듯 빠르게 발길질을 하니 물오리마냥 쭉쭉 앞으로 나간다.

그러나 추격자들도 놀고 있지만은 않았다.

그들은 손에 손에 노를 저으며 빠르게 다가오고 있는 중이다.

쫓는 자나 쫓기는 자나 젖 먹던 힘까지 다 쓰고 있다.

한동안 죽기 살기로 헤엄을 치던 구달비의 얼굴에 절망감이 어렸다.

"큰일이다!"

하류에서 엄청나게 커다란 배 한 척이 시야를 떡 가로막으며 올라오고 있었다.

신호탄을 보고 좋아라 달려오는 배.

그 배에는 언뜻 보기에도 삼십여 명이나 타고 있었다.

만약 저들이 무림인이라면 꼼짝없이 잡힐 판이다.

구달비는 강 기슭으로 얼굴을 돌렸다.

그곳엔 관졸들이 강을 따라 내려오고 있었다.

그들 손에 쥔 창에서 햇빛이 번득인다.

가까이 가면 고슴도치가 될 판이다.

진퇴양난(進退兩難)!

사면초가(四面楚歌)!

구달비는 정신을 가다듬었다.

'달비야, 침착하자! 반드시 어딘가에 살아날 구멍이 있을 거야. 침착! 침착!'

구달비는 희망을 버리지 않으려고 애썼다.

그는 물에 둥둥 떠 휴식을 취하면서 강가의 지세를 살폈다.

다가오는 큰 배가 지나쳐 온 뒤쪽으로 우뚝 솟은 절벽이 보인다.

그 절벽 위로 올라설 수만 있다면 쉽게 잡힐 것 같지 않다.

그러나 저 배를 통과해서 절벽까지 가는 것도 문제지만 그 위로 오르는 게 더 큰일이었다.

왜냐하면 절벽의 밑 부분이 강물에 움푹 깎인지라 옆으로 돌출된 윗부분에 닿으려면 자그마치 삼십 장(96미터)에 이르는 높이를 단번에 솟구쳐야 한다. 그것도 출렁이는 물을 박차고.

구달비는 배와 절벽과의 거리를 눈대중으로 가늠해 보았다.

'혹시 저 배의 돛대에서 절벽 위로 도약한다면?'

그래도 절벽이 너무 높다.

게다가 배는 점점 가까이 오는 터라 절벽으로부터 멀어지고 있었다.

절망에 젖은 구달비는 참담한 심정이 되었다.

'이제 잡히는 건가?'

이때 그에게 구원의 손길이 내려졌다.

어느새 가까이 다가온 커다란 배에서 도움을 주겠다는 소리가 들려왔던 것이다.

"이보시오, 황금장 도둑 대협! 우리는 하오문입니다! 그러니 이리로 오르시지요!"

"양상군자(梁上君子:도둑)는 우리 하오문과 같은 패거리지 적이 아닙니다! 안심하시고 어서 오르십시오!"

배 위에서 여러 명이 입을 모아 합창한다.

'하오문?'

하오문이 도둑, 소매치기 등 온갖 잡배로 이루어진 문파라는 건 구달비도 잘 안다.

구달비는 강물을 박차며 배 위로 뛰어올랐다.

배에서 기쁨에 넘친 함성이 일었다.

"와아아!"

열렬한 환대를 받는 구달비.

"아이고, 우리 하오문에 잘 오셨습니……?"

"어서 오십시……?"

환영 인사를 하던 하오문도들은 의아한 낯이 되었다.

구달비가 배 위에 오르자마자 주변을 두리번거리더니 갑판의 중간 부분으로 냅다 뛰어갔기 때문이다.

그가 달려간 곳에는 장기판이 놓여 있었다.

하오문도들은 구달비가 왜 그러는지를 몰라서 멀거니 보고만 서 있었다.

구달비는 장기 알들을 소매 속에 휩쓸어 담았다.

그 후엔 장기판을 옆구리에 끼더니 누가 말릴 틈도 없이 강으로 도로 뛰어내렸다.

"이보시오, 도둑 대협!"

깜짝 놀란 하오문도가 고함을 쳤다.

그러거나 말거나 구달비는 물 위를 경중경중 뛰었다.

조금 지난 후 역시나 구달비는 강물에 빠졌다.

풍덩~

그러나 구달비는 곧바로 물 위로 떠오르더니 장기판을 저 멀리 절벽 쪽으로 던졌다.

휘익~ 첨벙!

나무로 된 장기판이 강물에 첨벙 떨어지더니 곧 둥둥 떠 있다.

"흐얍!"

구달비가 기합성과 함께 물속에서 다리를 놀렸다.

하얀 포말을 일으키며 그의 몸이 물 밖으로 떠오르더니 그는 장기판을 향해 크게 도약했다.

동시에 그는 소매 속에 손을 넣어 무엇인가를 꺼내서 던졌다.

촤라락~

공중에 수십 개의 장기 알이 점점이 뿌려진다.

구달비는 경쾌한 기합성을 토해냈다.

"으라차차차!"

도약한 구달비의 발이 장기판에 닿는 순간 그는 그것을 박차고 위로 솟아올랐다.

타다다다다닥~

구달비는 허공에 떠 있는 장기 알들을 계단처럼 밟고 올라가 절벽의 옆면에 도달했다.

그 광경에 하오문도들은 입을 딱 벌렸다.

"허! 귀신이 곡할 재주로세!"

"감탄하고 있을 때가 아니야! 저놈 잡아라!"

"맞아! 활을 쏴라!"

시위가 팽팽히 당겨진 활들이 구달비를 겨냥한다.

핑핑핑핑—

수많은 화살이 하늘을 까맣게 수놓으며 절벽으로 쏟아진다.

그러나 구달비는 이미 절벽의 돌출된 부분을 재빨리 기어올라 위로 사라지고 있었다.

그 모습을 지켜본 하오문도들은 후일 문주인 암흑대제에게 이렇게 보고했다.

"그놈이 네 다리를 놀리며 절벽을 기어오르는 꼴이 어찌나 빠르던지 마치 놈은 도마뱀 같았습니다."

그런데 멀리 산 정상에서 이 광경을 낱낱이 지켜보는 눈들이 있다.

희고 검은 의복을 걸친 그들은 흑백쌍선이었다.

옷깃을 표표히 날리고 섰던 백선이 고개를 갸우뚱했다.

"그참 이상도 하구면. 신투문주의 경공이 왜 저리도 허접해 보일꼬? 저까짓 절벽을 도약하는 데 장기 알 따위가 왜 필요해?"

"……."

여느 때처럼 흑선이 아무 말 없자 백선은 계속 중얼거렸다.

"신투문주의 무공이라면 저런 쓰레기들은 손가락 하나로 날려 버려야 정상인데?"

"…무공 쓰는 걸 자제하고 있나 보지."

흑선이 한마디 한다.

이에 백선은 흑선을 흘겨보며 물었다.

"무공을 자제해? 왜?"

흑선이 백선을 똑바로 보며 말했다.

"자네 혹시 이십 년 전 그 일을 기억하나? 그때 전대 신투문주는 우리한테서 도주를 하고 있었지. 만약 그의 어린 아들이 아파서 그가 약을 구하러 마을로 내려오지 않았다면 우리는 신투문주를 영영 못 찾아냈을지도 몰라."

흑선이 옛일을 상기시키자 백선이 비릿하게 웃었다.

"크흐흐흐, 그때는 신투문주 그놈이 재수가 아주 더러웠지. 겨울이라 산에서 약을 구할 수가 없었거든. 여름만 되었어도 아는 것 많은 그놈은 약초를 뜯어서 스스로 아들을 치료했을 걸세. 근데 그게 왜?"

"그때 우리는 신투문주와 겨룰 상황이었지. 한데 그는 우리와 싸우기보다는 신패를 사용하는 길을 택했어. 그가 왜 그랬는지 아는가?"

"……?"

"대대로 신투문주는 살인을 한 적이 단 한 번도 없었네. 그래서 그때 신투문주는 혹여 살상을 할까 봐 신패로 싸움을 회피했음이야."

흑선의 말에 백선이 즉각 코웃음을 친다.

"홍! 흑선! 자네는 저 새로운 신투문주가 살인이 싫어서 저 난리를 떤다고 생각하는 모양인데 내가 보기엔 무공이 달려 저러는 것 같다구. 저걸 보게. 저까짓 절벽을 단숨에 도약하지 않고 장기 알을 사용하다니, 저게 어딜 봐서 일류고수의 몸짓이란 말인가?"

펄펄 뛰는 백선.

그의 말을 흘려들으며 흑선이 지나가는 투로 중얼거렸다.

"…이십 년 전 그때 그 자리에 있던 어떤 이가 비겁한 짓만 하지 않았던들 저 어린 신투문주를 우리가 지금 이렇게 쫓아다닐 일은 없었겠지."

"……!"

백선의 눈매가 대뜸 사나워졌다.

그는 이를 악물고 나직이 물었다.

"자네가 말하는 그 자리에 있던 비겁한 짓을 한 사람이라는 게 바로 나를 지칭함인가?"

"……."

흑선은 대답할 필요를 못 느끼는지 아무 말도 하지 않았다.

백선은 끓어오르는 분노를 간신히 참고 있는 듯했다.

그러나 이빨 사이로 억눌린 신음이 새어 나온다.

"끄으으응……."

이때 갑자기 무슨 기척을 들었음인지 흑선이 몸을 돌려 뒤쪽을 주시했다.

백선도 따라서 뒤를 봤다.

파라락~

한 복면인이 장내에 날아내린다.

이마에 일(一) 자가 새겨진 일호다.

한데 그를 본 흑백쌍선의 낯빛이 동시에 굳어졌다.

일호의 의복이 군데군데 찢어지고 피에 흠뻑 절어 있었기 때문이다.

일호는 고개를 깊이 숙이며 보고를 올렸다.

"아뢰옵니다. 전대 신투문주의 시체를 강탈당했습니다."

백선이 득달같이 나서며 불호령을 쳤다.

"이 멍청한 놈아! 그러길래 누누이 당부하지 않았더냐!"

백선은 분한지 길길이 날뛰었다.

단단한 암반 위에 발자국이 푹푹 찍힌다.

쾅! 쾅! 쾅!

흑선이 조용히 손을 들어 백선을 제지하며 일호에게 물었다.

"다른 애들은 어찌 되었느냐?"

"다 죽고 저만 살아남았습니다."

큰 죄를 지은 듯이 일호는 머리를 조아렸다.

백선이 치를 떨며 악을 썼다.

"그 여우 같은 제갈은 놈이 분명해! 전당포 문짝에 그 영감탱이가 죽었다고 등이 걸렸을 때부터 내 이럴 줄 알았지!"

흑선이 두말없이 신형을 뽑아 올린다.

휘익—

백선도 뒤질세라 땅을 박찬다.

그리고 일호의 귀로 멀어져 가는 흑선의 목소리가 들려온다.

"상처를 치료한 후 뒤를 따르거라."

동시에 백선의 저주도 이어졌다.

"이 밥 버러지 같은 놈! 당장 칼을 물고 뒈져라!"

한 명은 '살라' 하고, 다른 이는 '죽으라' 고 말한다.

두 상전의 상반된 명령에 일호는 힘없이 어깨를 떨구었다.

소싯적에 뭘 모르고 자원해서 이 조직에 몸을 담았으나 지금은 후회만 남는다.

그러나 조직에서 살아생전에 발을 뺀다는 것은 불가능했고, 오직 죽어야만 자유롭게 될 수가 있다.

'부귀영화를 누린들 내게는 자유가 없으니…….'

조직을 택했을 때는 돈과 권세가 최고라고 판단했었으나 그때는 생각이 짧았다. 나이를 먹어 연륜이 생긴 지금이라면 절대 이 조직에 안 들어오리라.

'자유, 지금 죽으면 나는 자유로워지겠지?'

그러나 개똥밭에 굴러도 이승이 낫다고, 죽기는 정말 싫었다.

살기 위해서는 명령에 복종하는 수밖에는 길이 없다.

일호는 강 건너편으로 눈길을 보냈다.

구달비가 메뚜기처럼 뛰며 열심히 도망가는 게 눈에 들어온다.

그런 구달비를 안타까운 눈으로 쳐다보는 일호.

그는 쓸쓸히 읊조렸다.

"신투문주님, 잘 도망 다녀보십시오. 바보 같은 저와는 달리 신투문주님은 조직으로부터 자유를 찾아보십시오."

第八章

누각 속의 천하제일미녀

황금장이 있는 하남과 당문이 있는 사천의 중간에 있는 섬서(陝西) 지방.

이곳은 구파일방에 속하는 종남파(終南派)가 있는 종남산(終山南)의 서쪽에 위치한 태백산(太白山)이다.

울창한 숲을 뚫고 좁은 산길이 꼬불거리며 나 있다.

구달비는 길가 나무 뒤에 몸을 숨긴 채 신경을 곤두세우고 있는 중이다.

그는 검은 야행복을 뒤집어 입은지라 안감인 갈색이 겉으로 드러난 상태다. 그러자 그 모습은 나무와 잘 어우러져 눈으로 쉽게 구별이 가지 않는다.

지금 구달비는 말고삐를 잡은 토끼포두의 모습을 주시하고 있었다.

토끼포두 정현풍은 나뭇가지를 헤쳐 가기가 어려운지라 말에서 내려 걷고 있다.

한데 그의 뒤에는 흉하게 생긴 낯짝의 장한들이 여러 명 따르고 있다.

하오문도인 그들은 포두가 안고 있는 흰 토끼의 능력을 아주 잘 알고 있었다. 이 토끼 때문에 그동안 감방에 간 동료가 한두 명이 아니기 때문이다. 그러니 이 토끼를 따라가다 보면 언젠가는 황금장 도둑을 잡을 기회가 올 거라고 그들은 철석같이 믿었다.

구달비는 그들의 대화에 귀를 기울였다. 기회가 닿았을 때 최대한 많은 정보를 얻어내야만 하기 때문이다.

한 하오문도가 토끼포두의 흑마(黑馬)를 쓰다듬으며 감탄사를 터뜨렸다.

"하이고~ 맨질맨질해라. 어쩌면 털이 이렇게 비단결 같을 수가 있나? 춘실이 년 허벅지보다도 더 보드랍네! 이보오, 포두 나으리. 천리마가 정말 좋기는 좋군요."

듣고 있던 구달비의 인상이 찌푸려졌다.

'천리마? 그래서 저 토끼포두 놈이 이리도 빠르게 나를 추격할 수 있었구나.'

구달비는 그동안 '대체 저 토끼포두가 어떻게 이렇게 빨리 나를 쫓아올까' 의아했었다. 이제 포두가 끌고 있는 천리마를 보니 그 답이 나온다.

하지만 정작 큰 문제는 천리마가 아니라 냄새를 쫓아 추격하는 토끼한테 있었다.

구달비의 얼굴에 결단의 빛이 서렸다.

'아무리 영약을 훔쳐 먹고 다른 사람으로 화한다 해도 저 토끼가 나

를 찾을 테니 저 토끼 놈을 반드시 잡아 죽여야 해.'

토끼에게 증오심을 품는 구달비.

그의 귀로 하오문도들의 대화가 들려왔다.

"포두 나으리, 근데 이 근처에 있는 종남파에서는 그 도둑놈을 붙잡으러 안 움직이네요?"

한 하오문도가 묻자 다른 문도가 얼른 나서며 아는 척을 한다.

"아따, 어디 종남파뿐인가? 여기 섬서에 있는 화산파(華山派)도 가만히 보고만 있잖아?"

"흥! 그놈들도 엄청난 현상금이 탐나기는 마찬가지지만 돈에 움직이려니 남의 눈도 있을뿐더러 자존심이 상하니까 그런 거지 뭐."

하오문도들이 심심한지 여기저기서 마구 떠들어댄다.

"그래도 이번 일로 산에 처박혀 있던 기인기사들이 다 쏟아져 나왔다며?"

"아, 그럼 단번에 팔자 고치는 건데 자네라면 산에 틀어박혀 있을 참인가? 산에서 무공 수련 한다고 밥이 나와 떡이 나와?"

"허어, 무서운 일이여. 아무리 발 없는 말이 천 리를 간다고는 하지만 현상금 소문이 그새 산속까지 다 퍼지다니 돈이란 게 정말 무서운 거여."

한 장한이 몸서리가 쳐진다는 시늉을 낸다.

엿듣고 있던 구달비의 얼굴에 그늘이 졌다.

하오문도들의 대화에 의하면 중원 방방곡곡에서 자신을 찾느라 아우성이다.

하지만 아직까지 자신의 경공을 따라오는 자는 못 만났다.

그러나 기인기사들이 강호로 나왔다니 곧 그런 자가 나타날 것은 시간 문제다.

구달비는 일류고수를 만날까 두려웠다.

그래도 그나마 다행인 것은 무림의 문파들이 움직이지 않는다는 점이다.

'현상금에 눈이 멀어 기인기사들이 죄다 기어나왔다니 어서 빨리 영약을 훔쳐 먹고 내공을 높여야 해.'

자신의 미천한 내공을 생각하면 할수록 구달비는 초조해졌다.

내공만 높아진다면 경공이 두 배 이상 빨라지게 될 터이다. 그리고 이목구비도 두 곳 이상 변형시킬 수 있을 것이다.

구달비는 당문으로 최대한 빨리 가야 했다.

이때 갑자기 토끼가 구달비가 숨어 있는 곳을 향해 머리를 돌렸다.

녀석이 코를 벌름거린다.

순간 구달비는 자신이 바람을 등지고 있다는 점을 깨달았다.

그는 땅을 박차고 날아올랐다.

이렇게 도둑놈은 날 듯이 도망을 쳤다.

*   *   *

"냠냠, 으아~ 무지하게 맛이 없다!"

구달비는 인상을 북북 그으면서 토끼 고기를 먹고 있다.

그의 경공으로 산토끼를 잡는 건 문제도 아니다.

그러나 추격자들에게 노출될까 봐 불을 못 피우는 터라 그는 피가 흐르는 날고기를 씹고 있는 중이다.

거기에 보태서 소금까지 떨어져 버린 탓에 비릿한 고기 맛이 역하게 비위를 거슬린다.

하지만 허기진 몸으로는 당문까지 갈 수 없으니 어떻게든 배를 채워야만 했다.

어둠 속에서 구달비는 고깃덩이를 내려다보았다.

"…으음."

손에 쥔 토끼 고기가 빨간 고깔모자를 쓴 흰 토끼를 연상시킨다.

"에이! 이 토끼를 그 원수 같은 토끼라고 생각하고 먹자!"

우적우적~

구달비는 눈을 질끈 감은 채 고기를 마구 씹어 삼켰다.

그러나 계속 이렇게 먹으면서 당문까지 갈 생각을 하니 눈앞이 아찔하다.

"어디서 소금만 구할 수 있어도 맛이 훨씬 나아질 텐데. 쩝쩝."

입맛을 다시던 구달비는 몸을 날렸다.

휴식도 충분히 취했고 이제 배도 부르니 어서 당문으로 가야 한다.

엊그제 토끼포두와 하오문도들을 만난 이후로 구달비는 낮에는 숨어서 잠을 자고 밤에만 이동을 하는 중이다.

그가 입은 옷은 검은 야행복이라 그림자가 움직이는 것만 같다.

휘리리리릭~

나무 사이를 누비며 한참을 달려가던 그의 신형이 우뚝 멈추어 섰다.

산을 한 개 넘어서자 거대한 장원이 어둠 속에서 유령처럼 나타났기 때문이다.

"우와! 황금장만큼은 아니지만 그래도 엄청나게 크구나!"

장원의 규모에 입을 딱 벌리는 구달비.

그는 이내 고개를 갸웃거렸다.

뭔가가 한참 이상했기 때문이다.

장원은 마치 폐가처럼 잡초가 무성했다.

금방이라도 허물어질 것만 같은 담벼락도 눈에 들어왔다.

이렇게 큰 장원이라면 밤에 군데군데 등불이나 하다못해 화톳불이라도 밝혀놔야 정상인데 이 장원은 사람이 전혀 안 사는 것처럼 캄캄하기만 했다.

"설마… 흉가?"

귀신이 나오는 흉가가 아닌가 하는 생각이 들자 등골이 오싹해진다.

하지만 이렇게 큰 장원에 아무도 안 살 리는 없다. 아무리 못해도 최소한 거지라도 살고 있을 것이다.

구달비는 팔짱을 끼고 장원을 훑어보았다.

"으음, 설마 나를 잡으려고 함정으로 만들어놓은 건 아니겠지?"

상황이 상황인지라 일단 의심부터 든다.

그러나 돌 조각이 떨어져 나간 낡은 벽과 기와를 비롯, 장원은 수년 동안 손질을 안 한 티가 여기저기에서 뚜렷이 난다. 하니 자신을 유인하기 위해서 판 함정은 아닐 게다. 무엇보다도 일단 자신이 이쪽 길로 도망을 간다는 사실을 아는 사람이 없다.

흉가도 함정도 아니라는 판단이 서자 구달비는 느긋한 얼굴이 되어 중얼거렸다.

"그래, 이왕 이렇게 된 김에 소금이나 좀 얻어 가자."

황금장의 일로 뜨거운 맛을 본 덕에 이젠 도둑질이라면 진저리를 치는 구달비.

그는 소금을 '훔친다'가 아니라 '얻어 간다'라는 완곡한 표현으로 양심을 다독거렸다.

구달비는 조용히 장원의 담을 넘었다.

그리고 수많은 전각을 쥐같이 살금살금 돌아다녔다.

하지만 얼마 시간이 흐른 후 그는 투덜거려야 했다.

'이런 제기! 부엌이 어디 있는지 알 수가 있나?'

이렇게 큰 장원이라면 의당 일꾼이나 호위무사들이 사용하는 큰 식당이 있어야 정상이다.

그런데 이미 가본 식당은 언제 마지막으로 밥을 지었는지 쌀 한 톨 없이 거미줄만 가득했다. 당연히 소금도 없었다.

구달비가 자세히 살펴보니 많은 수는 아니지만 사람 사는 흔적이 곳곳에 있다.

그러나 대체 어디서 밥을 해 먹는지 도무지 부엌을 찾기가 어렵다.

이리저리 헤매던 구달비의 눈이 한 전각에 머물렀다.

달빛에 비친 그것은 삼층짜리 아름다운 누각이었다.

이 누각은 칠이 벗겨진 여타 전각들과는 달리 깨끗하게 단청이 입혀져 있었다. 그리고 장식한 문양 하나하나에도 대단히 신경을 쓴 듯 누각은 보는 이의 시선을 잡아끌었다.

'모양새를 보면 조상을 모신 사당도 아니고… 안에 뭐 대단한 거라도 있나?'

삼층으로 이루어진 누각은 일, 이층엔 별게 없다고 겉에 쓰여져 있다.

그러나 삼층 꼭대기에 위치한 방만큼은 화려한 꽃등(燈)이 창에 걸려 있고 온갖 사치스러운 상식들이 가득 널어 있다.

구달비는 대체 저 안에 뭐가 있을지 무척 궁금했다.

이렇게 피폐해진 장원에서 저 누각 하나에만 돈을 들이다니 분명 그 연유가 있을 터이다.

'혹시 이 장원의 영감님이 새 마누라라도 얻었나? 푸흐흐.'

쫓기고 있는 처지에 남의 방 안이나 들여다보고 있을 때가 아니긴 했으나 아름다운 누각은 이상하게도 구달비의 마음을 잡아끌고 있었다.

이리 올라와 봐…….

올라와 보라니까…….

달빛 속에서 그림 같은 자태를 드러낸 누각.

그것은 마치 살아서 유혹의 손짓을 하는 것만 같다.

구달비는 망설였다.

'으음, 어쩐다? 나는 빨리 당문에 가야 하는데?'

호기심이 많은 그는 발걸음이 떨어지질 않았다.

결국 구달비는 누각을 향해 땅을 박찼다.

'안에 뭐가 있는지만 보고 얼른 가는 거다.'

한데 구렁이마냥 소리없이 누각을 기어오르던 그의 손발이 멈칫했다.

온도의 급격스런 변화가 느껴졌던 것이다.

지금은 초여름이라 밤에도 따뜻하다.

그런데 위로 올라갈수록 겨울이라도 된 것마냥 점점 더 추워졌다.

이 한기(寒氣)는 누각의 꼭대기인 삼층에서 뿜어져 나오는 것임에 틀림없었다.

구달비는 흥분이 되었다.

안에 무엇이 있는지 정말로 궁금해졌다.

마침내 삼층에 도달해서 창문을 살며시 열어보는 구달비.

'헉!'

갑자기 엄청난 한기가 화악 몰려든다.

눈물이 핑 돌고 동시에 콧속이 찡해지면서 콧물이 주르르 흐른다.

구달비는 반사적으로 콧물을 들이마셨다.

쿨쩍~

이때 침상에서 누군가 부시시 몸을 일으키며 젊은 여인의 목소리가 들려왔다.

"거기 누구니?"

'앗! 들켰다!'

구달비는 뒤로 공중제비를 돌면서 뛰어내렸다.

그리고는 땅바닥에 발이 닿기가 무섭게 꽁지가 빠져라 노망을 쳤다.

황금장에서와 같은 실수는 두 번 다시 안 하기로 맹세한 그다. 발각되었으니 이번에는 뒤도 안 돌아보고 도주를 하는 것이다.

그러나 장원을 넘어선 그는 산으로 가지 않고 담장을 따라 뛰었다.

장원의 현판을 확인하러 가는 것이다.

'대체 여기가 어딜까?'

이 귀신같은 장원의 정체를 밝히지 못하면 궁금증으로 잠이 안 올 것만 같았다.

이윽고 장원의 정문에 도착한 구달비는 높이 올라 붙은 현판을 보았다.

풍상에 바래진 글씨가 보인다.

금문세가(金門世家).

이곳은 바로 남궁, 모용세가와 더불어 중원삼대세가 중 하나라는 금씨세가였다.

예기치 않은 이름에 구달비의 찢어진 눈이 휘둥그레졌다.

음식점에서 남궁영영의 등판을 두들겼다가 금 백 냥을 홀라당 날렸던 쓰라린 기억이 금방 떠오른다.

'여기가 그 싸가지없는 모용영출 놈이 말하던 금씨세가로구나. 금씨세가는 딸의 병을 고치느라 쫄딱 망했다지?'

구달비는 이제야 이해가 갔다.

왜 이리도 장원이 큰지, 왜 경비무사가 없고 허술한지.

이 거대한 장원은 과거에 큰 권세를 누렸음이 틀림없다.

분명히 이 일대의 땅과 건물, 상점들 모두가 금씨세가 소유였을 게다.

그러나 달도 차면 기운다고 지금은 을씨년스럽기만 하다.

사실 금씨세가가 이렇게 된 것에는 딸의 병도 병이지만 다른 이유가 있었다.

가주인 금성유검(金星流劍) 금천하(金天廈)는 무공은 일류고수에 버금갔으나 경영에는 전혀 소질이 없었다.

그런 금천하의 외동딸이 열 살 때 갑자기 병색을 드러내자 그는 딸을 고치기 위해서 온갖 방도를 다 써보았다.

진맥을 해본 의원들은 영약이라면 완치시킬 수 있을 거라고 하나같이 합창을 했다.

고로 백 년에 한 번 인세에 나올까 말까 하다는 영약을 구입할 큰돈이 필요했다.

이때 금천하가 저지른 가장 큰 실수는 상점이나 주루를 팔아서 돈을 마련하지 않고 담보를 잡히고 급전을 빌려 쓴 것이다.

그 후 다시 영약이 필요하자 그는 이번에도 급전을 썼다.

하지만 병명조차 알 수 없는 희귀한 병은 완쾌는커녕 수많은 영약을 끝도 없이 소모만 할 뿐이었다.

긴 병에 효자 없다고 했다.

그러나 자식이라면 부모가 아플 때 십 년을 넘기지 못하고 나자빠지는 경우가 있을 수 있지만 부모의 사랑은 내리사랑이라 금천하는 결코 딸을 포기할 수 없었다.

그는 '딸이 언젠가는 낫겠지' 하는 희망을 버리지 않고 영약을 구입하는 데 모든 것을 다 투자했다.

결국 고쳐지지 않는 병에 엄청난 재물이 빨려 들어갔다.

동시에 급전의 이자도 눈덩이같이 커져만 갔다.

마침내 상점들에서 들어오는 세(稅)만으로는 이자를 낼 수 없는 지경에 다다랐다.

게다가 금천하가 딸의 병을 고칠 방도를 찾아다니느라 장원에 붙어 있을 새가 없자 돈을 내고 무공을 배우던 문도들도 하나둘 떨어져 나갔다.

거기에 보태어 아들인 금종규마저도 영약을 구하러 오랫동안 여행을 다니니 주인 없는 빈집의 기강이 해이해졌음은 물론이요, 한 보따리싸 늘고 야반도주하는 하인들까지 생겨났다.

금천하가 상점을 팔아서 돈을 마련해야겠다는 생각이 든 때는 이미 많은 부동산이 빚에 몰려 처분될 사태에 이르러 있었다.

결국 금씨세가는 빚 청산을 위해서 그 많던 땅과 상점들을 하나하나 다 처분하고 이제 이 장원만 남은 상태인 것이다.

그러나 이 장원마저도 얼마 전 목돈 마련을 위해서 잡혔다. 멀리 산동(山東) 지방에서 귀한 영약이 발견되었다는 소식은 조상이 물려준 집 문서에까지 손을 대게 만들었던 것이다.

만약 금천하가 이자율이 높은 급전을 쓰지 않고 처음부터 부동산을 팔아 영약을 샀다면 금씨세가는 지금 이렇게까지 되지는 않고 다만 얼마라도 재산이 좀 남아 있었을 것이다.

어쨌거나 딸의 병세는 현재까지 차도가 없고, 가세가 급격히 기울어진 금씨 일가는 길거리에 나앉을 판국이었다.

금씨 집안의 자세한 내막을 모르는 구달비는 현판을 올려다보았다.

금씨세가의 아들이라던 금종규가 떠오른다.

구달비는 비록 저잣거리에서 싸구려 국수를 사 먹을지언정 굴하지 않고 당당하던 그에게 호감을 가지고 있었다.

'여동생이 희귀한 병이랬지?'

아름다운 누각 속에 있던 여인은 분명히 그의 여동생일 것이다.

구달비는 호기심이 무럭무럭 피어올랐다.

'그 찬기는 인위적으로 조성해 놓은 걸 거야. 근데 추운 데 있어야만 하는 병이란 게 대체 어떤 병일까?'

구달비는 그 많은 재산을 들여도 못 고쳤다는 병이 대관절 무슨 병인지 너무도 알고 싶어서 참을 수가 없었다.

"에라이~ 경호무사도 없겠다, 직접 찾아가서 물어봐야겠다!"

구달비는 쏜살같이 누각으로 되돌아갔다.

그런데 마치 그를 기다리기라도 하듯 창문은 아직도 열려 있었다.

이에 용기를 얻은 구달비는 씩씩하게 누각을 기어올라 갔다.

그는 빼꼼히 안을 들여다보았다.

그러나 달빛에 비친 침상은 텅 비어 있었다.

'응? 아무도 없나? 아깐 분명히 사람이 있었는데?'

의아해하는 구달비.

그의 귀로 갑자기 여인의 목소리가 들려왔다.

"누구세요?"

"으악!"

깜짝 놀란 구달비는 하마터면 창턱에서 미끄러져 밑으로 떨어질 뻔
했다.

여인의 목소리가 바로 곁에서 들려왔기 때문이다.

젊은 여인은 좀 전처럼 침상에 있는 게 아니라 창문 바로 옆에 몸을
숨기고 있었다.

"낭자(娘子), 사람을 놀래켜도 유분수지……."

구달비가 벌렁거리는 가슴을 쓸어내리며 입을 열었다.

하지만 그는 다시 한 번 놀라야만 했다.

'헉! 이렇게 예쁜 여자가 다 있다니?'

갸름한 얼굴, 반듯한 이마, 긴 속눈썹, 앵두 같은 입술…….

세상에 그 어떤 미사여구로도 표현하기 어려운 굉장한 미녀가 달빛
을 받으며 창가에 서 있다.

구달비가 지금껏 본 최고의 미녀로는 그가 음식점에서 본의 아니게

등판을 친 남궁영영이 있다.

그러나 그 남궁영영도 이 미녀에 비하면 반딧불과 태양이었다.

심지어 '나라를 망칠 만한 미인'이라 하여 경국지색(傾國之色)이라 불리는 양귀비(楊貴妃)까지도 이 여인에 비하면 진흙과 옥구슬의 차이일 것만 같다.

'이 여자한테 대면 남궁영영은 수수팥떡, 개똥이다!'

한동안 멍청히 있던 구달비는 자기도 모르는 사이에 창문을 넘었다.

그 기척을 느낀 미녀가 무서운지 주춤거리며 물러선다.

그녀의 아름다운 입술이 벌어지며 떨리는 소리가 새어 나왔다.

"당신은 누구지요? 왜 이 방에 들어온 거지요?"

구달비는 은 방울이 굴러가는 것만 같은 그녀의 목소리에 넋을 잃었다.

그가 대답이 없자 미녀는 손으로 벽을 짚으며 뒷걸음질을 쳤다.

"사, 사람을 부르겠어요!"

그제야 구달비는 정신이 번득 들었다.

"낭자, 고정하십시오! 나는 나쁜 사람이 아닙니다!"

미녀가 멈칫거리더니 물어온다.

"당신은 누구세요?"

"나는……."

구달비는 말을 하다가 말고 미녀의 얼굴을 뚫어져라 주시했다.

구달비의 안색에 당혹감이 어렸다.

'어? 이 여자는 장님이잖아?'

미녀의 사슴처럼 커다란 두 눈은 초점없이 허공을 주시하고 있었다.

그와 더불어 벽을 더듬는 손짓은 그녀의 눈이 진짜 안 보인다는 것을 여실히 증명하고 있다.

장님 미녀가 두려움에 젖어 가냘픈 목소리를 낸다.

"누구세요? 왜 이곳엘 온 거예요?"

구달비는 머뭇거렸다.

'제길! 아픈 것도 서러울 텐데 장님한테 무슨 병인지 알고 싶어서 왔다고 하기는 좀 그렇잖아? 나는 왜 이렇게 주책이지? 병을 묻는 것은 병자 가슴에 못을 박는 거라고 왜 진작에 생각 못했을까?'

그러나 어떤 병인지는 정말 궁금했다.

머리를 굴리던 구달비는 얼른 말을 지어냈다.

"낭자, 나는 길을 가다가 이곳에서 때 아닌 한기(寒氣)가 느껴지기에 그 연유를 알고자 이 방엘 들어온 것입니다."

미녀가 반문한다.

"한기를 느낄 수 있다고요?"

"그렇습니다. 내가 익힌 무공이 특별해서 나는 멀리서도 한기를 느낄 수 있습니다."

한 번 시작한 거짓말은 술술 잘도 나온다.

미녀는 그가 한기를 느낀다는 말에 큰 관심을 보이는 눈치다.

이때 주변을 둘러보던 구달비의 작은 눈이 제 딴에는 크게 뜨였다.

'으와아! 엄청나구나!'

이 방엘 들어와 보니 딸의 병을 고치느라 금씨세가의 재력이 바닥났다는 게 그는 이해가 가고도 남았다.

방 안은 금보다도 비싸다는 한옥으로 벽은 물론이거니와 천장과 바닥까지 온통 도배가 되어 있었던 것이다.

뿐이랴. 탁자와 의자 등 모든 집기가 한옥으로 만들어져 있다.

얇은 홑이불이 깔린 침상으로 치자면 한 덩이의 거대한 한옥이다.

그러니 저 침상 하나만 해도 상상을 초월한 어마어마한 가격이리라.

'굉장하다! 저 침대만 팔아도 평생 먹고살겠다!'

구달비가 탐욕의 침을 흘릴 때 미녀가 수줍은 듯 고개를 외로 꼬며 물었다.

"저는 금경은(金炅垠)이라고 해요. 공자님 성함은 어떻게 되세요?"

"……!"

구달비의 얼굴이 딱딱하게 굳어졌다.

비록 소금 한 움큼이지만 그래도 도둑질을 하러 들어온 주제에 뭐가 잘났다고 이름을 밝히랴?

더구나 혹시 나중에 황금장에 잡혀서 자신의 모든 것이 노출되기라도 하면 그때 이 여인도 구달비의 이름을 들을 텐데 그건 또 무슨 망신인가?

구달비는 선뜻 이름을 못 대고 꾸물거렸다.

'제길, 아무거라도 가짜 이름을 만들어내야겠다.'

그러나 아버지가 지어주신 이름을 두고 다른 것으로 지어내기엔 양심에 가책이 든다.

아버지를 생각하며 끙끙대던 그의 뇌리로 통나무 집 앞 개울물 위로 떠내려가던 꽃잎이 떠올랐다.

아버지의 영혼만 같았던 그 꽃.

구달비의 표정이 밝아지며 그는 입을 열었다.

"이름은 사정상 밝히기가 좀 어렵고… 내 별호는 천상유혼(川上有魂)이라 합니다."

"아, 천상유혼!"

환상적인 별호에 미녀는 꿈을 꾸는 듯한 표정을 지었다.

그 얼굴이 너무나도 아름다워서 구달비는 또다시 넋을 놓았다.

"천상유혼 공자님, 잠시만 기다리세요."

미녀는 몸을 돌려서 사뿐사뿐 걸었다.

구달비는 장님인 그녀가 방을 질러가며 무의식적으로 발걸음을 세고 있다는 사실을 눈치챘다.

탁자에 당도한 미녀가 그 밑에 있는 의자를 끌어당겨 침상 옆에 놓는다.

"앉으세요."

"감사합니다."

구달비는 장님 눈에야 안 보이겠지만 예의상 포권을 한 후 권하는 자리에 앉았다.

그에게 미녀가 미안하다는 어조로 말한다.

"죄송하지만 저는 한옥에 몸을 최대한 많이 붙이고 있어야 하기 때문에 침상에 앉겠어요."

미녀가 양해를 구하면서 돈 덩어리 침상에 비스듬히 눕는다.

열려진 창가에 오래도록 서서 바깥바람을 쐰지라 지금 그녀의 몸은 직접적인 한기가 필요했기 때문이다.

한데 침상에 누운 그녀는 정녕 한 폭의 미인도(美人圖) 그 자체였다.

가느다란 팔다리, 잘록한 허리, 가슴에 살짝 올린 나긋한 손가락…….

아리따운 선녀가 하강한 것만 같다.

구달비는 정신이 왔다리 갔다리 했다.

'성날 끝내준다! 세상에 이렇게 예쁜 여자가 다 있다니! 이 여자는

존재하는 그 자체만으로 기적이다!'

가슴이 쿵당쿵당 뛰며 구달비는 자신이 혹여 선계(仙界)에 온 것이 아닌가 하는 착각이 들 정도였다.

하지만 그는 곧 의자 위에 올려놓은 궁둥이를 들썩였다.

한옥 의자가 어찌나 차가운지 엉덩짝 두 개가 다 얼얼하다.

'으으으! 궁뎅이가 시려오네.'

구달비는 그만 일어서고 싶은 것을 꾹 참고 버텼다.

숨을 쉴 때마다 콧구멍에서는 하얀 김이 뿜어져 나온다.

구달비는 벽에 하얗게 낀 성애와 고드름이 주렁주렁 달린 천장을 애써 무시하려고 노력했다.

금경은이 걱정스럽게 묻는다.

"저어… 추우세요?"

"춥다니? 천만에요! 이만한 추위는 내 내공으로 가볍게 떨칠 수 있습니다! 핫핫핫핫핫!"

추워서 이빨이 딱딱 부딪치는 것을 미녀가 눈치 못 채게 하느라 무진장 애를 쓰며 구달비는 허풍을 떨었다.

이 정도 추위를 물리칠 수 있으려면 공력이 최소한 반 갑자(30년)에 삼매진화(三昧眞火 : 진기로 만들어낸 뜨거운 기운)까지는 안 되더라도 그 비슷한 것을 일으킬 줄 알아야 한다.

한데 삼매진화는커녕 공력이 이십 년밖에 안 되는 구달비다.

하지만 그도 남자라고 경공 외에는 무공을 몰랐지만 그래도 여자 앞에서는 잘난 척을 하고 싶었다.

"낭자, 나는 하나도 안 추우니 걱정일랑은 붙들어 매놓으십시오. 핫핫핫핫핫!"

순진한 금경은은 구달비의 말을 그대로 믿었다.

그도 그럴밖에, 이 안에 들어온 일반인들은 추위로 인해 손발이 마비되고 곧 정신을 잃기 때문이다. 그래서 금경은의 시비들은 모두가 무공을 할 줄 안다.

그러나 삼층인 이 방의 한기가 너무 강해서 이층에는 사람이 거주를 못하고 시비들은 일층에 묵는다.

금경은은 눈앞의 사내가 뻥쟁이인 줄도 모르고 설명했다.

"이 방이 왜 추운지 이상하시죠? 이 방은 몸이 아픈 제가 지낼 수 있도록 한옥으로 만들어졌어요."

"아, 그렇습니까?"

이미 눈으로 한옥을 확인한 구달비는 고개를 끄덕였다.

금경은은 계속 말을 이었다.

"수전노의(守錢奴醫) 말씀에 따르면 제 병명은 여인한음절맥증(女人寒陰絶脈症)이라고 해요."

당대 최고의 명의(名醫)라는 '수전노의'는 별호 그대로 수전노였다.

그는 얼마나 돈에 악착을 떠는지 코앞에서 환자가 피를 토할지라도 땡전 한 푼 없으면 절대로 침 한 방 안 놔주는 위인이어서 사람들의 지탄을 한 몸에 받는 의원이다.

그리고 나들이를 싫어하는 그의 성격상 수전노의의 왕진을 한 번 받으려면 논밭 다 팔아야 한다는 것은 만인(萬人)이 다 아는 사실이다.

하지만 수전노의의 왕진을 밥 먹듯이 받아온 금경은은 본인이 집안의 재산을 얼마만큼이나 축냈는지 전혀 알지 못했다.

구달비는 의아한 얼굴이 되어 물었다.

"여인한음절맥증? 그런 병명은 처음 들어봅니다."

"그럴 거예요. 이건 인세에서 찾아보기 드문 병이래요. 이 병은 어릴 땐 멀쩡하다가 열 살 전후로 증세가 나타나서 보통 스무 살을 못 넘긴대요. 온몸의 맥이 꽁꽁 얼어붙다가… 결국엔 죽는 병이래요."

"한데 맥이 얼어붙는 판에 왜 추운 데 계시는 것입니까?"

"이열치열이라고 제게는 한기가 필요하대요. 따뜻한 것은 저한테 아주 나쁘지요."

"……"

충격을 받은 구달비가 아무 말이 없자 금경은은 웃음을 터뜨렸다.

"따뜻한 것은 아무것도 안 돼요. 심지어 전 햇빛도 못 봐요. 호호호."

은 쟁반에 옥구슬을 굴리는 것만 같은 웃음소리가 방 안에 울려 퍼졌다.

그러나 젊은 나이에 방에만 갇혀 지내야 하는 그녀의 미소는 무척 서글퍼 보였다.

구달비는 마음이 안 좋아졌다.

'금경은 소저라고 했지? 이렇게 예쁜 여자가 평생 이렇게 살아야 한다니… 정말 비참한 삶이군.'

"제가 그런 병에 걸린 것은 열 살 때까지 아무도 몰랐어요."

금경은은 시종일관 남의 일처럼 담담히 말하고 있다.

그러나 그녀의 음성은 작은 떨림을 동반하고 있었다.

"열 살 때 몸이 차가워지자 어떤 의원의 말대로 화령과(火靈果)를 복용했어요. 냉기를 온기로 중화시키려는 의도였지요. 그런데 그게 역으로 작용해서 화기가 머리로 치솟는 바람에 귀가 멀고 눈이 안 보이게 되었어요. 나중에 수전노의께서 귀는 고쳐 주셨지만 그때 말씀하시길 오히려 제게는 차가운 게 보약이래요.”

“…….”

일반인과는 달리 얼음 속에서만 살아야 한다는 여인에게 구달비는 뭐라고 위로의 말을 해야 할지 알 수가 없었다.

침묵을 지키는 그에게 금경은이 은근하게 물어왔다.

“천상유혼 공자님께서 한기를 느끼실 수 있다니… 혹시 만년빙심(萬年氷深)이라고 아시나요?”

구달비는 만년빙심이 뭔지 몰랐다.

하지만 말만 듣고도 그게 무엇인지 대략 추측할 수가 있었다.

구달비는 얼른 아는 척을 했다.

“낭자, 만년빙심의 한기는 한기 중에서도 아주 극강하지요.”

이에 금경은이 반색을 한다.

“맞아요! 이 세상 온갖 차가운 것들의 정화가 바로 만년빙심이에요!”

구달비는 자신이 예상한 바가 들어맞자 속으로 회심의 미소를 지었다.

‘흐흐흐, 때려 맞히는 덴 내가 도사지.’

환해진 얼굴의 금경은이 희망에 찬 어조로 말한다.

“수전노의께서 말씀하시길 그 만년빙심이 있으면 제 병을 고칠 수 있대요. 그리고 그것은 당문이나 황궁보고(皇宮寶庫)라면 있을지도 모른대요.”

여기까지 말한 금경은의 안색이 문득 어두워진다.

그녀는 힘없이 말했다.

"…아버지가 당문에 물어보았으나 그들은 만년빙심을 안 가지고 있다고 했어요. 하지만 사실은 있으면서도 일부러 없다고 하는지도 모른다고 아버지는 말씀하셨어요. 왜냐하면 그것은 영약 중에서도 아주 귀한 거라 돈 주고도 못 사는 거래요. 만년빙심이 인세에서 마지막으로 발견된 지가 오백 년 전이라고 하니까요. 그러니 당문은 아버지가 귀찮아서 그냥 없다고 거짓말을 했을지도 모르고 설혹 가지고 있다 한들 아버지한테 팔 리가 없대요."

독으로 유명한 당문이 해독제는 팔지언정 영약은 절대 판매 안 한다는 건 누구나 아는 사실이다. 그리고 황궁보고는 황제를 위해서 존재하는 것이지 일반 백성을 위한 게 아니다. 하니 만년빙심을 얻겠다는 것은 불가능하다고 봐야 한다. 더불어 거기에 만년빙심이 있다는 확실한 보장도 없다.

"그래서 저는 병이 낫는 걸 포기했어요……."

감정이 북받쳐 오르는지 금경은의 목이 메었다.

이윽고 한줄기 눈물이 주르르 흐른다.

그러나 눈물은 흐르다 말고 그녀의 뺨 위에서 얼어붙었다.

달빛을 머금은 한 개의 영롱한 진주가 미녀의 볼에서 빛난다.

안쓰러워진 구달비는 진주를 떼어주기 위해서 슬그머니 손을 뻗었다.

그러나 그 손길이 얼음 진주에 채 닿기 전 금경은이 섬섬옥수를 들어서 뺨을 쓰다듬었다.

진주 같은 얼음 눈물방울이 침상 밑으로 떨어진다.

톡! 데구르르르~

무심코 그것에 눈길을 주는 구달비.

그의 시야에 이상한 것이 들어왔다.

방바닥에는 그런 진주들이 무수히 많이 깔려 있었던 것이다.

그 진주 하나하나가 미녀의 눈물방울이란 사실을 깨닫는 데엔 오랜 시간이 걸리지 않았다.

"……!"

구달비의 얼굴이 딱딱히 굳어져 버렸다.

또 하나의 진주가 굴러 떨어진다.

톡~

진주 떨어지는 소리가 구달비의 심장으로 천근만근 무겁게 다가왔다.

누가 시키지 않았어도 동정심이 절로 우러나며 구달비는 여인을 따라서 같이 울고 싶어졌다.

'희망이라곤 없는 암담한 미래에 이 여인은 이렇게 매일 울면서 하루하루를 보냈구나.'

구달비는 측은지심에 가슴이 아려왔다.

그는 이 불쌍한 여인을 도와주고 싶었다.

'마침 나도 당문으로 가는 길이다.'

자신이 이 장원에 들어온 게 운명이라고 느껴졌다.

구달비는 영웅심이 불끈 솟아올랐다.

그는 가슴을 펴며 힘차게 말했다.

"낭자, 만약 당문에 만년빙심이 있다면 내 반드시 그것을 낭자한테 갖다 드리겠습니다!"

금경은이 긴 속눈썹을 파르르 떨며 놀라워한다.

"어떻게요? 그건 굉장히 비쌀 텐데요?"

"나는 돈이 엄청나게 많습니다! 하하하!"

돈은커녕 생필품의 기본인 소금조차 떨어져서 도둑질을 하러 들어온 주제에 구달비는 큰소리를 쳤다.

금경은은 고개를 저었다.

"뜻은 고맙지만… 당문이 안 판다고 할 거예요."

"낭자, 만약 당문이 안 팔겠다고 하면 그것을 빼앗아 오겠습니다. 이건 사람의 목숨을 살리는 아주 중요한 일이니까요."

"그렇지만 당문은 아주 무서운 곳이라던데 어떻게……?"

"내 무공이라면 당문을 상대하는 것쯤은 땅 짚고 헤엄치기입니다! 하니 아무 걱정 말고 마음 편히 계십시오! 핫핫핫핫!"

구달비는 있는 대로 뻥을 쳤다.

금경은의 얼굴에 희망의 빛이 서린다.

"정말요? 정말 가지고 오실 수 있어요?"

"그럼요! 내 약속하리다!"

구달비는 주먹으로 가슴을 탕탕 치며 장담했다.

감동을 한 금경은은 또다시 진주를 만들어냈다.

"천상유혼 공자님, 고마워요. 흐흑."

세파에 안 시달려 어린아이와 같이 순수하기만 한 그녀는 쉽게 사람을 믿었다.

그때 구달비의 귀로 누군가 누각을 올라오는 소리가 들렸다.

"낭자, 누가 오고 있는데요?"

"아버지예요!"

금경은이 당황해하며 벌떡 몸을 일으켰다.

남녀칠세부동석이라는데 이런 야밤에 젊은 남녀가 같이 있는 것은 정상이 아니었기 때문이다.

당황하기는 구달비도 마찬가지였다.

"예? 낭자의 아버지요? 크, 큰일이군요!"

구달비는 자신이 쫓기고 있다는 사실을 들키기 싫었으므로 급히 작별 인사를 했다.

"금경은 낭자, 나는 이만 가봐야겠습니다. 만년빙심은 꼭 가져다 드리겠습니다. 아참, 내가 이곳에 온 것은 비밀로 해주십시오."

말을 끝내기가 무섭게 창문으로 후닥닥 몸을 날리는 구달비.

금경은의 아버지인 금천하의 얼굴은 대뜸 굳어졌다.

창문이 활짝 열려진 게 눈에 들어왔기 때문이다.

뿐만 아니라 침상 곁에는 의자도 나와 있다.

금천하는 의혹에 가득 찬 눈으로 창문과 의자를 번갈아 보았다.

창문은 방 안의 한기가 빠져나갈세라, 밖의 온기가 침입할세라 언제나 닫아놓는다. 그리고 의자는 딸의 눈이 안 보이기 때문에 혹시라도 걸려서 넘어질까 봐 사용 즉시 제자리에 갖다 놓는다. 하니 교육을 단단히 받은 시비들이 의자를 침상 옆에서 안 치울 리는 절대로 없었다.

게다가 딸은 지금 무척 당황해하고 있다.

딸의 기색으로 보아 조금 전까지 누군가 방에 있었던 것 같다.

금천하의 신형이 창가로 미끄러지듯 이동했다.

그는 창밖을 내다보았다.

아무도 없다.

창문을 꼭꼭 닫고 다시 침상으로 돌아온 금천하는 의자 위에 슬며시 손을 대보았다.

차갑다.

설령 누가 앉아 있었다 쳐도 방 안의 한기로 그 온기는 이미 사라졌을 터. 그래도 금천하는 부득이 손으로 만져서 확인을 했다.

그의 예리한 눈이 딸을 향한다.

딸의 안색은 흥분되어 있고, 그녀의 행동은 평상시와 확연히 달랐다.

과년한 딸을 둔 아버지가 여기서 추측할 수 있는 것은 단 한 가지였다.

금천하의 얼굴이 푸들푸들 떨렸다.

'감히 어느 놈이 내 불쌍한 딸을!'

모용영출에게 파혼당한 후로 웃음을 잃고 사는 딸이다.

하지만 비록 장님이라고 할지언정 딸은 굉장한 미녀였다.

분명 어떤 죽일 놈이 딸의 미모에 혹해서 침입을 한 것이리라.

"으음……!"

금천하의 호흡이 거칠어졌다.

그러자 즉각 딸이 불안해한다.

"아버지……?"

"아무것도 아니다. 얘야, 그래, 몸은 좀 어떠냐?"

밤이고 낮이고 간에 딸이 잘 있는지 하루에도 열두 번은 더 찾아보는 금천하가 항상 하는 질문이다.

"아버지, 오늘은 기분이 아주 좋아요."

금경은은 활짝 웃었다.

온 세상의 꽃들이 일제히 피어나는 듯 아름다운 웃음이다.

금천하는 딸을 머리끝에서 발끝까지 샅샅이 살폈다.

딸은 뭔가 크게 들뜬 표정이다.

창백하기만 하던 뺨에는 불그레한 홍조까지 서려 있다.

딸한테 분명히 무슨 일이 있었던 게 확실하다.

그러나 금천하는 딸에게 아무것도 묻지 않았다.

다만 그의 두 주먹이 불끈 쥐어졌다.

금천하는 악다문 턱에서 힘을 빼며 차분히 말했다.

"얘야, 너무 늦었다. 이제 그만 자거라."

자상한 아버지는 딸에게 손수 이불을 덮어주었다.

그의 눈이 바닥을 향한다.

오늘도 역시나 진주 알 같은 눈물이 깔려 있다.

그것들을 보는 금천하는 몹시 마음이 아팠다.

이 얼음 구슬들은 금경은이 혹여 밟고 미끄러질세라 매일 아침저녁으로 시비들이 깨끗이 쓸어내고 있다.

한데 오늘도 벌써 이만큼이나 쌓여 있다.

딸의 눈에서는 눈물이 마를 날이 없다.

'쯧쯧, 불쌍한 것……'

금천하는 속으로 한숨을 쉬며 밖으로 나왔다.

그리고 누각 아래서 그는 위를 올려다보았다.

울퉁불퉁한 장식이 많이 붙은 누각은 삼류무사 정도라면 충분히 기어올라 갈 수 있다.

금천하는 속으로 신중히 판단했다.

'어떤 놈인지는 모르지만 만일 그놈이 좋은 가문의 태생이라면 이따위 짓을 하지 않고 의당 매파부터 먼저 보냈어야 옳다. 하나 그러지 않은 걸 보니 놈은 어중이떠중이 무사일 터!'

설혹 일류고수라 할지라도 부모에게 사전에 딸과의 교제를 허락받지 않고 야밤에 월담을 하다니 절대로 묵인할 수 없는 일이다.

금천하는 이가 부득부득 갈렸다.

'아무리 망조가 든 가문이라고는 하나 그래도 그렇지, 잡놈이 드나들다니!'

이런 꼴을 보자고 딸을 키운 게 아니다.

딸의 병을 이유로 모용세가에서 파혼장이 날아왔을 때 금천하는 눈앞이 캄캄했었다.

그때 그는 자존심에 큰 상처를 입었다.

딸이 병만 고쳐진다면 천하제일미라는 것은 그도 잘 알고 있다.

그는 어떻게 해서든지 딸을 완쾌시켜서 모용세가 놈들 앞에 내세워보고 싶었다. 저 발칙한 모용영출이란 놈이 땅을 치며 후회하는 꼴을 보고 싶었다.

그런데 오늘밤 벌어진 일에 금천하는 미칠 것만 같았다.

더불어 조금 전에 마주한 딸아이의 웃는 얼굴이 떠오른다.

금천하는 씁쓸히 읊조렸다.

"경은이의 저런 밝은 얼굴은 실로 오랜만에 보는군……."

딸이 더 이상 울지 않고 매일매일 그렇게 웃으며 살았으면 하는 게 아비 된 자로서의 솔직한 바람이다.

금천하는 딸이 좋은 낭군을 만나서 백년해로하는 것을 원했다.

그러나 이런 식의 사윗감은 절대 아니다.

스물두 살이나 된 딸이 이미 혼기가 지났다는 점은 잘 알지만 그렇다고 해서 개나 소나 다 사위로 맞아들일 수는 없다.

이런 저런 생각에 금천하는 착잡해졌다.

'우리 경은이는 파혼으로 인해 이미 마음의 상처를 깊게 입었다. 그리고 방 안에서 단 한 발자국도 밖으로 못 나가는 불행한 아이다. 그런 불쌍한 아이를 대체 어떤 죽일 놈이……'

생각할수록 화가 나는 금천하다.

그는 허리에 차고 있는 검을 손으로 천천히 쓸었다.

'누군지 알아내서 우리 경은이한테 맞는 자가 아니라면 쥐도 새도 모르게 죽여 없애야겠다!'

이빨을 악무는 금천하.

그는 오늘부터 누각 밑에서 불침번을 서기로 작심했다.

한편 아버지인 금천하가 방에서 나가자 금경은은 두 손으로 뺨을 감쌌다.

'아버지께서 천상유혼 공자님이 왔다 간 것을 아셨을까?'

금경은은 아버지한테 발각된 게 아닌가 불안했다.

그런데 아버지가 아무 말씀도 안 하는 것을 보면 들킨 건지 아닌 건지 알쏭달쏭하다.

'제발 아버지가 모르셔야 할 텐데……'

그녀는 오밤중에 난데없는 기척을 듣고 처음엔 일층에 기거하고 있는 시비나 아버지가 온 줄로만 알았다.

한데 그 기척이 방문이 아닌 창문에서 소리없이 사라지자 그녀는 정혼자였던 모용영출이 혹시나 자신을 찾아온 게 아닐까 생각했다.

금경은은 모용영출로부터 배신당했다고 그간 원망을 많이 했었는데 그가 지금이라도 마음을 바꿔 다시 찾아온 건가 해서 무척 기뻤다.

그래서 창문을 닫지 않고 그를 기다렸다.

그런데 뜻밖에도 모용영출이 아닌 전혀 다른 남자가 찾아왔다.

말을 들어보니 무공이 대단한 청년 고수 같았다.

그 공자는 당문에서 만년빙심을 가져다주겠다고 약속했다.

금경은은 지푸라기라도 잡고 싶은 심정이었다.

그리고 사실 남정네가 자신을 위해서 그런 귀한 것을 구해주겠다니 솔직히 기분이 좋았다.

그녀는 열 살 때 시력을 잃은 후로 만나본 남자라고는 늙은 의원들과 아버지, 오빠뿐이다.

그런 그녀에게 있어 천상유혼 공자는 그녀가 성숙한 여인이 되고 나서 처음 대하는 이성이다.

홀로 쓸쓸하게만 살아온 처녀의 방심은 분홍빛으로 물들었다.

금경은은 가슴이 두근거렸다.

천상유혼 공자의 목소리가 들리는 듯하다.

'낭자, 내 반드시 그것을 낭자한테 갖다 드리겠습니다!'

"정말 듣기 좋은 목소리였어. 아마 굉장한 미남이실 거야."

금경은은 황홀경에 젖어 중얼거렸다.

다음에 오면 손으로 그의 얼굴을 더듬어보고 싶지만 남녀가 유별한데 명문가의 여식으로 차마 그런 짓까지 할 수는 없다.

"그분 별호가 천상유혼이라고 했지? 천상유혼. 물 위에 영혼이 있다? 혹시 그 영혼이란 건 그분이 사모하시던 여인이 아닐까?"

천상유혼 공자가 사랑하던 여인이 죽은 것이라 생각하니 괜히 불안해진다.

"그분은 그 여인을 아직까지 잊지 못하고 계실지도 몰라."

갑자기 슬퍼지는 금경은.

비록 연적(戀敵)이 죽었다고는 하나 앞을 못 보는 장님 주제에 어찌 정상인 여인보다 낫다고 할 수 있으랴.

금경은의 초점없는 시선이 창을 향했다.

"그나저나 그분은 언제 다시 오실까? 빨리 오셨으면 좋겠어."

창백하던 뺨이 다시금 달아오른다.

구달비를 잡기 위해 호랑이 같은 아버지가 밖에서 진을 치고 있는 줄도 모르고 금경은은 꿈에 부풀었다.

그리고,

금경은의 아버지가 난데없이 등장하는 바람에 꽁지가 빠져라 달아난 구달비.

그는 뜀박질을 멈추어 섰다.

구달비는 화들짝 놀란 가슴을 진정시키느라 심호흡을 했다.

"후아후아~ 무진장 놀랐네! 아니, 무슨 놈의 아버지가 그래, 다 큰 딸 방에 시도 때도 없이 들어온대?"

구달비는 아직도 차가운 궁둥이를 열심히 문지르면서 천천히 걸었다.

그러면서도 입은 쉴 사이 없이 종알거렸다.

"그건 그렇고, 당문에 가서는 내가 먹을 영약 외에도 만년빙심이란 걸 찾아야 하는군."

구달비는 만년빙심을 생각하자 갑자기 가슴이 답답해져 왔다.

"근데 왜 내가 내 앞가림도 못하는 주제에 만년빙심을 갖다주겠다고 큰소리를 쳤지?"

이제 와서 그런 약속을 했다는 사실이 못내 후회되는 구달비다.

그는 자신의 목숨을 부지하기에도 힘든 판에 영약을 훔쳐 먹고 다시 이곳으로 돌아와야만 한다는 생각에 골머리가 쑤셨다.

구달비는 오만상을 찌푸렸다.

"으이그! 괜히 충동에 못 이겨 그런 멍청한 짓을 했어! 아이구, 이놈아! 정신 좀 차려라! 미색에 빠져서 처음 보는 여자랑 그런 엄청난 약속을 하다니! 아이구! 아이구!"

구달비는 두 손으로 자신의 머리를 쥐어박았다.

퍽퍽퍽퍽!

"내가 미쳤지! 미쳤어!"

그러나 아무리 자책을 해도 이미 약속을 했다는 건 기정사실.

구달비는 땅바닥에 털퍼덕 주저앉았다.

그는 큰 고민에 빠졌다.

"남아(男兒) 일언(一言)은 중천금(重千金)이라는데… 남자라면 한 입으로 두말하면 안 된다는데……. 으씨! 나, 남자 안 할래!"

툴툴대는 구달비.

잠시 후 그는 나직이 중얼거렸다.

"근데… 예쁘기는 진짜 예뻤어."

선녀 같은 금경은의 자태가 눈앞에 아른거린다.

구달비는 몽롱한 표정이 되었다.

그는 자기도 모르게 히죽히죽 웃고 있었다.

第九章

당문에 갇혀 있는 악마

촛불 한 자루가 금방이라도 꺼질 듯이 일렁이는 방.

방 한가운데 놓인 대야가 시선을 잡아끈다.

한데 대야 속에는 의당 있어야 할 물 대신 붉은 피가 가득 남겨 있다.

비릿한 피 냄새가 뭉클뭉클 피어오르며 죽음의 손길처럼 사방으로 퍼져 간다.

그리고 한 사내의 그림자가 대야를 잠식한다.

이십대 중반의 잘생긴 청년이었다.

운명이 그의 이름을 선우운철(鮮于雲鐵)이라 명명한 청년.

선우운철은 긴장된 눈길로 대야를 주시했다.

"……."

얼마나 시간이 지났을까?

그는 떨리는 손을 조용히 핏물에 담갔다.

곧이어 피 속에 잠겼던 그 손은 둥그런 물건과 함께 그 모습을 드러냈다.

선우운철이 깨끗한 수건으로 조심스럽게 피를 닦는다.

그러자 한 개의 백옥 팔찌가 어둠을 뚫고 자태를 선보인다.

용 모양의 이 팔찌는 과거 황금장주의 팔목에 채워져 있던 물건이다.

선우운철이 팔찌를 이리저리 뒤집으며 세밀하게 살핀다.

한참 후 실망감에 젖은 나직한 한숨이 팔찌 위로 잦아들었다.

"으으음, 전혀 아무것도 나타나지 않는군. 또 실패다."

신음과도 같은 중얼거림을 낸 그는 옆에 놓인 항아리에서 소금을 한 주먹 꺼내 들었다.

이윽고 하얀 소금이 전신을 비틀며 검붉은 피 속으로 녹아든다.

선우운철은 팔찌를 다시금 대야 속에 집어넣고 반응을 기다렸다.

그의 눈에 의혹이 가득 찬다.

"분명히 인피지서에서 언급한 그 팔찌가 맞는데……?"

혼잣말과 함께 그는 품속에서 책자를 한 권 꺼내 들었다.

종이로 된 여타 책과는 다르게 가죽으로 만들어진 책이다.

표지에 박힌 검은 글자가 무척이나 섬뜩해 보인다.

인피지서(人皮之書).

섬뜩한 느낌을 주는 네 글자, 인피지서!

인피지서는 양피지가 아닌 말 그대로 인간의 가죽을 사용해서 만든 책자였다.

그리고 글씨는 붓으로 쓴 게 아니라 사람의 피부에 바늘로 문신을 새겨 넣음으로써 대신했다.

인피지서를 만든 자는 사람을 잡아다가 문신을 새긴 후 그 가죽을 벗겨서 총 열세 장에 달하는 이 책을 세상에 탄생시킨 것이다.

선우운철은 천천히 책장을 넘겼다.

피 냄새와 어우러진 퀴퀴한 공기가 전신을 끈적하니 감싸 안는다.

＊   ＊   ＊

톡톡…….

흰 사슴 가죽 장갑을 낀 손가락이 공포심을 조장하며 까딱까딱 움직인다.

이 백녹피(白鹿皮) 장갑은 당문의 조제실(調劑室)인 이곳에서 제일 높은 직위인 조제실주(調劑室主) 당실주(唐實胄)의 상징이다.

조제실주는 팔짱을 끼고 선 채 손가락으로 자신의 팔을 소리나게 두드렸다.

톡톡톡…….

지금 그의 앞에는 조제실의 이인자인 부실주 당조제(唐趙帝)가 전갈의 꼬리 침에서 독을 빼내고 있는 중이다.

예순 살이 넘은 부실주 당조제는 침침한 눈을 깜빡이며 조심조심 손을 놀리고 있다.

그의 주름진 이마에서 진땀이 배어 나온다.

그 모습을 조제실주는 못마땅한 표정으로 지켜보았다.

마침내 조제실주가 부실주에게 조소를 보낸다.

"허! 더 빨리 못하는가? 부실주 직위라면 아랫사람들한테 모범이 되도록 손이 안 보일 정도로 빨라야 정상인데……. 이것 참, 어떻게 저런 실력으로 부실주까지 되었는지. 쯧쯧."

부실주 당조제는 면목이 없는지 고개를 떨구었다.

"……."

"흥!"

조제실주는 더 볼 필요 없다는 양 힘차게 콧방귀를 뀌더니 밖으로 나가 버렸다. 그는 오늘 조제실에서 쓸 영약을 가지러 영약고(靈藥庫)로 가는 것이다.

당문에서는 문주인 당문준(唐文俊)과 조제실주만이 영약고에 들어갈 수 있는 자격이 있다.

고로 필요할 때마다 영약고에서 영약을 꺼내 오는 일은 조제실주가 도맡는다.

부실주 당조제는 조제실주가 나간 문을 노려보며 자리에서 벌떡 일어섰다.

그의 손에 잡힌 전갈이 발버둥 치며 딸려 올라온다.

당조제는 전갈을 벽에 집어 던졌다.

휙~

파삭!

죄없는 전갈이 벽에 부딪치며 넙치가 되어버렸다.

이어 비린내나는 갈색 진물이 진득하니 흐른다.

그러자 허드렛일을 하던 당문도 하나가 얼른 가서 걸레질을 한다.

당문도의 귀로 악 쓰는 소리가 들려왔다.

"정말 더러워서 못해먹겠네! 내가 지금 전갈 독이나 빼야 할 나이냐구!"

부실주는 바싹 마른 몸을 바들바들 떨며 있는 대로 성질을 부렸다.

사실 전갈을 다루는 건 밑의 사람들이나 하는 일이지 부실주가 할 몫은 절대 아니었다.

그런데도 불구하고 조제실주가 그 일을 시킨 이유는 그가 부실주를 미워하기 때문이다. 조제실주는 부실주가 자신의 직위를 호시탐탐 넘보고 있다는 사실을 잘 알고 있기에 이렇게 일을 만들어서 부실주를 못살게 굴고 있는 것이다.

부실주 당조제는 아랫사람들이 듣거나 말거나 계속 소리를 질렀다.

"저 늙은이는 대체 언제까지 살 거야? 사람이 나이를 먹으면 죽어야 정상인데 저 노인네는 좋은 건 혼자 다 먹어서 죽지도 않아!"

이미 환갑이 넘은 자신의 나이는 생각지도 않고 당조제는 언성을 높였다.

"사실 말이 났으니 밍징이지 서 노인네가 영약고에서 산삼을 가져올 때 보면 산삼이 항상 매끈거린다구! 도대체가 실 뿌리 한 가닥 없는 산삼이란 게 말이 돼? 내 장담컨대 저 조제실주는 다른 사람이 들어갈 수 없는 영약고 안에서 산삼 실 뿌리를 죄다 떼어 먹는 게 분명해!"

당조제가 주장하는 대로 조제실주는 영약고 안에 숨어서 영약의 실 뿌리란 실 뿌리는 말끔히 뜯어 먹으며 몸보신을 했다. 그러기에 그는 무공도 없이 백 살의 나이로 정정하기만 한 것이다.

이런 식으로 나가면 그는 앞으로 오십 년도 거뜬히 살 것 같다.

하니 그 자리를 차지하고 싶은 부실주가 눈이 뒤집히는 건 당연하다.

"에이~ 우라질! 저 늙은이 죽는 꼴 기다리느니 차라리 내가 먼저 죽고 말지!"

당조제는 욕을 해대며 길길이 날뛰었다.

조제실에 있는 사람들은 이 두 우두머리의 싸움을 매일 보아왔기 때문에 그저 묵묵히 자기가 맡은 일을 계속할 뿐이었다.

화를 내자 기분이 조금 나아진 당조제는 자리에 앉았다.

하나 그는 비 맞은 중처럼 연신 구시렁댔다.

"쳇! 흰 장갑이 아직도 눈앞에서 까딱거리는 것만 같네!"

부실주 당조제는 자신의 손을 내려다보았다.

그가 끼고 있는 것은 갈색 장갑.

당문도들은 모두가 똑같은 옷에 똑같은 신발을 신는다.

초록색인 그 옷의 가슴과 등판에는 당(唐)이라는 글자가 검은색 수실로 수놓아져 있다. 예외가 있다면 오직 문주만이 금빛 수실을 사용한 의복을 입는다.

그리고 독을 다루는 조제실에서 일하는 문도들은 사슴 가죽 장갑을 착용한다. 갈색 사슴 가죽이다.

한데 조제실을 담당하고 있는 조제실주는 남보다 튀고 싶었다.

그래서 그는 흰 사슴 가죽으로 만든 장갑을 낄 생각을 해냈다.

하지만 흰 사슴의 가죽은 값도 비쌀뿐더러 구하기가 무척 어려웠다.

그래도 조제실주는 월급을 다 털어서 기를 쓰고 백녹피(白鹿皮)를 구입했다.

그 후 백녹피 장갑은 그의 상징이자 자랑거리가 되었다.

조제실주는 비싼 백녹피에 때라도 탈까 봐 자신은 아무것도 하지 않고 아랫사람들을 코끝으로 부려먹었다.

특히 그는 지휘할 때 백녹피 장갑을 낀 손가락을 까닥거리는 걸 유난히도 즐겼다.

그리고 부실주 당조제는 조제실주의 백녹피 장갑이 무척이나 부러웠다.

부실주는 아랫사람들이 못 듣게 속으로 다짐했다.

'나도 조제실주가 되면 흰색 녹피로 멋진 장갑을 만들어 껴야지! 그리고 나도 영약의 실 뿌리를 먹어야지!'

사실 부실주인 그도 눈치를 보면서 틈틈이 영약을 훔쳐 먹었다.

그러나 그가 손댈 수 있는 것이라곤 즙을 다 짜낸 찌꺼기뿐이다.

그나마도 말린 후 갈아서 환약을 만드는 데 쓰이기 때문에 먹다가 들키기라도 하면 큰일이 난다.

부실주는 실 뿌리일망정 자기도 신선한 진짜를 먹고 싶었다.

부실주가 뒤에서 악담을 하는 줄도 모르고 조제실주는 당문의 북쪽에 위치한 영약고로 향했다.

그의 뒤에는 무공을 익힌 당문도 네 명이 따르고 있다. 영약고의 문이 열릴 때 혹시 누가 영약고 안으로 침입할세라 보초를 서기 위해서 따라가는 것이다.

지금 조제실주는 기분이 아주 좋았다.

그간 뜯어 먹었던 실 뿌리를 생각하자 입가에 미소가 떠오른다.

'크흐흐흐~ 내가 이만한 위치에 오르기까지는 정말 힘든 일이 많았지. 하니 산삼 실 뿌리를 복용하는 건 그 노고에 대한 보상이다.'

실 뿌리 훔치는 것을 도둑질이라 여기지 않고 그저 당연한 권리로만 생각하는 조제실주.

그는 성큼성큼 걸었다.

저 멀리 조그만 야산이 보인다. 그곳이 바로 영약고다.

당문의 영약고는 상자 형으로 여섯 면 모두가 '세상에서 제일 강한 쇠'라는 만년묵철(萬年墨鐵)로 제작되었다.

그리고 이 거대한 상자를 일정한 온도로 유지키 위해 사방을 흙으로 덮고 그 위엔 그림자가 지게 나무를 잔뜩 심었다.

그러니 멀리서 보기에 영약고는 그저 한 개의 야산으로 보일 뿐이었다.

영약고에 도착하자 네 명의 장정은 야산을 한 바퀴 돌며 별 이상이 없는지를 세밀하게 살폈다.

그 후 그들은 영약고의 대문 앞에 선 조제실주를 등지고 사방을 바라보며 섰다.

"크흠!"

조제실주가 큰 기침을 한다.

그의 앞에는 거대한 철문 두 짝이 당당히 버티고 있다.

그리고 그 문들이 맞물린 중앙에는 어른 머리통만큼 커다란 자물쇠가 한 개 붙어서 자신의 위치를 굳건히 고수하고 있는 중이다.

조제실주는 누가 엿보지나 않는지 주위를 휘휘 둘러보았다.

이어서 그는 담장 너머의 커다란 돌산에 힐끔 시선을 주었다.

만약 누군가가 풀 한 포기 나지 않은 그 산에 올랐다면 당장 눈에 띌 터이지만 돌산에는 오늘도 아무도 없다.

안전함을 확인하자 조제실주는 자물쇠로 손을 뻗었다.

몸통 전체에 미세한 구멍이 수도 없이 나 있는 이 자물쇠 역시 만년묵철로 만들어진 것이다.

조제실주는 두 손을 자물통 뒤로 돌리곤 손가락을 조심스럽게 움직였다.

철컥철컥!

커다란 자물쇠의 몸통 안에서 소리가 난다.

기관이 해체되는 소리다.

이 자물쇠는 당문의 최고 기술로 만들어진 물건으로서 그 특징은 열쇠로 여는 게 아니라 몸체 뒤쪽에 붙은 장식들을 일정하게 움직여야만 열린다.

만약 손놀림이 틀리면 그 즉시 자물쇠가 몸통 전체로 독침을 발사한다.

그리고 자물쇠를 힘으로 부수거나 인위적으로 떼어내려고 하면 자물쇠는 스스로 엄청난 폭발을 일으킨다.

하니 자물쇠 뒤에 붙은 장식의 조작법을 아는 자만이 영약고의 문을 안전하게 열 수가 있다.

조제실주는 지신과 당문주만이 자물쇠 조작법을 안다는 사실에 무한한 자부심을 느꼈다. 그리고 오늘도 그는 조작법대로 손가락을 움직였다.

그런데 조제실주의 손을 유심히 지켜보는 눈길이 있다.

그 눈은 조제실주 주변에 있는 게 아니라 멀리 떨어진 돌산에 박혀 있었다.

바로 구달비가 그 눈의 주인공이다.

구달비는 갈색 야행복을 입은 온몸에 마른 흙을 잔뜩 칠해놓았다. 그것도 모자라서 엎드린 몸 군데군데에 자잘한 돌멩이들까지 얹어놓으

상태다. 누군가 그 옆을 지나가더라도 설마 사람이 있으리라곤 절대 눈치채지 못할 정도로 완벽한 위장이다.

그러니 저 멀리서 조제실주가 쳐다보기는 했으나 무공도 없는 그가 구달비를 발견하는 것은 불가능했다.

사실 당문도들의 무공은 강하지 않다. 오히려 당문은 유명 문파들 중에서 무공이 가장 밑바닥을 차지한다.

그럼에도 불구하고 무림인들이 당문을 두려워하는 까닭은 이들이 독과 암기술에 있어서 타의 추종을 불허하기 때문이다.

그리고 또 한 가지 큰 이유로는 당문이 자신들과 원한을 맺은 자는 세상 끝까지라도 쫓아가서 반드시 보복을 한다는 점에 있다.

그런즉 세상에 그 어떤 간 큰 자가 있어 감히 당문에 침입할 것인가?

한데 호랑이 간을 삶아 먹은 도둑놈이 여기에 있었다.

구달비는 무공이 약한 당문도들한테 발각되지 않고 매일 밤 쥐같이 살금살금 잘만 돌아다녔다.

그러나 쉽지만은 않았던 것이, 당문에는 수많은 암기들이 장착되어 있어서 한 발 한 발 걸을 때마다 살얼음 위를 걷는 것만 같았다.

그 암기들은 당문도들이 심심풀이로 설치해 놓은 것부터 시작해서 침입자를 막고자 곳곳에 덫을 만들어놓은 것이다.

하지만 개파 이래로 그 누구도 당문에 침입할 엄두를 못 낸지라 그 장치들은 지금껏 단 한 번도 발동되지 않은 채 그대로다. 그와 더불어 당문도들은 해이해져 있었다.

철커덕! 철컥!

세상의 온갖 영약이 다 들어 있다는 영약고가 열리고 있다.

구달비는 눈에 핏발이 설 정도로 열심히 지켜보았다.

잠시 후 그는 아픈 눈을 비비며 속으로 투덜댔다.

'제길! 역시 자물쇠 몸통에 가려서 손가락 놀림이 보이질 않는군.'

그가 돌산에 몸을 숨기고 있은 지도 벌써 닷새째다.

그간 구달비는 조제실주를 세 번 보았다.

그리고 그 세 번 다 자물쇠 여는 법을 찾아낼 수가 없었다.

구달비는 지난 오 일 내내 밤마다 영약고로 내려가서 자물쇠를 살펴보았다.

하나 당문 기술의 최고 정화인 그것을 연다는 건 제대로 된 조작법을 알기 전까지는 한마디로 불가능했다.

그래도 구달비는 이모저모로 머리를 굴려보았다.

무엇이나 자른다는 신투문 대대로 내려오는 검은색 단도를 써보면?

그것으로 자르면 자물쇠는 폭발을 일으킬 게다.

단도로 만년묵철 문짝에 구멍을 낸다면?

채 뚫기도 전에 날이 밝을지도 모르고, 그 사이에 딩문도한테 들키면 끝장이다.

조제실주가 영약고에 입고하는 그 틈을 노려보면?

네 명이나 되는 당문도가 손에 암기를 들고 사방에다 눈을 부라리고 있다.

결국 방법이 하나 있다면 자물쇠를 두드리고 거기서 튀어나오는 독침보다 빠른 속도로 도망을 가는 것이다. 아니면 일부러 폭발을 시키고 그 범위에서 재빠르게 벗어나는 길이다.

그러나 그렇게 빠른 경공을 보유했다면 구달비는 이 당문에 올 필요도 없었다.

마침내 자물쇠에 대해서 잘 아는 구달비도 이 자물쇠만큼은 여는 것을 포기할 수밖에 없었다.

그가 기대했던 '자물쇠의 장식들 중 일반적으로 손을 많이 댄 장식은 때가 타서 다른 장식과 구별이 갈 거다' 라는 예측도 무참하게 깨졌다. 백녹피 장갑에 미쳐서 잠잘 때도 그것을 끼고 자는 조제실주가 항상 장갑을 낀 채로 조작을 해왔기 때문이다.

구달비는 감탄사가 절로 나왔다.

'대단해! 대단해! 내가 못 여는 자물쇠를 만들어내다니, 당문은 정말 대단해!'

이윽고 영약고 안에 들어갔던 조제실주가 참외알만한 상자를 품에 안고 나오는 게 보인다.

돌산에 숨어 있는 도둑은 그 모습을 보면서 중얼거렸다.

"오늘은 독이 아니라 영약을 꺼내 오는군."

아닌 게 아니라 조제실주는 상자에서 향이 날아가는 게 아까운지 상자에 아예 코를 박다시피 하고 있다.

반면에 독물이 든 상자의 경우 조제실주는 그 역겨운 기운을 느끼기 싫었으므로 그는 팔을 길게 펴서 상자가 몸으로부터 최대한 떨어지게 했다.

조제실주가 상자에 얼굴을 처박고 사라지자 구달비는 돌아서서 편히 누웠다.

돌멩이들이 와르륵 굴러 떨어진다.

그는 돌멩이를 몇 개 주워서 머리 밑에 받쳤다.

"에이, 밤이 될 때까지 잠이나 자자."

그러나 잠은 오지 않고 눈이 말똥말똥해진다.

구달비는 하늘을 쳐다보았다.

파란 하늘에는 솜이불 같은 뭉게구름이 세월 좋게 떠간다.

하지만 구달비의 눈에는 구름 따위는 보이지도 않고 금씨세가의 딸인 금경은의 고운 얼굴만이 떠오른다.

구달비가 요 며칠 내내 할 일이 없을 때마다 생각하는 게 그녀다. 아니, 할 일이 있어도 그녀가 눈앞에 아른거렸다.

그는 선녀 같은 금경은을 다시 만나고 싶었다.

"휘유~ 정말 숨이 막힐 정도로 굉장한 미인이었어. 근데 병을 고쳐서 그 초점없는 눈에 생생한 표정이 떠오르면 얼마나 더 예쁠까? 아마 별이 빛나는 것 같을 거야. 흐음, 당문에 만년빙심이 진짜 있었으면 좋겠는데……. 아냐. 당문이라면 분명히 그걸 가지고 있을 거야."

구달비는 무시무시한 자물쇠가 가로막고 있어도 영약고에 들어갈 방도는 이미 다 궁리해 놨다. 그러니 이젠 아리따운 낭자에게 만년빙심을 가져가서 으쓱으쓱 뻐기면서 건네주기만 하면 된다.

문득 구달비는 음침하게 웃었다.

"흐흐흐흐~"

그는 만년빙심을 주면서 금경은의 손목이라도 한 번 잡아보던가 입맞춤이라도 해볼 심산인 것이다.

웃음이 실없이 계속 나온다.

"그녀의 병만 고쳐진다면… 흐흐흐, 으흐흐흐흐흐~"

꿈이 점점 더 커진다.

더불어 음흉한 상상에 온몸이 근질거린다.

그러나 이때 이상한 음향이 구달비의 몽상을 깼다.

꼬륵~ 꼬르르륵~

먹을 것을 달라고 뱃속에서 아우성을 친다.

말려서 가져온 토끼 고기를 다 먹은 지가 벌써 어제 낮이다.

마실 물도 떨어진 지 오래다.

구달비는 손으로 배를 쓸었다.

"빨리 밤이 되어야 영약고에 들어가서 아무 거나 집어 먹지."

영약이고 뭐고 간에 아무튼 뭔가를 먹을 수 있다는 생각에 군침이 돈다.

이런 저런 생각을 하던 구달비는 고픈 배를 움켜쥐고 스르르 잠이 들었다.

*   *   *

밤.

밝은 대낮과는 달리 음모와 어두운 역사가 이루어진다는 밤.

구달비는 영약고 대문 옆에 있는 나무에 몸을 숨긴 채 사방을 두리 번거렸다.

그러면서도 그는 손을 쉴 사이 없이 빠르게 움직였다.

사각사각.

무언가가 갈리는 소리가 작게 들린다.

구달비의 손에는 신투문의 검은색 단도가 들려 있다.

그리고 그 단도에 의해 만년묵철이 조금씩 떨어져 나가고 있다.

구달비는 문짝의 아래위로 붙은 경첩을 떼어내고 있는 중이었다.

폭발을 일으키는 자물쇠는 아예 건드리지도 않은 채 그는 문을 통째로 떼어내고 있는 것이다.

'아버지가 이 단도는 '신병이기' 라 무림인들이 알면 강탈할 거라며 여간해서는 사용을 말라고 하셨지. 하지만 지금은 상황이 상황이니만큼 어쩔 수 없다.'

구달비는 손에 힘을 주었다.

사가각사각.

잠시 후 구달비가 반색을 했다.

'됐다! 이야호오~'

그는 손에 힘을 주어 문을 잡아당겼다.

공포의 자물쇠를 중간에 대롱대롱 매단 문짝 두 개가 한 덩어리로 맞붙은 채 육중하게 움직인다.

그리고 마침내 구달비의 신형이 영약고로 소리없이 빨려 들어갔다.

구달비는 들어가자마자 문부터 원래대로 닫은 후 화섭자를 켜 들었다.

치이익~

컴컴했던 주위가 환해졌다.

동시에 비릿한 냄새가 코를 찔렀다.

구달비는 주위를 살펴보며 안으로 걸어 들어갔다.

그는 내부 구조를 대충 상상해 둔 상태다.

'여기에는 독물도 있고 영약도 있을 거야. 그리고 이 안에 기관 장치는 안 해놨을 거야. 만약 독침이 날린다면 침입자가 그것을 쳐내는 바람에 영약에 독침이 맞을 수도 있을 테니까 말야. 하긴 침입자를 막기 위해선 저 밖의 괴물 같은 자물쇠 하나면 충분하지 뭐.'

둘러보니 벽에는 선반이 가득 붙어 있다.

그리고 그 선반들 위에는 각종 독물들이 빼곡히 진열되어 있다.

생전 처음 보는 기이한 독물들로 구달비의 눈이 커졌다.

그는 자기도 모르게 탄성을 토했다.

"정말 엄청나다! 대체 언제 이 많은 것들을 쥐같이 모아다 놨을까?"

선반에는 독(毒)으로는 저마다 한가락 한다는 징그러운 독물들이 바글바글했다.

일곱 가지 독을 지닌 두꺼비인 칠독섬와(七毒蟾蛙), 한 방울에 황소도 죽는다는 강력한 독 지네 음독오공(陰毒蜈蚣), 물리면 채 세 발자국을 걷기 전에 이승을 하직한다는 삼보사사(三步死蛇)…….

그런데 이것들은 비참한 몰골로 말라비틀어져 있다.

그 혐오스러운 광경에 구달비는 인상을 찡그렸다.

"난 영약을 찾으러 온 거지 이런 밥맛 떨어지는 것들엔 관심없어."

구달비는 화섭자를 치켜들고 영약이 어디에 있나 두리번거렸다.

저쪽 깊숙이 작은 문이 보인다.

아마도 독물의 비린내가 영약에 해를 끼칠까 봐 두 개의 방을 격리해서 만들어놓은 듯하다.

"아하! 이곳은 독물고였구나. 그리고 저 안은 영약고고."

구달비는 그 문을 향해 다가가려고 했다.

그때였다.

'헉!'

뒤통수로 누군가의 시선이 느껴졌다.

구달비는 한 발을 떼어놓은 채 뻣뻣이 굳어버렸다.

설마 이 안에 사람이 있으리라고는 전혀 예상치 못했다. 지난 오 일간 영약고 안에 들어갔던 사람은 조제실주뿐이었고, 그는 볼일을 본 후엔 언제나 밖으로 나왔기 때문이다.

한데 지금 뒤통수로 느껴지는 건 분명히 사람의 시선이었다.

구달비는 난데없는 사태에 심장이 멈추는 것만 같았다.

'들켰다!'

〈제1권 끝〉

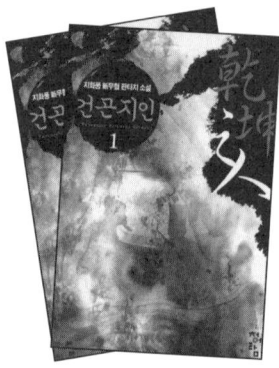

청 어 람 신 무 협 판 타 지 소 설

제1회 신춘무협 공모전에 『보표무적』으로
금상을 수상한 작가 장영훈의 신작!!

일도양단(一刀兩斷) / 장영훈 지음

한 겹 한 겹 파헤쳐지는
음모의 속살을 엿본다!

『일도양단』
(一刀兩斷)

그의 이름은 기풍한.

천룡맹(天龍盟) 강호 일급 음모(一級陰謀) 진압조(鎭壓組)
질풍육조(疾風六組)의 조장이다.

임무를 위해 출맹한 지 사 년이 지난 어느 겨울날 새벽,
돌아온 그에게 천룡맹 섬서 지단 부단주가 말했다.

"질풍조는 이미 해체되었네."

그리고…
그의 존재를 알던 모든 이들이 죽었다.

유행이 아닌 자유추구 -
WWW.chungeoram.com